AF669565

टीपू सुल्तान

मैसूर-सम्राट की जीवन गाथा

टीपू सुल्तान

डॉ. पवित्र कुमार शर्मा

धनलक्ष्मी पब्लिकेशन

नई दिल्ली-110030

ISBN : 978-81-910637-3-8

© प्रकाशक

प्रकाशक : धनलक्ष्मी पब्लिकेशन
1075/1-2, नं. 1, प्रथम तल
ओल्ड पोस्ट ऑफिस बिल्डिंग,
महरौली, नई दिल्ली-110030

मूल्य : 300.00

प्रथम संस्करण : 2015

शब्द-संयोजक : प्रतिभा प्रिंटर्स, शाहदरा, दिल्ली-110032

मुद्रक : बी. के. ऑफसेट, शाहदरा, दिल्ली-110032

TIPU SULTAN by Dr. Pavitra Kumar Sharma

1

हैदरअली मैसूर के राजा की सेना में एक साधारण सैनिक था। उसका जन्म सन् 1721 ई. में हुआ था। हैदरअली के बाप-दादा न तो किसी रियासत के राजा थे और न ही राजघराने के साथ उनका कोई पारिवारिक रिश्ता था। जब हैदरअली करीब बीस वर्ष के युवा हुए, तो उन्होंने मैसूर के वोडियार नामक राजघराने में नौकरी कर ली। उनका काम एक सैनिक का था। मैसूर के राजा के हित के लिए हैदरअली अपने प्राणों को भी न्यौछावर करने के लिए तैयार रहते थे।

हैदरअली के पूर्वज भारत के राजघरानों के यहाँ सैनिक की नौकरी किया करते थे। हैदरअली ने पूरे दस वर्ष तक मैसूर के राजा के यहाँ नौकरी की। उसकी वफादारी और बहादुरी को देखकर मैसूर का राजा बड़ा खुश था। इन दस वर्षों के अन्दर हैदरअली ने मैसूर सम्राट के दिल में काफी अच्छी जगह बना ली थी। मैसूर का राजा अपने सभासदों में हैदरअली पर सबसे ज्यादा भरोसा किया करता था। राजा की कृपा से हैदरअली को प्रधान सैनिक होने के साथ-साथ सभासद होने का दर्जा भी प्राप्त हो गया था।

कई सैनिक और सभासद भी हैदरअली के मित्र बन चुके थे। चूँकि हैदरअली मैसूर के राजा का कृपापात्र था, इसलिए हर कोई उससे दोस्ती करने में अपना गौरव समझता था। मैसूर नरेश के लिए हैदरअली ने कई युद्ध जीते थे। राजा ने उसकी बहादुरी से प्रसन्न होकर पचास घुड़सवार और दो सौ पैदल सैनिकों का मनसब उसको इनाम में दिया था।

सन् 1749 ई. में हैदरअली ने सैनिक टुकड़ी का संचालन करते हुए दीवानहाली के किले पर विजय प्राप्त की। यह किला बैंगलोर के उत्तरी भाग में था। हैदरअली की इस विजय से मैसूर नरेश बहुत खुश हुआ।

मैसूर नरेश अब काफी वृद्ध और कमजोर हो चुका था। मैसूर जैसे बड़े राज्य को सँभाल पाने की ताकत अब उसमें नहीं थी। उसकी इस कमजोरी का फायदा उठाया उसके दो विश्वासपात्र मंत्रियों ने। इन मंत्रियों के नाम देवराज तथा नेजराज

थे। इन दोनों ने मिलकर मैसूर नरेश को मैसूर की राजगद्दी से हटा दिया और खुद मैसूर के राजा बन बैठे।

नेजराज और देवराज आपस में सगे भाई थे। काफी समय से इन दोनों की नजर मैसूर की राजगद्दी पर थी। बस ये सही मौके का इन्तजार कर रहे थे। वह सही मौका अब आ चुका था। हैदरअली मैसूर राजा का विश्वासपात्र नौकर था। उसने इन दोनों भाइयों के षड्यंत्र का विरोध करने का प्रयत्न किया। इस पर देवराज ने हैदरअली को नौकरी से निकाल देने की धमकी दी। मजबूर होकर हैदरअली को अपना मुँह बन्द रखना पड़ा।

देवराज ने हैदरअली को समझाया कि मैसूर नरेश काफी वृद्ध और कमजोर थे। वे मैसूर का शासन सँभाल नहीं पा रहे थे और उनका कोई उत्तराधिकारी भी नहीं था। ऐसे में अगर इस मैसूर का सिंहासन पाने का प्रयत्न न करते, तो उनका कोई दुश्मन राजा की वृद्धावस्था तथा कमज़ोरी का फायदा उठाकर मैसूर पर चढ़ाई कर देता। फिर उन्हें मैसूर नरेश और मैसूर राज्य दोनों से हाथ धोना पड़ता।

हैदरअली यद्यपि एक बहादुर और निडर सैनिक था लेकिन देवराज और नेजराज भाइयों जैसी कपटता और चालाकी उसके अन्दर नहीं थी। उसने आसानी से देवराज की बातों पर विश्वास कर लिया। देवराज ने खुश होकर हैदरअली को मैसूर की सेना में फौजदार बना दिया।

दीवानहाली का किला जीतने के बाद हैदरअली ने अपनी बेगम फ़ख़रुन्निसां को दीवानहाली किले में रख लिया था।

फ़ख़रुन्निसां, हैदरअली की दूसरी पत्नी थी। हैदरअली की पहली पत्नी का नाम शहबाज बेगम था। शहबाज बेगम के साथ हैदरअली का निकाह बहुत कम उम्र में ही हो गया था। लेकिन शहबाज बेगम का स्वास्थ्य ठीक नहीं रहता था। वह अक्सर करके बीमार ही रहती थीं। अपनी बीमारी की हालत में शहबाज बेगम ने एक बेटी को जन्म दिया। लेकिन पुत्री को जन्म देने के बाद शहबाज बेगम जलोदर रोग से पीड़ित रहने लगी और उसे पक्षाघात भी हो गया।

अब तो शहबाज बेगम की हालत यह हो गई थी कि वह बिस्तर से उठ नहीं सकती थी। हैदरअली अपनी पत्नी से बहुत प्रेम किया करता था। शहबाज बेगम का इलाज कराने में हैदरअली ने कोई कसर नहीं छोड़ी। बड़े-बड़े वैद्य और हकीमों को उसने बुलाया और अपनी पत्नी का इलाज कराया लेकिन शहबाज बेगम को किसी वैद्य या हकीम की दवाई से फ़ायदा न हुआ। अब तो बेगम हमेशा बिस्तर पर ही पड़ी रहती थी। बिस्तर से उठना और चलना-फिरना उसने बन्द कर दिया था।

शहबाज बेगम की तबीयत के बारे में पूछने और उससे मिलने के लिए प्रतिदिन कई औरतें तथा लड़कियाँ आती थीं। बेगम की बिगड़ती हुई हालत को देखकर उन सबको दुःख होता था। एक दिन फ़ख़रुन्निसां नाम की एक सुन्दर लड़की फूलों का गुलदस्ता लेकर शहबाज बेगम से मिलने के लिए आई। बेगम की हालत देखकर फ़ख़रुन्निसां को मन-ही-मन बड़ी पीड़ा हुई। उसने भावुकतावश बेगम शहबाज के चेहरे को अच्छी तरह से साफ किया। बेगम शहबाज की नवजात पुत्री उसकी बगल में लेटी हुई फ़ख़रुन्निसां को देख-देखकर हँस रही थी। फ़ख़रुन्निसां ने उस बच्ची को अच्छी तरह से साफ़-सुथरा किया तथा उसके कपड़ों को बदला।

हैदरअली पास ही में खड़े यह सब देख रहे थे और फ़ख़रुन्निसां की सेवा भावना देखकर खुश हो रहे थे। बेगम तथा बच्ची की सफाई करने के बाद फ़ख़रुन्निसां ने हैदरअली से जाने की अनुमति माँगी।

शहबाज बेगम फ़ख़रुन्निसां की सेवा भावना तथा उसके मधुर व्यवहार से प्रसन्न थी। उसने अपने पति हैदरअली से कहा—"अगर आप फ़ख़रुन्निसां को मेरे पास रोज आने की अनुमति दें तो मुझे बहुत खुशी होगी।"

हैदरअली ने अनुमति दे दी। इसके बाद फ़ख़रुन्निसां शहबाज बेगम के यहाँ रोजाना आने लगी। वह बेगम और बच्ची की देखभाल करती और उनसे कुछ समय हँस-बोलकर समय बिताती।

इधर बेगम शहबाज का इलाज लगातार चल रहा था। हैदरअली ने पुराने हकीमों को विदा करके कई नए हकीम बुला लिए थे। नए हकीमों का इलाज चालू हुआ। बेगम शहबाज को नई प्रकार की दवाइयाँ दी जाने लगीं। लेकिन उसकी हालत पर कोई असर नहीं हुआ।

एक दिन हकीमों ने हैदरअली के साफ-साफ कह दिया कि बेगम साहिबा इस संसार में ज्यादा दिनों तक जिन्दा रहने वाली नहीं हैं। इनकी हालत बहुत ज्यादा बिगड़ चुकी है। अब ये केवल कुछ ही दिनों की मेहमान हैं। फ़ख़रुन्निसां उस समय हकीमों के पास ही खड़ी हुई थी।

जब फ़ख़रुन्निसां ने हकीमों के मुख से यह बात सुनी तो उसे बहुत दुःख हुआ। शहबाज बेगम की सेवा-सुश्रूषा करते हुए फ़ख़रुन्निसां बेगम को बहुत चाहने लगी थी।

हकीमों की बात सुनकर हैदरअली दुःख के मारे अपना सिर पकड़कर बैठ गए। शहबाज बेगम के कानों में भी हकीमों की आवाज आ चुकी थी। लेकिन वह इतनी जल्दी हार मानने वाली औरत नहीं थी। शरीर के अन्दर होने वाले तेज दर्द को उसने

बिना रोये-चिल्लाए या हाय-हाय किए सहन किया।

कुछ ही दिनों में शहबाज बेगम सूख-सूखकर काँटे की तरह हो गई। लगता था कि जैसे उसके शरीर में सिर्फ हड्डियाँ ही हड्डियाँ हों, मांस बिल्कुल न हो।

शहबाज बेगम को अपनी बीमारी या बीमारी के दुःख-कष्टों की परवाह नहीं थी। उसे अपनी मौत का भी कोई भय न था। उसे तो अपनी जिन्दगी में केवल इस बात का ही अफसोस था कि वह अपने जीते जी अपने पति के खानदान का कोई वारिस पैदा नहीं कर सकी।

गम्भीर रोग की हालत में एक दिन शहबाज बेगम ने रोते-सिसकते हुए हैदरअली से कहा—"आपने मेरे लिए अब तक कितने दुःख-दर्द सहे हैं लेकिन मैंने आपको भला क्या दिया? एक पुत्र भी आपको न दे सकी…"

"नहीं बेगम, नहीं,"—हैदरअली ने शहबाज बेगम के गालों पर आए आँसुओं को पोंछा और अपनी नन्ही-सी पुत्री को गोदी में उठाते हुए कहा—"तुमने मुझे यह बेटी दी है। मैं बेटा और बेटी में कोई भेद नहीं समझता। मेरे लिए यह बेटी ही बेटे के बराबर है। तुम ऐसा सोचकर जी छोटा न करो।"

हैदरअली की बात से बेगम के दिल को कुछ तसल्ली हुई। दिल पर जो बहुत बड़ा बोझ था, वह कुछ हल्का हुआ। कुछ क्षण मौन रहने के बाद शहबाज बेगम कहने लगी—"सुनिए…मेरी जिन्दगी का अब कोई ठिकाना नहीं है। आज हूँ, कल पता नहीं क्या होगा? अब तो हकीमों ने भी जबाव दे दिया है।"

"तो क्या तुम्हें…?" हैदरअली ने हैरानी के साथ पूछा।

शहबाज बेगम—"हाँ, मुझे सब कुछ पता चल चुका है।…आप मेरे शौहर हैं। मैंने आज तक आपसे कुछ नहीं माँगा। आज मैं आपसे कुछ माँगती हूँ। बोलिए, आपसे जो मैं माँगूँगी, आप मुझे वह देंगे?"

हैदरअली ने आँखों में आँसू लाते हुए कहा—"हाँ बेगम। तुम कहो तो सही…"

"मेरी इच्छा है कि आप मेरे जीते जी फ़ख़रुन्निसां से निकाह कर लो ताकि मैं आपको खुश देख सकूँ।"

"तुम्हें पाकर मैं दुःखी ही कब था, बेगम!"

"नहीं, मैं ऐसे नहीं मानूँगी। आपने मुझसे वायदा किया है…"

"लेकिन तुम्हारे होते हुए दूसरी शादी…?"

"मैं तो अब चन्द दिनों की ही मेहमान हूँ। क्या आप नहीं चाहते कि मैं खुशी-खुशी इस दुनिया से विदा लूँ?"

इसके बाद हैदरअली का निकाह फ़ख़रुन्निसां से हो गया।

फ़ख़रुन्निसां अब घर में नई दुल्हन बनकर आई तो आते ही वह बीमार शहबाज बेगम की सेवा में जुट गई। फ़ख़रुन्निसां बड़े ही नेक खयालों वाली महिला थी। उसका प्राथमिक कार्य हैदरअली के साथ वैवाहिक जीवन का सुख लेना नहीं बल्कि शहबाज बेगम और उसकी बच्ची की भली प्रकार से देखभाल करना था।

जब फ़ख़रुन्निसां शहबाज बेगम की सेवा करती थी तो हैदरअली यह देखकर बड़े खुश होते थे। फ़ख़रुन्निसां की इस सेवा भावना से हैदरअली के हृदय में उसके प्रति प्रेम पैदा हो गया था।

फ़ख़रुन्निसां की देखभाल और सेवा-सुश्रूषा के कारण शहबाज बेगम दो साल तक और जीवित रही। इसके बाद एक दिन वह परलोक सिधार गई।

यदि हैदरअली का विवाह फ़ख़रुन्निसां से नहीं होता, तो वे अपनी बेगम की मृत्यु के गम में पागल-से हो जाते। अपनी पत्नी की मृत्यु के शोक के कारण हैदरअली फूट-फूटकर रोने लगे। तब फ़ख़रुन्निसां ने अपने पति को धीरज दिलाया।

धीरे-धीरे करके दिन बीतने लगे। तीन साल तक हैदरअली की दूसरी पत्नी फ़ख़रुन्निसां के कोई संतान पैदा नहीं हुई। इस कारण फ़ख़रुन्निसां कुछ चिंतित-सी रहने लगी। एक दिन उसने हैदरअली से कहा—"मेरी इच्छा है कि हम दोनों अर्कोट चलें। वहाँ प्रसिद्ध सूफी संत टीपू मस्तान औलिया की मजार है। कहते हैं कि उनकी मजार पर जो मन्नत माँगी जाती है, वह जरूर पूरी होती है।"

हैदरअली ने अपनी पत्नी फ़ख़रुन्निसां की बात मानकर अर्कोट चलने का फैसला कर लिया। उन्होंने अपनी बेगम फ़ख़रुन्निसां को पालकी में बिठाया और खुद घोड़े पर सवार होकर अर्कोट के लिए निकल पड़े।

अर्कोट में टीपू मस्तान औलिया की मजार के पास पहुँचकर हैदरअली घोड़े से उतर पड़े। बेगम की पालकी भी जमीन पर रख दी गई। पालकी और घोड़े को अपने सेवकों के सुपुर्द करके दोनों मियाँ-बीबी पीर औलिया की मजार पर आए। मजार के सामने घुटने टेककर दोनों ने अपना मस्तक औलिया के दरबार में झुका दिए।

फ़ख़रुन्निसां को मजार पर छोड़कर हैदरअली ठहरने के स्थान का बन्दोबस्त करने चले गए। बेगम फ़ख़रुन्निसां प्रतिदिन सुबह नहा-धोकर तथा नए कपड़े पहनकर मज़ार पर आती और टीपू मस्तान औलिया से प्रार्थना किया करती। सुबह से शाम तक बेगम इसी प्रकार प्रार्थना की मुद्रा में ही बैठी रहती और शाम होने पर अपने विश्राम स्थल की ओर लौट जाती।

इस प्रकार बेगम फ़ख़रुन्निसां से पूरे सात दिनों तक मजार के सामने बैठकर

पीर औलिया से पुत्र प्राप्ति के लिए प्रार्थना की।

हैदरअली की इच्छा हुई कि औलिया की मजार को चारों तरफ से खूबसूरत बनाने के लिए मजार के आसपास फूलों का बगीचा लगाया जाए। उसने बेगम फ़ख़रुन्निसां को इस काम के लिए धन देते हुए कहा—"बेगम! तुम दिन में मजार पर रहती हो। इस धन से कुछ मजदूरों को ढूँढ़कर मजार के आसपास बगीचा लगाने का काम शुरू कर देना।"

"जी अच्छा!"—कहकर फ़ख़रुन्निसां ने खुशी-खुशी अपने पति से धन ले लिया। अपने सेवकों के जरिए फ़ख़रुन्निसां ने बगीचे का काम करने वाले कुछ मजदूरों को तलाश करवाया तथा उन्हें रुपये देकर मजार के आसपास रंग-बिरंगे और खुशबूदार फूलों के पौधे लगवाने शुरू किए।

बगीचा लगाने वाले मजदूर अपना काम करने लगे तथा बेगम फ़ख़रुन्निसां मजार के सामने बैठकर रोज की तरह प्रार्थना करने लगी।

तभी बिखरे और रूखे-सूखे बालों वाला तथा फटे कपड़े पहने हुए एक फकीर जोर-जोर से चीखता-चिल्लाता तथा तेज कदमों से चलता हुआ वहाँ आया। कर्कश आवाज में चिल्लाता हुआ वह मजदूरों से कहने लगा—"ऐ! तुम लोग कौन हो और टीपू मस्तान औलिया की मजार के पास यहाँ क्या कर रहे हो?"

"हम बेगम साहिबा के कहने से मजार के आसपास फूलों का बगीचा लगा रहे हैं, बाबा!"—मजदूरों ने उस बूढ़े फकीर से कहा।

फकीर ने मजदूरों की बात की परवाह न करते हुए कहा—"कौन बेगम साहिबा? यहाँ पर केवल टीपू औलिया का ही हुक्म चलता है। मैं कहता हूँ बगीचा लगाने का काम बन्द करा दो!"

फकीर की चीख-चिल्लाहट सुनकर बेगम फ़ख़रुन्निसां वहाँ आ गई। उसने फकीर से प्रश्न किया—"फूलों के बगीचे से तो इस मजार की शोभा बढ़ेगी, बाबा! फूल भला क्या कभी किसी को दुःख देते हैं?"

"नहीं-नहीं! मैं कुछ सुनना नहीं चाहता। यदि तुमने मेरी बात नहीं मानी तो तुम्हें टीपू मस्तान औलिया के खौफ का शिकार होना पड़ेगा।"

"क्यों बाबा? कोई तो बात होगी!"

"टीपू मस्तान को फूलों के बगीचे में किसी प्रकार की दिलचस्पी नहीं है। औलिया नहीं चाहते कि यहाँ चारों तरफ फूल लगें और लोग बगीचे की सैर करने के लिए यहाँ आएँ।"

बेगम फ़ख़रुन्निसां ने पूछा—"लेकिन आप कौन हैं बाबा? आपसे किसने कहा

कि औलिया बाबा को फूलों के बगीचे नापसन्द हैं?"

फकीर ने बेगम की ओर सीधा न देखकर शून्य में निहारते हुए कहा—"मैं टीपू मस्तान का बेटा हूँ। टीपू मस्तान मुझे हर बात बता देते हैं। उन्होंने मुझे यह भी बता दिया है कि तुम यहाँ क्यों आई हो। तुम टीपू मस्तान से संतान माँगने आई हो न?"

फकीर की यह बात सुनकर फ़ख़रुन्निसां ने उसके सामने श्रद्धा सहित अपना सिर झुका दिया।

फकीर पागलों की तरह कहने लगा—"तुझे एक बेटा चाहिए? लेकिन बेटा लेकर तू क्या करेगी? तेरे एक बेटा पैदा होगा। वह युद्ध करने जाएगा और मारा जाएगा।"

फकीर की ऐसी कटु बात सुनकर बेगम फ़ख़रुन्निसां ने अपने कानों पर हाथ रखते हुए कहा—"नहीं-नहीं बाबा, ऐसा मत कहिए।"

फकीर—"टीपू मस्तान जो कहते हैं, वह होकर ही रहता है। टीपू मस्तान कह रहे हैं कि तू दो बेटों की माता बन सकती है। लेकिन उनकी एक शर्त है…"

बेगम फ़ख़रुन्निसां ने फकीर के आगे अपने दोनों हाथ जोड़ते हुए कहा—"कैसी शर्त, बाबा? आप बताइए। मुझे औलिया बाबा की हर शर्त मंजूर है।"

फकीर—"तो सुन, तेरे दो औलादें तभी होंगी जब तू यह वायदा करे कि अपनी पहली औलाद को अल्लाह की खिदमत के लिए टीपू मस्तान को सौंप देगी।"

"ऐसा ही होगा बाबा। मैं आपसे वायदा करती हूँ कि पहला बेटा पैदा होते ही मैं उसे अल्लाह की खिदमत में सौंपने के लिए यहाँ ले आऊँगी।"

"तो फिर ठीक है। तेरा पहला बेटा बड़ा होकर राजा बनेगा। यह टीपू मस्तान औलिया का आशीर्वाद है तेरे ऊपर।"

इतना कहते हुए वह फकीर वहाँ से चला गया।

2

टीपू मस्तान औलिया की मजार पर उस बूढ़े फकीर ने जैसा कहा था, वैसा ही हुआ। मजार के वापिस लौटने के बाद बेगम फ़ख़रुन्निसां गर्भवती हो गईं और उन्होंने नौ माह के पश्चात् एक सुन्दर बालक को जन्म दिया। इस बालक का जन्म

20 नवम्बर, सन् 1750 ई. के दिन हुआ था। बालक फूल की तरह अत्यन्त कोमल तथा सुन्दर था।

इस बालक को पाकर हैदरअली खुशी से झूम उठे। उन्होंने बेटे के जन्मदिन पर खूब खुशियाँ मनाईं। मैसूर की सेना में हैदरअली फ़ौजदार थे। उन्होंने पुत्र के जन्म की खुशी में गरीब, भिखारियों तथा जरूरतमन्दों को जी खोलकर दान किया। मैसूर के राजा, मंत्री, सभी सभासदों और सैनिक अधिकारियों के पास मिठाई के डोले भिजवाकर उन्होंने सबको पुत्र प्राप्ति का समाचार सुनाया। सभी सैनिकों के बीच भी मिठाइयाँ बँटवाईं।

हैदरअली बहादुर योद्धा होने के साथ-साथ दिल के बड़े अच्छे थे। मैसूर राज्य की सेवा उन्होंने बड़ी वफादारी के साथ की थी।

जब उनके पुत्र पैदा हुआ तो उनकी खुशी का कोई ठिकाना नहीं रहा। अपने बेटे का नाम उन्होंने 'टीपू' ही रखा। क्योंकि वे और उनकी बेगम जानते थे कि टीपू का जन्म टीपू मस्तान औलिया के आशीर्वाद से ही हुआ है।

अपने बेटे को गोदी में लेकर और उसे प्यार करते हुए हैदरअली बेटे से कहने लगे—"टीपू मस्तान औलिया ने कहा है कि तू बड़ा होकर राजा बनेगा, सुलतान बनेगा। मैं तो तुझे आज से ही टीपू सुलतान कहा करूँगा। अब औलिया बाबा ने कहा है तो तू एक दिन जरूर सुलतान बनेगा। औलिया बाबा का आशीर्वाद कभी खाली नहीं जाता। मैं बनाऊँगा तुझे सुलतान, बेटा!"

उस दिन बेटे के जन्म की खुशी में हैदरअली ने अपने साथियों के साथ बैठकर खूब शराब पी। शराब के नशे में चूर होकर वे अपनी पत्नी के पास आए और फ़ख़रुन्निसां से कहने लगे—"अपने बेटे को सुलतान बनाने के लिए हमें भी एक दिन मैसूर का सुलतान बनना होगा बेगम। जब तक हम सुलतान नहीं बनेंगे, तब तक हमारे बेटे को मैसूर की राजगद्दी हासिल नहीं होगी।"

अपने पति की ऐसी बातें सुनकर फ़ख़रुन्निसां हैरान रह गई। उसने हैदरअली से कहा—"अभी बेटे को जन्म लिए दो दिन नहीं बीते और आपने यह सब सोचना शुरू कर दिया? मैं कब कहती हूँ कि औलिया बाबा का कहना सत्य सिद्ध नहीं होगा, लेकिन अभी हमारे बेटे के सुलतान बनने में बहुत देर है। अभी तो वह पैदा ही हुआ है। फिर खेलेगा, कूदेगा और पढ़-लिखकर बड़ा होगा। तब तुम उसके सुलतान बनने के बारे में सोचना। अगर मैसूर नरेश ने तुम्हारी यह बात सुन ली तो वे तुम्हें बागी मान लेंगे और हमारे नन्हे से बेटे का जीवन अभी से संकट में पड़ जाएगा। इसलिए मैं कहती हूँ कि अल्लाह के लिए उसके सुलतान बनने की बात अभी किसी से मत

कहिए।"

बेगम फ़ख़रुन्निसां के इस प्रकार समझाने पर हैदरअली ने वर्तमान हालात के ऊपर विचार किया और वे चुप हो गए। तभी हैदरअली के कुछ साथी उनको बुलाने के लिए उनके घर के दरवाजे पर आए और हैदरअली उन लोगों के साथ चल दिए।

हैदरअली मैसूर सेना के फौजदार थे। उनके साथ उनका एक सेवक प्रायः उनके साथ रहा करता था। उस सेवक का नाम पूर्णिया था। पूर्णिया एक हिन्दू व्यक्ति था लेकिन वह हैदरअली की वीरता, निष्कपटता, स्वाभिमान, नेकदिली और उपकार भावना आदि गुणों के कारण हैदरअली का भक्त बन गया था। यद्यपि पूर्णिया हैदरअली का सेवक था लेकिन हैदरअली उसे अपने भाई की तरह, दोस्त की तरह तथा सच्चे पथप्रदर्शक की तरह मानते थे।

अपनी जिम्मेवारी के कार्यों के मामले में हैदरअली अक्सर पूर्णिया से सलाह लेते रहते थे। पूर्णिया द्वारा हैदरअली को दी गई सलाहें बड़ी महत्त्वपूर्ण और सही हुआ करती थीं।

पूर्णिया काफी धीर, गम्भीर और समझदार व्यक्ति थे। वे संस्कृत भाषा के प्रकाण्ड विद्वान थे। राजनीति के महत्त्वपूर्ण मामलों की उन्हें बड़ी गहरी समझ थी। जब से मैसूर के वृद्ध नरेश को मैसूर की राज्यसत्ता से बेदखल किया गया, तब से वे बड़े चिंतित से रहा करते थे। देवराज और नेजराज का शासन पूर्णिया को पसन्द नहीं था। इसका कारण यह था कि ये दोनों भाई बड़े मौकापरस्त और स्वार्थी इंसान थे। मतलब सिद्ध करने के लिए ये गधे को भी अपना बाप बना लेते थे तथा मतलब निकल जाने पर ये किसी के भी साथ धोखा कर सकते थे। इनकी नजर मैसूर के शाही खजाने पर थी। शाही खजाने को हथियाने के लिए तथा उस खजाने की दौलत से जिन्दगी भर ऐश करने के लिए ही उन्होंने मैसूर के वृद्ध राजा के साथ विश्वासघात करके उन्हें मैसूर के सिंहासन से उतार दिया था और खुद मैसूर के राजा बन बैठे थे।

पूर्णिया की नजर में हैदरअली काबिल इंसान थे। एक शासक के रूप में हैदरअली के अन्दर सारे गुण मौजूद थे। पूर्णिया जानते थे कि अगर मैसूर का शासन हमेशा के लिए देवराज और नेजराज जैसे अयोग्य और मतलबी इंसानों के हाथ में रहा तो कुछ ही दिनों में ये मैसूर को बर्बाद कर डालेंगे। मैसूर राज्य के चारों तरफ दुश्मन घात लगाए बैठे हैं। इन दुश्मनों से केवल हैदरअली ही मैसूर की प्रजा की रक्षा कर सकते हैं। आप किसी तरह से हैदरअली मैसूर के राजा बन जाएँ तो बड़ा अच्छा हो।

पूर्णिया सदैव हैदरअली के साथ उनके साये की तरह रहते थे। वे हैदरअली

को अपनी जान से भी ज्यादा प्यार किया करते थे। उन्हें हैदरअली और उनके पुत्र टीपू सुलतान से बड़ी उम्मीदें थीं। वे किसी भी कीमत पर हैदरअली और उनके बेटे से अलग नहीं होना चाहते थे और न ही उन्हें कभी खोना चाहते थे।

जिसं दिन हैदरअली के पुत्र पैदा हुआ, उस दिन पूर्णिया उनके साथ-साथ उनकी खुशी में शामिल थे। रात्रि के समय हैदरअली के दोस्त उनको शराब पिलाने के लिए उनके घर से ले गए। पूर्णिया भी हैदरअली की जीवन रक्षा के लिए उनके साथ-साथ गए। पूर्णिया केवल संस्कृत के विद्वान ही नहीं थे, जरूरत पड़ते पर वह अपने हाथ में शस्त्र भी उठा सकते थे।

पूर्णिया शराब नहीं पीते थे। वे हैदरअली और उनके मित्रों को शराब पीते हुए शान्तिपूर्वक देखते रहे। जब हैदरअली के मित्रों ने चाहा कि हैदरअली शराब के नशे में कुछ उल्टा-सीधा बकें तो पूर्णिया ने हैदरअली को ऐसा कुछ करने से मना कर दिया और वे हैदरअली को चुपचाप उनके घर की ओर लिवा लाए।

3

हैदरअली अपने मन की कोई भी बात पूर्णिया से छिपाते नहीं थे। इसी प्रकार से पूर्णिया का दिल भी हैदरअली के प्रति बिल्कुल साफ था। वे अपने दिल की हर बात हैदरअली से कह देते थे।

काफी दिनों से पूर्णिया के मन में एक बात उठ रही थी। वे हैदरअली से कुछ कहना चाहते थे। एक दिन मौका देखकर पूर्णिया ने हैदरअली से कहा—"मैं आपसे एक बात कहना चाहता हूँ।"

"कहिए, पूर्णिया जी, आप तो हमारे छोटे भाई की तरह हैं। हमसे अपने दिल की बात कहने में आपको संकोच कैसा?"

पूर्णिया कहने लगे—"मैं चाहता हूँ कि आप मैसूर के राजा बन जाएँ...."

पूर्णिया की बात सुनकर हैदरअली को एक क्षण के लिए तो खुशी हुई लेकिन दूसरे ही क्षण वे हैरानी और सोच में पड़ गए। उन्होंने विस्मित नेत्रों से पूर्णिया से पूछा—"यह आप क्या कह रहे हैं पूर्णिया जी! मैं और मैसूर का राजा?"

पूर्णिया—"हाँ, आप ही हैदर साहब! आपके अन्दर राजा बनने के सारे गुण मौजूद हैं। मेरा मानना है कि अगर आप मैसूर के राजा बन जाएँगे तो मैसूर की प्रजा

के सारे दुःख दूर हो जाएँगे। आपके राजा होने से गरीब, जरूरतमन्द और पीड़ित लोग सुख-शान्ति, न्याय और जीवन के अधिकारों को पा सकेंगे। अब समय आ चुका है कि आप मैसूर की सत्ता सँभाल लें।"

हैदरअली—"लेकिन मुझे मैसूर का राजा कौन मानेगा पूर्णिया जी? कहीं देवराज ने यह सब सुन लिया तो गजब हो जाएगा। मेरी और मेरे बीबी-बच्चे की जिन्दगी खतरे में पड़ जाएगी। धीरे बोलिए, दीवारों के भी कान होते हैं…"

"मेरी बात में सच्चाई है हैदर भाई। मुझे जो अच्छा लगा, मैंने कह दिया। सच्ची बात कहने से मुझे कोई रोक नहीं सकता। मैं देवराज या नेजराज, किसी से नहीं डरता। मैं केवल मैसूर राज्य का भला सोचता हूँ और मैसूर का भला इसी में है कि तुम जैसा वीर, इंसाफपसन्द और परोपकारी व्यक्ति मैसूर का शासक बने। आपका सैनिक प्रशासन और राजनीति की पूरी समझ है। शत्रुओं की रणनीतियों की भी आपको अच्छी जानकारी है। आप जैसा सुलझा हुआ योग्य पूरे मैसूर भर में नहीं मिलेगा।"

"आप क्यों मेरी इतनी तारीफ करते हैं पूर्णिया जी? कहाँ मैं मैसूर की सेना का एक छोटा-सा नायक और कहाँ इतने बड़े मैसूर राज्य की सत्ता। भला मैं मैसूर का राज्य कैसे सम्भाल पाऊँगा?"

"उसकी आप चिन्ता मत कीजिए हैदर भाई! राजनीति की समस्याओं को हम दोनों मिल-जुलकर हल करेंगे…"

पूर्णिया की बात से खुश होकर हैदर अली कहने लगे—"पूर्णिया जी! सच पूछिए, तो मेरी भी इच्छा यही है कि मैं मैसूर का सुलतान बनूँ। मैं अपने लिए नहीं, अपने बेटे के लिए सुलतान बनना चाहता हूँ।"

"अपने बेटे के लिए?"—पूर्णिया ने हैरानी के साथ पूछा।

हैदर अली बताने लगे—"हाँ पूर्णिया जी, अपने बेटे टीपू के लिए। टीपू के पैदा होते से पहले हमने टीपू मस्तान औलिया की मजार पर जाकर पुत्र प्राप्ति के लिए मन्नत माँगी थी। तब मजार के फकीर बाबा ने टीपू मस्तान औलिया की ओर से अपना आशीर्वाद देकर हमसे कहा था कि हमारे दो बेटे होंगे। पहला बेटा बड़ा होकर सुलतान बनेगा…"

पूर्णिया खुशी के साथ कहने लगे—"मस्तान औलिया की मजार के फकीरों की बात कभी झूठी नहीं निकलती। मजार के फकीर टीपू मस्तान औलिया के प्रतिनिधि हैं। औलिया बाबा उनके मुख से खुद बोलते हैं। अगर मजार के फकीर बाबा ने कहा है तो आपका बेटा टीपू जरूर राजा बनेगा। लेकिन हैदर भाई…?"

"क्या हुआ, पूर्णिया जी?"

"आपका बेटा राजा तभी बन पाएगा जब आप मैसूर की राजगद्दी सँभालेंगे। जब आप मैसूर के शासक बन जाएँगे तो आपका पुत्र खुद ही आपके राज्य का उत्तराधिकारी बन जाएगा।"

"लेकिन इतने बड़े काम को मैं अकेला नहीं कर सकता पूर्णिया जी। मुझे इस काम में आपकी मदद चाहिए।"

"मैं तुम्हें पूरी मदद दूँगा हैदर साहब! अब आप विश्राम कीजिए।"

इतना कहकर पूर्णिया अपने घर की ओर चले गए।

पूर्णिया की बात पर हैदरअली काफी देर तक गहराई के साथ विचार करते रहे। वे सोचते लगे--'पहले यही बात मेरे दिमाग में आई थी। जश्न के दौरान मेरे दोस्तों ने भी शराब के नशे में मुझसे यही बात कही थी और अब पूर्णिया जी भी वही बात कह रहे हैं। क्या वाकई मैं मैसूर का राजा बन सकता हूँ?''''तो क्या मेरे बेटे टीपू का सुलतान बनने का सपना पूरा होगा? मैं मैसूर की सेना के एक साधारण सैनिक से सेना का फौजदार बना और अब मेरे सुलतान बनने का सपना देखा जा रहा है। क्या मेरा और पूर्णिया साहब का यह सपना पूरा होगा?''''यदि अल्लाह को यही पसन्द है कि मैं जिन्दगी भर एक सैनिक का जीवन न बिताकर मैसूर का सुलतान बनूँ तो ऐसा ही होगा। फकीर बाबा की कही हुई भविष्यवाणी कभी व्यर्थ नहीं जाएगी। अगर मेरे बेटे के भाग्य में सुलतान बनना लिखा है, तो एक दिन वह सुलतान अवश्य बनकर रहेगा।'

हैदरअली सोचते थे कि मगर मेरे बेटे के भाग्य में सुलतान बनना न लिखा होता तो उसका नाम टीपू सुलतान न होता। पूर्णिया साहब और मेरे मित्र चाहते हैं कि मैं मैसूर की राजगद्दी को हासिल करने की कोशिश करूँ, मैसूर की राजगद्दी के लिए अपना दावा पेश करूँ। यदि विधि और विधाता को मेरा सम्राट होना मंजूर है तो यही होगा।

रात्रि का समय था। मन-ही-मन इस प्रकार की बातें सोचते-सोचते हैदरअली को नींद आ गई।

प्रातःकाल के समय जब हैदरअली सो कर उठे, तो देवराज और नंजराज के नौकर उन्हें बुलाने के लिए उनके घर के दरवाजे पर खड़े थे। सेवकों ने कहा कि महाराज देवराज ने आपको तुरन्त राजदरबार में बुलाया है।

मैसूर सम्राट देवराज का बुलावा पाकर हैदरअली तुरन्त मैसूर दरबार की बैठक में भाग लेने चले गए। दरअसल बात यह थी कि हैदराबाद की निजामशाही को लेकर झगड़ा शुरू हो गया था। हैदराबाद की निजामशाही को लेकर हैदराबाद के निजाम,

अंग्रेज सैनिक अधिकारियों, फ्रांसीसी सैनिक अधिकारियों और मैसूर नरेश के बीच तनाव पैदा हो गया था। मैसूर के राजा देवराज और नेजराज ने हैदरअली को दरबार की बैठक में इसलिए बुलाया था ताकि वे इस समस्या के समाधान के लिए कोई उचित सलाह या मशविरा उनको दे सकें।

नेजराज की इच्छा थी कि हैदराबाद के सत्ता संघर्ष को नेतृत्व प्रदान करने के लिए हैदरअली को चुना जाए। देवराज भी अपने भाई की इस बात से राजी हो गया। इस महत्त्वपूर्ण बैठक में हैदरअली को पाँच सौ घोड़े और तीन हजार पैदल सेना का मनसब प्रदान किया गया। हैदराबाद पर कब्जा करने के लिए मैसूर का यूरोपियन सेना के साथ युद्ध होना तय हो गया। मैसूर की तरफ से युद्ध की तैयारी शुरू भी हो चुकी थी। इस युद्ध का सेनापति हैदरअली को बनाया गया। हैदरअली ने फ्रांस की मदद लेकर आधुनिक प्रकार के हथियारों की व्यवस्था की ताकि यूरोपियन सेना को मुँहतोड़ जवाब दिया जा सके। फ्रांस की सेना, अंग्रेज सेना अथवा यूरोपियन सेना को अपना दुश्मन मानती थी। उसे कमजोर बनाने तथा परास्त करने के लिए उसने खुशी-खुशी हैदरअली को हथियारों की मदद देना स्वीकार कर लिया।

जब युद्ध की सारी तैयारी हो चुकी तो हैदरअली अपनी सेना लेकर यूरोपियन सेना के साथ भिड़ गए। मैसूर की सेना और अंग्रेज सेना के बीच कई महीनों तक युद्ध होता रहा लेकिन हार-जीत का कोई निर्णय नहीं हो पाया। हैदरअली ने इस युद्ध में अंग्रेजों के खजाने को लूट लिया था। खजाने का सोना तीन ऊँटों पर लादकर ले जाया गया। दो ऊँटों का सोना अपने पास रख हैदरअली ने एक ऊँट का सोना नेजराज के पास भिजवा दिया।

इस लड़ाई में हैदरअली को इस बात का पता चल गया कि अंग्रेजों की सेना और फ्रांसीसियों की सेना मैसूर की सेना से ज्यादा ताकतवर है। हैदरअली ने तय किया कि वह अपनी सेना को फ्रांसीसी ढंग से प्रशिक्षित करेगा।

फ्रांसीसी लोग भारत के अन्दर पहले से ही पैर जमाए हुए थे। अब अंग्रेज लोग पूरी तरह से भारत में अपने पैर जमाना चाहते थे। उनकी इच्छा भारत से व्यापारिक और आर्थिक लाभ कमाने की थी। फ्रांसीसी लोगों को वे अपना दुश्मन मानते थे। उन्हें फ्रांसीसी लोगों का भारत में रहना अच्छा नहीं लग रहा था।

फ्रांस देश भारतीय राजाओं के प्रति सहानुभूतिपूर्ण था। फ्रांस ने भारतीय राजाओं की मर्जी के विरुद्ध उन्हें कभी किसी प्रकार का नुकसान नहीं पहुँचाया था। अंग्रेजों को पूरी तरह परास्त करने के लिए तथा उन्हें धूल में मिलाने के लिए हैदरअली ने फ्रांस के सैनिक अधिकारियों के साथ दोस्ती का हाथ बढ़ाया।

हैदरअली की दोस्ती स्वीकार करके फ्रांसीसी लोग उसकी मदद करने के लिए राजी हो गए। हैदर अपनी सेना को फ्रांसीसी ढंग से प्रशिक्षित करने लगे। हैदरअली को अंग्रेजों से युद्ध करते समय जो सोना और धन मिला था, उस सम्पत्ति को उन्होंने सेना की देख-रेख तथा तैयारी पर खर्च किया। हैदरअली के आग्रह पर कुछ फ्रांसीसी सैनिक अधिकारी मैसूर की सेना को अपने तरीके से युद्धाभ्यास कराने लगे। अब मैसूर के सैनिकों की युद्ध कला में काफी निखार आने लगा था।

इसके बाद त्रिचिरापल्ली में मैसूर की सेना ने हैदरअली के नेतृत्व में एक युद्ध और किया। इस युद्ध में मैसूर सेना की जीत हुई। इस विजय के कारण मैसूर का शासक नेजराज हैदरअली से बड़ा खुश हुआ। उसने प्रसन्नतापूर्वक हैदरअली को डिंजीगल का फौजदार बना दिया।

डिंजीगल दक्षिण मैसूर इलाके का एक जिला था। डिंजीगल का फौजदार बन जाने से हैदरअली को मौका मिल गया कि वह अपनी इच्छा से और खुले रूप से सेना का गठन कर सकें।

डिंजीगल का जो इलाका हैदरअली को फौजदारी के लिए मिला था, उस इलाके पर हैदरअली ने भली प्रकार से शासन किया। हैदरअली की फौजदारी में मैसूर को डिंजीगल इलाके से तीन-गुनी आमदनी होने लगी। डिंजीगल में हैदरअली की दो कोशिशें रहीं। उनकी पहली कोशिश मैसूर की सेना को आधुनिक हथियारों से युक्त कराना था तथा उनकी दूसरी कोशिश सेना को फ्रांसीसी युद्ध तकनीक से प्रशिक्षित कराना था।

नेजराज और देवराज—दोनों भाई मैसूर की सत्ता के भागीदार सम्राट थे। देवराज को न जाने क्यों यह लगने लगा था कि उसका भाई नेजराज उसके अधिकारों की अनदेखी कर रहा है। इसका परिणाम यह हुआ कि इन दोनों भाइयों के बीच मतभेद पैदा हो गए।

एक दिन देवराज ने अपने भई नेजराज के साथ बैठकर इस विषय पर बातें कीं और नेजराज ने अलग होने का निर्णय कर लिया। नेजराज इस बात पर राजी हो गया कि देवराज बहुत बड़ा खजाना लेकर मैसूर की सत्ता के अधिकार से अलग हो जाए।

त्रिचिरापल्ली के युद्ध में नेजराज को अपना काफी सारा धन खर्च करना पड़ा था। इधर देवराज को भी काफी बड़ी सम्पत्ति उसने अलग होने के लिए दी थी। इस तरह से नेजराज के राजकोष में धन लगभग खत्म हो चुका था। मैसूर की सेना को वेतन देने के लिए भी उरुके पास धन नहीं था। इस तरह आर्थिक तंगी के कारण

नेजराज परेशानी में पड़ गया।

हैदरअली ने ज्यादा ऊँची या बड़ी शिक्षा प्राप्त नहीं की थी लेकिन वे राजनैतिक, सामाजिक तथा आर्थिक मामलों में काफी समझदार थे। पूर्णिया जैसे अक्लमन्द दोस्त उनको सलाह दिया करते थे। इस कारण हैदरअली की बुद्धि का और भी तेजी के साथ विकास हुआ।

चूँकि मैसूर का शाही खजाना खाली हो चुका था और सैनिकों को वेतन मिलना बन्द हो गया था, इस कारण मैसूर की सेना विद्रोह करने पर उतारू हो गई। मराठा लोगों को मैसूर की आंतरिक स्थिति का पता चल चुका था। वे मैसूर पर हमला करने की तैयारी करने लगे।

पूर्णिया किसी भी हालत में मैसूर राज्य की स्वतंत्रता चाहते थे। वे किसी भी शत्रु के हाथ में मैसूर का कब्जा नहीं होने देना चाहते थे। उनकी इच्छा थी कि हैदरअली मैसूर की सत्ता के केन्द्र में पहुँचने के अभियान की शुरुआत करें। इसके लिए पूर्णिया ने एक दिन हैदरअली को समझाया—"हैदर भाई! मैसूर के आर्थिक हालात इन दिनों अच्छे नहीं हैं। नेजराज सम्राट अपने शाही खजाने का बहुत सारा धन अपने भाई देवराज को दे चुके हैं। मैसूर की सेना को वेतन मिलना बन्द हो गया है। सैनिक लोग विद्रोह करने को तैयार हो गए हैं। ऐसे में अगर मैसूर पर शत्रु का हमला हुआ तो मैसूर शत्रु के अधिकार में जा सकता है। मराठा लोग काफी समय से मैसूर को हथियाने की कोशिश कर रहे हैं। बड़े संकट की स्थिति है…"

"पूर्णिया जी के पास हर संकट और समस्या का समाधान है। आप बताइए कि मैसूर को इस संकट से कैसे उबारा जाए?"—हैदरअली ने गम्भीर स्वर में पूछा।

पूर्णिया बताने लगे—"इसके लिए सबसे पहली बात तो यह है कि देवराज और नेजराज को समझा-बुझाकर इन दोनों भाइयों की आपस में सुलह करवा दी जाए।"

हैदरअली—"इससे क्या होगा?"

पूर्णिया—"जब देवराज को मैसूर की सत्ता में बराबर का अधिकार दिया जाएगा, तो उसका धन मैसूर की सेना के काम आएगा। जब मैसूर के सैनिकों को वेतन मिलने लगेगा तो मराठा सेना के विरुद्ध लड़ने का उत्साह उनके अन्दर जागृत होगा। इस कार्य में सबसे बड़ी पहल आपको ही करनी होगी, हैदरअली! नेजराज और देवराज को समझाने-बुझाने का काम आपका ही है, क्योंकि ये दोनों आपकी बात कभी नहीं टालते। आपको चाहिए कि मैसूर की सेना के साथ मराठों के आक्रमण का मुकाबला करने के लिए तैयार रहें।"

"ऐसा ही होगा, पूर्णिया जी! आप निश्चिंत रहें। मुझे पता था कि आप उचित सलाह देकर मैसूर राज्य को संकट से अवश्य निकालेंगे,"—हैदरअली ने खुश होकर कहा।

पूर्णिया के कहने पर हैदरअली ने नेजराज और देवराज, दोनों भाइयों के बीच सुलह करवाई। जो सैनिक विद्रोह करने पर उतारू हो गए थे, हैदरअली ने उनसे मिलकर उन्हें विश्वास दिलाया कि उन सबको जल्दी ही पूरा वेतन दे दिया जाएगा। इसलिए वे विद्रोह का रास्ता त्याग दें।

नेजराज व्रिदोही सैनिकों से नाराज था। हैदरअली ने विद्रोही सैनिकों को नेजराज से क्षमादान दिलवा दिया।

मैसूर के शाही खजाने में इतना धन नहीं था कि उससे सारे सैनिकों को वेतन दिया जा सके। हैदरअली के पास अपना काफी धन था। मैसूर की स्थिति को ऊपर उठाने के लिए उन्होंने अपना धन काम में लिया। अपने धन से उन्होंने मैसूर के सैनिकों का वेतन चुकाया।

हैदरअली के इस त्याग, योगदान और सूझ-बूझ से मैसूर के सम्राट, नेजराज और देवराज बड़े खुश हुए। उन दोनों भाइयों के साथ हैदरअलो ने मैसूर के सैनिकों के हृदय में भी अपनी काफी अच्छी जगह बना ली।

एक ओर मराठा लोग मैसूर पर हमला करने की पूरी तैयारी कर चुके थे। सन् 1758 ई. में मराठा वीरों ने मैसूर के ऊपर आक्रमण कर दिया। पूर्णिया ने हैदरअली को इसके लिए पहले से ही पूर्णतः तैयार कर दिया था। हैदरअली की सेना मराठा सैनिकों से टक्कर लेने के लिए पूरी तरह से तैयार थी।

नेजराज ने मैसूर की सेना की सारी बागडोर हैदरअली को सौंप दी थी। हैदरअली को युद्ध-स्थल के लिए विदा करते समय नेजराज ने हैदरअली से कहा—"मैसूर राज्य की आबरू अब तुम्हारे हाथ में है हैदर! तुम अपनी पूरी ताकत लगाकर मराठों को मुँहतोड़ जबाब दो। मैसूर की सेना को और जनता को इस संकट के समय में केवल तुम्हारा ही सहारा है।"

"आप मुझ पर भरोसा रखिए सुलतान! मेरे जीवित रहते हुए मराठा या कोई भी शत्रु मैसूर पर अधिकार नहीं कर सकता। हैदरअली को युद्ध में हरा पाना असम्भव है,"—हैदरअली ने बड़े ही आत्मविश्वास के साथ सम्राट नेजराज से कहा। इसके बाद वह अपना घोड़ा लेकर युद्ध क्षेत्र की ओर रवाना हुआ। उसके पीछे-पीछे उसकी फौज थी। यद्यपि मैसूर के सैनिकों की संख्या भी काफी अधिक थी, लेकिन मराठा-सेना उससे तीन-गुनी थी।

संख्या में कम सैनिक होते हुए भी हैदरअली का युद्धोत्साह देखते ही बनता था। वह सम्पूर्ण विजय का हौसला लिए मैसूर के राजमहल से निकला था।

हैदरअली की सेना के जवान फ्रांसीसी युद्ध की तकनीक सीख चुके थे तथा उनके पास आधुनिक प्रकार के अचूक अस्त्र-शस्त्र भी थे।

मैसूर और मराठा सेनाओं के बीच जमकर युद्ध हुआ। हैदरअली के आदेश पर उनके सैनिकों ने वे सारे रास्ते रोक लिए, जिनसे होकर मराठा सैनिकों को रसद पहुँचती थी। रसद बन्द होने से मराठा सैनिक भूख के मारे बिलबिलाने लगे।

एक तो भूख और ऊपर से हैदरअली और उसके सैनिकों का आतंक! इन सबकी वजह से मराठा वीरों को युद्ध का मैदान छोड़कर पीछे की ओर हटना पड़ा। फलस्वरूप युद्ध में हैदरअली की जीत हुई।

मराठा सेना को युद्ध में पराजित करने के बाद हैदरअली एक तरह से मैसूर के हीरो बन गए। मैसूर सेना के सैनिक और मैसूर की जनता के लोग हैदरअली को बहुत चाहने लगे। उन्होंने एक तरह से हैदरअली को अपना स्वामी मान लिया था।

देवराज काफी समय से कैंसर रोग से पीड़ित था। कैंसर रोग के कारण जब उसकी मृत्यु हुई तो देवराज की मृत्यु का दोष नेजराज अर्थात् उसके भाई के ऊपर लगा दिया गया। इन दोनों भाइयों के बीच मैसूर राज्य के सत्ता अधिकार को लेकर काफी समय से तनाव चल रहा था। मैसूर की जनता में ऐसा विश्वास प्रचारित हो चुका था कि नेजराज ने अपने भाई देवराज को जहर देकर मरवा डाला है। इस तरह से मैसूर की जनता नेज़राज को अपराधी कहने लगी। इसकी वजह से नेजराज को बड़ा दुःख हुआ। एक तरफ तो उसका भाई परलोक सिधार गया था, उसे इस बात का शोक था। दूसरी तरफ भाई की हत्या का दोषी उसे माना जा रहा था, यह उससे भी बड़ा दुःख था।

इतने गम्भीर आरोप के कारण मैसूर का सम्राट नेजराज अन्दर-ही-अन्दर टूट गया। वह किसी भी तरह से मैसूर की जनता के सामने अपने आपको निर्दोष साबित करना चाहता था। ऐसी परेशानी की घड़ी में उसे एक हल दिखाई दिया। नेजराज को मालूम था कि मराठा युद्ध की विजय के पश्चात् मैसूर की जनता हैदरअली पर बहुत विश्वास करने लगी है। मैसूर सेना के सैनिक और जनता—दोनों को हैदर अतिप्रिय है। अगर कुछ समय के लिए मैसूर का राज सिंहासन हैदरअली को सौंप दिया जाए तो मैसूर की जनता का ध्यान मेरी ओर से हटकर हैदरअली की ओर लग जाएगा। हैदरअली मैसूर की इतनी बड़ी सत्ता को सँभाल नहीं पाएगा, इसलिए थोड़े ही दिनों

में वह मुझे सहायता के लिए बुला लेगा। इस कारण मैसूर की जनता के मन में मैं सच्चा साबित हो जाऊँगा। प्रजा समझेगी कि नेजराज ने सत्ता के लोभ में अपने भाई को नहीं मारा है। अगर इसे सत्ता का लोभ होता तो यह अकारण ही मैसूर का राज्य सेनापति हैदरअली को कैसे दे देता?

एक दिन नेजराज ने हैदरअली को आदर सहित अपने पास बुलाया तथा उनको मैसूर की सत्ता सौंपने की बात कही। हैदरअली तो काफी समय से इस दिन की प्रतीक्षा कर रहे थे। वह नेजराज के प्रस्ताव से बहुत खुश हुए। उन्होंने मैसूर की सत्ता सँभालना स्वीकार कर लिया।

4

अपने भाई देवराज की मृत्यु के कलंक से बचने के लिए नेजराज ने मैसूर की राज्य सत्ता हैदरअली के हाथ में सौंप दी थी।

हैदरअली का एक मित्र था। उसका नाम खांडेराव था। वह जाति से ब्राह्मण था और हैदरअली को बहुत चाहता था। हैदरअली भी अपने दोस्त खांडेराव पर बड़ा भरोसा किया करते थे। वे खांडेराव से अपने दिल की कोई बात छिपाते नहीं थे।

जब खांडेराव को यह पता चला कि मैसूर का राज्य हैदरअली के हाथ में आ गया है, तो उसे यह बात अच्छी नहीं लगी। वह मन-ही-मन हैदरअली से ईर्ष्या करने लगा। उसने नेजराज के पास जाकर हैदरअली के विरुद्ध उसके कान भरने शुरू कर दिए। खांडेराव की बातें सुनकर नेजराज को लगा कि उसने हैदरअली को सत्ता सौंपकर अच्छा नहीं किया। खांडेराव ने नेजराज से कहा कि अगर हैदरअली मैसूर का सुलतान बन जाएगा तो मैसूर में नेजराज को कोई नहीं पूछेगा।

खांडेराव ने नेजराज से कहा, "मैसूर के सम्राट होते हुए आप अपने पैरों पर कुल्हाड़ी क्यों मारते हैं? अर्थात् जान-बूझकर मैसूर का राज्य हैदरअली को क्यों देते हैं?"

खांडेराव की जली-कटी बातें सुनकर नेजराज कहने लगा—"यह तो मैंने अच्छा नहीं किया, खांडेराव! लेकिन मैं हैदरअली को मैसूर की सत्ता सौंप चुका हूँ। अब किया ही क्या जा सकता है?"

"यदि आप मेरा साथ दें तो बहुत कुछ किया जा सकता है महाराज!" खांडेराव

बोला।

"महाराज! क्या मैं अभी भी मैसूर का महाराज हूँ, खांडेराव?"

"हाँ राजन! आप अभी भी मैसूर के सम्राट हैं। अज्ञानतावश आपने हैदरअली को मैसूर का राज्य देने का वचन दिया होगा लेकिन केवल कह देने से ही तो कोई किसी राज्य का सम्राट नहीं बन जाता? राजा बनने को लिए संघर्ष करना पड़ता है, युद्ध करना पड़ता है। अगर आप मुझे सहयोग करें तो हम दोनों हैदरअली को मैसूर की राजनीति से और सम्पूर्ण मैसूर प्रदेश से बाहर निकाल सकते हैं।"

"मुझे मंजूर है। तुम जैसा कहोगे, मैं वैसा ही करूँगा।"

इसके बाद नेजराज की सहमति पाकर खांडेराव ने शीघ्र ही अपने आपको मैसूर का राजा घोषित कर दिया और सेना की कमान अपने हाथ में ले ली। चूँकि मैसूर के भूतपूर्व सम्राट नेजराज की इच्छा से खांडेराव मैसूर का शासक बन चुका था, अतः मैसूर के सैनिकों को खांडेराव की बात माननी पड़ी।

लेकिन हैदरअली भी कम नहीं थे। वे खांडेराव से कई गुना ज्यादा बुद्धिमान थे। उनको कूटनीति के दाँव-पेंच भी आते थे लेकिन अभी तक उन्होंने उन दाँव-पेंचों का इस्तेमाल नहीं किया था। जब उनका विश्वासघाती मित्र अपनी धूर्तता पर उतर आया तो हैदरअली ने ठंडे दिल से सोचा कि इस समय मैसूर की सेना की बागडोर खांडेराव के हाथ में आ चुकी है। इसलिए खांडेराव से इस समय सीधा टकराना उचित नहीं है। चूँकि घोषित रूप से खांडेराव मैसूर का शासक बन चुका है। अतः मैसूर की सेना मेरे हुक्म की बजाय उसी का हुक्म मानेगी। कुछ समय के लिए मैं मैसूर से बाहर जाकर अपने परिवार के साथ कहीं छिप जाता हूँ। क्योंकि यदि मैं कुछ और समय मैसूर में रहा तो ईर्ष्यालु खांडेराव मुझे और मेरे परिवार को किसी भी प्रकार का नुकसान पहुँचा सकता है। वह जानता है कि जब तक हैदरअली मैसूर में रहेगा तब तक उसकी दाल नहीं गलने देगा और किसी-न-किसी तरह से मैसूर की राजगद्दी से उसे हटाने का प्रयत्न करेगा।

यह सोचकर एक रात हैदरअली अपने परिवार को साथ लेकर चुपचाप मैसूर की सीमा से बाहर चले गए। मैसूर से बाहर रहकर उन्होंने अपने सहयोगियों को इकट्ठा किया तथा अपने मित्र, शुभचिन्तकों तथा सहयोगियों के जरिए एक नई सेना का गठन कर लिया।

इसके बाद हैदरअली ने कूटनीति से काम लिया क्योंकि वे जानते थे कि जब सीधी अँगुली से घी नहीं निकल पाता, तो अँगुली को टेढ़ा करना पड़ता है। खांडेराव जैसे धूर्त व्यक्ति से सीधे-सादे तरीकों से निपटा नहीं जा सकता।

हैदरअली जानते थे कि खांडेराव शंकालु प्रवृत्ति का व्यक्ति है। उसके मन में जब किसी के प्रति शक या संदेह पैदा हो जाता है तो वह उसकी जान का दुश्मन बन जाता है। तब वह भले-बुरे का कोई विचार नहीं करता। खांडेराव की सेना में कुछ जनरल थे। इन जनरलों के ऊपर ही सेना की विभिन्न टुकड़ियों के संचालन की जिम्मेवारी रहती थी। हैदर ने सोचा कि खांडेराव अपनी सेना के जनरलों पर बड़ा भरोसा करता है। अगर उसे किसी तरह यह मालूम हो जाए कि उसकी सेना के जनरल मेरे पक्ष में न होकर उसके विरुद्ध हो चुके हैं तथा हैदरअली से मिलकर उसकी हत्या करने का षड्यंत्र रच रहे हैं तो खांडेराव घबरा जाएगा और अपनी जान को बचाने के लिए मैसूर छोड़कर भाग जाएगा।

यह सोचकर हैदरअली ने मैसूर की सेना के जनरलों के नाम अलग-अलग पत्र लिखवाए। इन जाली पत्रों पर लिखा था—"जनरल, आदाब! आपके और हमारे बीच इस बात का समझौता हुआ था कि आप खांडेराव को उखाड़ फेंकने में हमारी मदद करेंगे। इस काम के लिए आपने हमसे जितना धन माँगा था, उसका प्रबंध हमने कर दिया है। हम शीघ्र ही तुम्हारे घर तक यह धन अपने आदमियों के जरिए पहुँचा रहे हैं। आपने हमारे साथ कंधे से कंधा मिलाकर चलने की कसम खाई है। हम आपसे पहले भी सीधे तौर पर जुड़े हुए थे और अब भी जुड़े हुए हैं। मुझे विश्वास है कि आपमें से कोई भी जनरल सच्चे हृदय से उस धूर्त और धोखेबाज खांडेराव के साथ नहीं है। उसने हमारी और आप सबकी आँखों में धूल झोंककर मैसूर की सत्ता हथिया ली है। आपको मैं जो रकम भिजवा रहा हूँ यह आपको हमारी ओर से छोटा-सा तोहफा है। आप इस तोहफे को कबूल करें और मेरे अगले कदम का इन्तजार करें। मैं जैसे ही आपको इशारा दूँगा, आप खांडेराव का सिर उसके धड़ से अलग कर देना। इसके बाद मैं मैसूर पर अधिकार कर लूँगा। खांडेराव को मैसूर की जनता अपना राजा नहीं मानती। खांडेराव जैसे कायर, दुर्बल और डरपोक व्यक्ति पर मैसूर के लोग भला कैसे भरोसा कर सकते हैं? शीघ्र ही मैं आपसे मिलूँगा— तुम्हारा साथी, हैदरअली।"

हैदरअली ने बड़ी चालाकी के साथ ये पत्र मैसूर के सैनिक कार्यालय में पहुँचा दिये। खांडेराव का आदेश था कि जनरलों के नाम यदि कोई पत्र आए, तो पहले उसे दिखाया जाए। जब हैदरअली की ओर से जनरलों के नाम लिखवाए गए ये पत्र खांडेराव को दिखाए गए तो पत्रों को पढ़कर खांडेराव का सिर चकरा गया। उसके पैरों तले से जमीन खिसक गई। खांडेराव ने यह कभी सपने में भी नहीं सोचा था कि उसकी सेना के जनरल उसे इतना बड़ा धोखा दे सकते हैं।

अगर कोई एक जनरल खांडेराव के साथ ऐसा बर्ताव करता तो खांडेराव उसे

अवश्य सख्त सजा देता या उसे नौकरी से निकाल देता। लेकिन अब तो सारे के सारे जनरल उसके विरुद्ध हो गए थे। पत्रों को पढ़कर खांडेराव को लगा कि मैसूर की सेना के सारे जनरल हैदरअली से मिल गए हैं तथा वे शीघ्र ही उसकी हत्या करने वाले हैं। इसके बदले हैदरअली ने सभी जनरलों को बहुत सारा धन देने का वायदा किया है।

खांडेराव मैसूर के सैनिक कार्यालय में काफी देर तक अपना सिर पकड़कर बैठा रहा। उसकी समझ में नहीं आ रहा था कि वह क्या करे? जब मैसूर सेना के जनरल ही उसके खिलाफ होकर उसकी जान के दुश्मन बन गए तो फिर वह अब किस पर भरोसा कर सकता है? अब मेरा मैसूर में अधिक देर ठहरना उचित नहीं है। जनरल लोग मेरे दुश्मन हैदरअली से मिल गए हैं। हैदरअली ने जनरलों को धन का बड़ा भारी प्रलोभन दिया है। अब जनरल लोग मेरी जान लिए बगैर चैन से नहीं बैठेंगे।

यह सब सोचते-सोचते खांडेराव मन-ही-मन बुरी तरह से घबरा उठा। उसने तय कर लिया कि अपनी जान को बचाने के लिए वह मैसूर की सीमा से बाहर निकल जाएगा। यहाँ से भाग जाएगा। उसे इस बात कर डर लग गया था कि हैदरअली अपनी बात का पक्का है। वह जो चाहता है, कर डालता है। हैदरअली को अपने गुप्तचरों द्वारा खांडेराव के भागने का पता चल गया। जैसे ही खांडेराव अपने घोड़े पर सवार होकर मैसूर से बाहर जाने लगा, हैदरअली अपनी सेना लेकर मैसूर नगर में आ घुसे। उन्होंने भागते हुए खांडेराव को धर दबोचा। खांडेराव को बन्दी बनाकर हैदरअली ने शीघ्र ही अपने को मैसूर का सुलतान घोषित कर दिया। जब जनरलों को खांडेराव के गिरफ्तार होने तथा हैदरअली के सम्राट घोषित किए जाने की बात पता चली, तो वे कुछ समझ नहीं पाए। चूँकि इस समय खांडेराव बन्दी था और हैदरअली मैसूर के सम्राट थे, अतः मैसूर की सेना के जनरल हैदरअली के खिलाफ कुछ कर नहीं सकते थे। उनको आदेश देने वाला खांडेराव खुद बन्दी था।

खांडेराव को कैदी बनाने के पश्चात हैदरअली ने सारे मैसूर को अपने अधिकार में ले लिया। सन् 1761 ई. में हैदरअली की सुलतान के रूप में ताजपोशी की गई।

मैसूर का सम्राट बन जाने के बाद हैदरअली ने अपने विश्वासघाती मित्र खांडेराव के लिए लोहे का एक पिंजरा बनवाया। उन्होंने इस पिंजरे को राजदरबार के बाहर रखवाकर खांडेराव को कैद करके उसमें डाल दिया। हैदरअली राजदरबार में आने-जाने वाले लोगों को उस पिंजरे के जरिए यह बताना चाहते थे कि हैदरअली अपने गद्दारों को कभी माफ नहीं करता। वह गद्दार चाहे उसका साथी ही क्यों न रहा हो।

हैदरअली खांडेराव से काफी प्रेम किया करते थे। उन्होंने कभी सपने में भी नहीं सोचा था कि खांडेराव मेरे साथ इतनी बड़ी गद्दारी कर सकता है। हैदरअली ने सैनिकों को आदेश दे दिया था कि वे खांडेराव जैसे गद्दार बन्दी को पेट भर खाना न दें। इस तरह विश्वासघाती खांडेराव को पूरा भोजन नहीं खिलाया जाता था। अधूरा भोजन करके वह भूखा ही रह जाता था। इस तरह प्रतिदिन भूखा रह जाने से खांडेराव कमजोर पड़ने लगा। कुछ ही सालों में वह अधूरी खुराक से सूख-सूखकर काँटा हो चला। भूख से तड़प-तड़पकर उसने एक दिन उस पिंजरे में ही दम तोड़ दिया।

खांडेराव की मृत्यु से मैसूर के लोगों, सैनिक अधिकारियों और सेना के जवानों को यह सबक मिला कि हैदरअली से गद्दारी करना ठीक नहीं है। गद्दार व्यक्ति को हैदरअली कभी माफ नहीं करता और वह उसे एक न एक दिन कठोर सजा अवश्य देता है।

5

अर्कोट शहर के प्रसिद्ध सूफी संत टीपू मस्तान औलिया की कृपा से हैदरअली के घर में टीपू सुलतान का जन्म हुआ था। हैदरअली ने अपने बेटे का नाम सूफी संत के नाम पर ही रखा था। उनकी बेगम फ़ख़रुन्निसां ने टीपू सुलतान के पैदा होने से पहले टीपू मस्तान की मजार के फकीर बाबा से वायदा किया था कि जब उसके पहला पुत्र होगा, तो वह उसे अल्लाह की सेवा में हाजिर करेगी।

जब टीपू पैदा हुए हो उनके माता-पिता ने टीपू मस्तान औलिया की मजार के दर्शन करने अर्कोट जाने का कार्यक्रम बनाया। एक दिन समय निकालकर हैदरअली और फ़ख़रुन्निसां बेगम अपने नवजात शिशु को लेकर अर्कोट पहुँचे। वहाँ औलिया की मजार पर वही बूढ़ा फकीर उन्हें मिला। वह बच्चे को देखकर खुश हुआ। उसने हैदरअली से कहा कि तुम्हारा बच्चा अभी छोटा है। मजार पर इसकी ठीक तरह से देखभाल नहीं हो सकेगी, अतः तुम इसे अपने ही घर ले जाओ और खुदाई खिदमतगार फकीरों की तरह इसकी परवरिश करो। एक दिन यह बच्चा बड़ा होकर सुलतान बनेगा और खुदा के उसूलों पर चलकर दुनिया में नाम कमाएगा।

हैदरअली और बेगम फ़ख़रुन्निसां बच्चे टीपू सुलतान को घर ले आए। बेगम फ़ख़रुन्निसां हर प्रकार से अपने नन्हे बच्चे की देखभाल किया करती थी। वह टीपू

को अपने प्राणों से भी अधिक चाहती थी।

बेगम फ़ख़रुन्निसां इस बात को भूली नहीं थी कि उनका बच्चा टीपू सुलतान, टीपू मस्तान औलिया की अमानत है। बड़े होकर मेरे बेटे को खुदा की इबादत में लगना है। मैं उसे माँ का बेहद प्यार दूँगी। बड़ा होकर शायद यह अपनी माँ और पिता के साथ रहने का सुख न पा सके। मेरे बेटे को अल्लाह की खिदमत के लिए संसार में भेजा गया है, इसलिए मैं उसे माँ का भरपूर प्यार दूँगी।

बेगम फ़ख़रुन्निसां अपने बेटे को नन्हा-सा फकीर ही समझती थी। एक खुदा परस्त इंसान की तरह वह बच्चे को हमेशा इज्जत के साथ रखती थी। टीपू के तन का कपड़ा कभी उघड़ने नहीं दिया जाता था। उसने टीपू के लिए फकीरों जैसा एक छोटा-सा चोला सिलवा दिया था।

हैदरअली को यह सब अच्छा नहीं लगता था। धार्मिक मामलों में वे कम रुचि लेते थे जबकि इंसान की शक्ति पर उनको पूरा भरोसा था। टीपू के जन्म से पहले तो वे धर्म और भगवान को कम ही मानते थे। लेकिन जब टीपू सुलतान पैदा हुए तो उनका रुझान धर्म की ओर हो गया।

बेगम फ़ख़रुन्निसां एक धार्मिक स्वभाव वाली महिला थी। उसी के कहने से हैदरअली धर्म की ओर तथा ईश्वर की ओर झुकने लगे थे। लेकिन हैदरअली धर्म के प्रति अंधभक्त नहीं थे। पहले वे धर्म की बातों को अपने विवेक की कसौटी पर कस लेते थे, तभी उन बातों पर विश्वास करते थे।

हैदरअली नहीं चाहते थे कि उनके नन्हे से पुत्र को साधु-संन्यासियों या फकीरों जैसे कपड़े पहनाए जाएँ। लेकिन वे अपनी पत्नी से भी बहुत प्यार किया करते थे। वे किसी भी प्रकार से बेगम फ़ख़रुन्निसां की भावनाओं को चोट नहीं पहुँचाना चाहते थे। यही कारण था कि हैदरअली ऐसे मामलों में अपनी बेगम से कुछ नहीं कहते थे। अपनी बेगम की खुशी में ही वे खुश थे।

हैदरअली अब मैसूर के सम्राट बन चुके थे। वे अपने बेटे टीपू सुलतान की देख-रेख और प्यार-दुलार के लिए ज्यादा समय नहीं दे पाते थे। राजनीति के मामलों में और युद्धों की वजह से उनको इस सबके लिए अधिक समय नहीं मिल पाता था। बालक टीपू अपना अधिकांश समय अपनी प्यारी माँ के साथ ही बिताते थे।

हैदरअली युद्ध आदि कार्यों के कारण अक्सर करके घर से बाहर रहते थे। प्रशासनिक कार्यों को निबटाने की वजह से भी उन्हें घर आने में देर हो जाती थी। तब तक नन्हा टीपू सो जाता था। लेकिन जब टीपू जागे होते और हैदरअली

घर पर होते तो वे उनको बहुत प्यार किया करते। टीपू को बार-बार अपने हाथों में उठाते हुए वे बड़े प्यार से उनको चूम-पुचकार लेते थे। जब टीपू अपने पिता की गोदी में आ जाते तो खूब खिलखिलाकर हँसते और मुस्कराने लगते थे। लेकिन जब कभी लाड़ में आकर हैदरअली अपने बेटे को अपनी गोदी में जोर-जोर से झुलाने लगते थे तो झूलने के झटकों को सहन न करने के कारण कोमल शरीर वाले नन्हे टीपू रो पड़ते थे। उनके पिता तो मजबूत शरीर वाले वीर योद्धा पुरुष थे। उनको अपने बेटे को इस प्रकार झुलाने या खिलाने में किसी तरह की तकलीफ नहीं होती थी, लेकिन टीपू की तो जैसे जान पर बन आती थी।

तब बेगम फ़ख़रुन्निसां अपने पति को समझाती हुई कहती—"यह युद्ध का मैदान नहीं है जहाँपनाह! यह तो मेरा नन्हा-सा बच्चा है। आप जरा आहिस्ता से इसको खिलाइए। इस तरह जोर-जोर से झटके देकर मेरे बच्चे को खिलाने का प्रयास करेंगे तो मेरा बेटा यह सब कैसे सहन करेगा?"

अपनी पत्नी की बात सुनकर हैदरअली हँसते हुए कहने लगते—"बेगम साहिबा! हम एक बहादुर सैनिक हैं। हमारा सारा जीवन लड़ाई करने में ही बीता है। हमारा बेटा अगर इतना नाजुक रहेगा तो यह बड़ा सुलतान कैसे बन पाएगा?"

बेगम फ़ख़रुन्निसां कहती—"लेकिन जनाब! मेरा बेटा मेरे पास किसी की अमानत है। क्या आप भूल गए कि मैंने टीपू मस्तान औलिया से वादा किया है कि अपनी पहली संतान को मैं खुदा की खिदमत में लगाऊँगी। कुछ समय बाद जब दूसरा बच्चा होगा, तो आप उसे अपने हिसाब से पालिएगा तथा बनाइएगा अपनी कोशिशों से उसको सुलतान!"

जब हैदरअली अपनी बेगम के मुख से यह बात सुनते कि उनका बेटा एक खुदापरस्त इंसान बनेगा तो उनको मन-ही-मन दुःख होता। लेकिन वे यह भी जानते थे कि उनकी पत्नी औलिया बाबा से वायदा कर चुकी है। अपने वायदे से वे किसी भी हालत में पलट नहीं सकतीं।

हैदरअली को विश्वास था कि शीघ्र ही उनके दूसरा पुत्र होगा तथा वे उसे अपने हिसाब से पालेंगे। बचपन से ही उसको युद्ध और शस्त्र की शिक्षा देंगे।

हैदरअली को पैदा हुए चार साल बीत चुके थे। लेकिन बेगम फ़ख़रुन्निसां के दूसरा बालक पैदा नहीं हुआ था। हैदरअली को दिन-रात यही चिन्ता सताए जाती थी कि यदि उनका दूसरा पुत्र पैदा नहीं हुआ तो वे अपने बाद मैसूर का सुलतान किसे बनाएँगे, क्योंकि खुदापरस्त फकीर बनने के कारण उनका पहला बेटा तो सुलतान बन नहीं सकता।

एक दिन इस बात से ज्यादा दुःखी होकर हैदरअली ने अपने दिल की बात अपनी धर्मपत्नी से कही। बेगम फ़ख़रुन्निसां उनको तसल्ली दिलाते हुए कहने लगी—"आप इस बात की ज्यादा चिन्ता मत कीजिए। टीपू मस्तान औलिया पर विश्वास रखिए। मजार के फकीर ने मुझे दूसरा बच्चा होने की दुआ दी थी। फकीर की दुआ बेकार कैसे जा सकती है? आप फकीर की बात पर भरोसा रखिए। हमारा दूसरा बेटा जल्दी ही होगा।"

लेकिन हैदरअली को अपनी बेगम की बातों से तसल्ली नहीं हुई। उनका कहना था कि टीपू की उम्र चार साल की हो चुकी है। मैं दूसरे बच्चे का और इन्तजार नहीं कर सकता। मैं टीपू को सुलतान बनने की शिक्षा अभी से देना चाहता हूँ। मुझे अपनी सल्तनत का वारिस चाहिए। हमें अपने दो बेटों में से एक-न-एक बेटे को खुदा की इबादत में लगाना ही है। मेरी इच्छा है कि हम टीपू को अपनी सल्तनत का वारिस बनाएँ और जब हमारे दूसरा बेटा पैदा हो जाए तो हम उसे खुदा की खिदमत और इबादत में लगा देंगे।

लेकिन बेगम फ़ख़रुन्निसां अपने पति की बात से राजी नहीं हुई। वह ईश्वर और धर्म के प्रति पूर्ण आस्थावान महिला थी। उसने टीपू मस्तान औलिया को साक्षी मानकर जो वचन दिया था, उस पर वह पूरी तरह अटल थी।

हैदरअली ने भी इस बात पर अपनी पत्नी का ज्यादा दिल दुखाना उचित नहीं समझा। उन्होंने बेगम से कहा कि आप जैसा ठीक समझें, वैसा ही करें।

नन्हा टीपू खेल ही खेल में अपने पिता को घोड़ा बना लेता था और अपने पिता की पीठ पर चढ़ जाता था।

अपने पिता के साथ खेलना-कूदना बालक टीपू को बड़ा अच्छा लगता था, लेकिन उसे पिता के साथ खेलने के अवसर बहुत कम मिल पाते थे। अक्सर टीपू अपनी माँ के साथ ही खेला करते थे।

हैदरअली को बालक टीपू सुलतान की नन्ही-नन्ही शरारतें बहुत अच्छी लगती थीं। वे यह महसूस करते थे कि बचपन में इंसान कितना अबोध और मासूम होता है। किसी प्रकार के छल-कपट, ईर्ष्या-द्वेष और स्वार्थ भावना की छाया उसके ऊपर नहीं पड़ती। परन्तु जैसे-जैसे वह बड़ा होता जाता है, ये सब बुराइयाँ उसे परेशान करने लगती हैं। जिन्दगी की परेशानियाँ उसे अपने हिसाब से नहीं जीने देतीं। तब वह जिन्दगी की आवश्यकता और समय के अनुसार चलने लगता है। जिन्दगी की चालाकियाँ सीखते-सीखते इंसान कब बड़ा हो जाता है, पता नहीं पड़ता।

हैदरअली चाहते थे कि उनका बेटा टीपू सुलतान बड़ा होकर उन्हीं की तरह

मैसूर का शासक बने परन्तु उनकी धर्मपत्नी बेगम फ़ख़रुन्निसां उन बालक को खुदाई खिदमत में, खुदा की इबादत में लगाना चाहती थी। वह उस बच्चे को एक तरह से फकीर बनाना चाहती थी, जो हैदरअली को नापसन्द था। वे पीर औलिया और फकीरों की बातों में कम विश्वास करते थे। लेकिन अपनी बेगम फ़ख़रुन्निसां से उन्हें बहुत प्रेम था। वे किसी भी हालत में फ़ख़रुन्निसां का हृदय नहीं दुखाना चाहते थे। यही कारण था कि उन्होंने बेगम की इच्छाओं को कभी दबाने की कोशिश नहीं की थी। न ही अपनी इच्छा को उन पर लादने का प्रयत्न किया था।

हैदर सोचते थे कि इंसान तो खुदा के घर से एक जैसा आता है, लेकिन इंसान ही उसे क्या से क्या बना देता है। खुदा के घर हिन्दू और मुसलमान का, गरीब और अमीर का, राजा और रंक का भेद नहीं है। ये सब इंसान की बनाई हुई दीवारें हैं।

6

एक दिन हैदरअली अपने परिवार को साथ लेकर डिंडीगल (डिंजीगल) की ओर जा रहे थे। बेगम फ़ख़रुन्निसां, टीपू सुलतान और बेगम की नौकरानियाँ पालकियों में बैठ कर जा रहे थे। सबसे आगे हैदरअली अपने तीन विश्वसनीय साथियों के साथ घोड़े पर बैठ कर चल रहे थे। उनके पीछे सेना की कुछ टुकड़ियाँ थीं। सेना की इन टुकड़ियों के पीछे स्त्रियों की पालकियाँ थीं और पालकियों के पीछे सेना की कुछ और टुकड़ियाँ थीं।

हैदरअली का यह काफिला काफी लम्बा था। ये लोग पहाड़ी रास्ते से होते हुए आगे बढ़ रहे थे। मार्ग के दोनों तरफ ऊँची-ऊँची पहाड़ियाँ थीं। इन पहाड़ियों के ढलानों पर पेड़-पौधे और झाड़ियाँ थीं तथा बड़े-बड़े पत्थर भी रखे हुए थे।

जाने कैसे हैदरअली के दुश्मनों को इस बात की खबर लग गई कि हैदरअली अपने परिवार और सेना को साथ लेकर डिंजीगल की ओर जा रहे हैं। वे दुश्मन आकर पहाड़ियों के ढलानों पर छिप गए।

हैदरअली शेर की तरह निर्भय होकर अपनी सेना के आगे-आगे चलते थे। उनके दुश्मनों को यह बात पता थी। हैदरअली के दुश्मनों ने यइ तय किया कि जैसे ही हैदरअली के काफिले का पहला जत्था पहाड़ियों से होकर गुजरे, उनके ऊपर चट्टानों को लुढ़का दिया जाए ताकि हैदरअली और उसका परिवार उन्हीं चट्टानों के नीचे दबकर

मर जाए।

हैदरअली के दुश्मन पहाड़ियों के पीछे अपने-अपने हथियार लेकर चट्टानों को लुढ़काने के लिए बैठ गए। वे लोग हैदरअली के आने की प्रतीक्षा करने लगे। शीघ्र ही शत्रुओं को हैदर के घोड़े की आहट सुनाई दी। शत्रु चट्टानों के पीछे सँभलकर बैठ गए। वे इस काम के लिए पूरी तरह से तैयार थे कि जैसे ही हैदरअली इधर आएँ तो तुरन्त सारी चट्टानें उनके ऊपर गिरा दी जाएँ ताकि वे उन चट्टानों के नीचे दब कर मर जाएँ तथा उनकी हड्डी-पसलियाँ भी साबुत न बचें।

हैदरअली शत्रुओं के बनाए हुए जाल में घिरने ही वाले थे कि अचानक बालक टीपू पालकी के अन्दर बैठे हुए अपनी माँ से कहने लगे—"अम्मी! मुझे पालकी में नहीं बैठना। मैं उस घोड़े पर बैठूँगा।"

टीपू का इशारा पालकी के पीछे चल रहे छोटे से टट्टू की ओर था।

बेगम फ़ख़रुन्निसां ने अपने बेटे को काफी समझाया-बुझाया लेकिन टीपू नहीं माना। उसकी एक ही जिद थी कि वह पालकी में बन्द होकर जाना नहीं चाहता। वह खुले आसमान के नीचे अपने पिता की तरह घोड़े पर बैठ कर जाना चाहता था।

चूँकि अब पहाड़ी की चढ़ाई शुरू हो गई थी और पहाड़ी पर चढ़ते समय टीपू की टट्टू से गिरने की सम्भावना थी, इसलिए उसे टट्टू पर नहीं बिठाया जा सकता था। बेगम फ़ख़रुन्निसां यह बात जानती थी लेकिन वह नन्हे टीपू को कैसे समझाए?

बच्चों का बालहट तो वैसे भी प्रसिद्ध होता है। वे यदि किसी बात की जिद करने लगते हैं तो उस जिद को पूरा करके ही छोड़ते हैं, चाहे कुछ हो जाए।

टीपू ने भी मार्ग में चलते हुए टट्टू पर बैठने की जिद की। बच्चे की जिद तो उसकी माता को किसी-न-किसी तरह पूरी करनी ही थी, वरना टीपू मानते कैसे। उनके पिता कई बार उनको छोटे कद के टट्टू पर बिठला चुके थे। लेकिन घर की बात और थी। वहाँ अगर टीपू टट्टू से नीचे गिर जाएँ तो उनको सँभाला जा सकता था, लेकिन पहाड़ी मार्ग पर वैसी बात न थी। जिस रास्ते से होकर हैदरअली का काफिला गुजर रहा था, वह रास्ता समतल न होकर एकदम सीधी चढ़ाई का था। पहाड़ी की कुछ चढ़ाई तो हैदरअली और उनके पीछे चल रहे सैनिक तय कर चुके थे, काफी कुछ चढ़ाई अभी और चढ़नी शेष थी। टीपू की माँ की पालकी भी चढ़ाई पर काफी कुछ ऊपर चढ़ आई थी। टीपू उसी में बैठे थे। अगर उन्हें पालकी के पीछे चल रहे टट्टू पर बैठा दिया जाता, दुर्भाग्यवश टीपू अगर टट्टू से गिर जाते तो वे सँभल न पाने के कारण लुढ़कते-लुढ़कते पुनः नीचे अर्थात् समतल जमीन की ओर चले जाते और उनके काफी चोटें आतीं।

इस समय बालक टीपू की उम्र पाँच साल की थी। कहने को तो वे कुछ समझदार और सयाने हो गए थे लेकिन जिद के मामले में एकदम अबोध थे। अपनी जिद पूरी करने के सिवाय उन्हें कुछ दिखता न था।

बेगम फ़ख़रुन्निसां ने जब देखा कि टीपू टट्टू पर चढ़ने के अलावा और किसी विधि नहीं मानेंगे तो उन्होंने अपनी एक दासी को आवाज लगाकर कहा—"जा री! जरा टीपू के अब्बा हुजूर को इत्तला कर दे कि टीपू सुलतान छोड़े पर चढ़ने के लिए मचल गए हैं। या तो वे टीपू को खुद ही आकर समझा जाएँ, या अपने साथ लेकर मेरे बेटे को घोड़े पर बिठाएँ।"

दासी टीपू को देख मुस्कराती हुई नम्रतापूर्वक तेज कदमों से टीपू के पिता हैदरअली की ओर चली। उसने हैदरअली से कहा कि आपके साहबजादे घोड़े पर बैठने की जिद कर रहे हैं। लेकिन रास्ता चढ़ाई का है, उनके घोड़े से गिर जाने का डर है इसलिए बेगम कहती हैं कि या तो आप उनको समझा दें या फिर उनको खुद लेकर घोड़े पर बैठें। अगर आप बेगम की पालकी के पीछे चल रहे छोटे टट्टू पर छोटे महाराज को बिठा देंगे तो उनका जी बहल जाएगा।

"अच्छा, ऐसी बात है? चलो, हम चलते हैं!"—इतना कहकर हैदरअली ने अपना घोड़ा पीछे की ओर मोड़ दिया तथा अपने अंगरक्षकों से कहा कि वे बिना रुके पहाड़ी की चढ़ाई चढ़ते रहें। हम पीछे से अपने बेटे को घोड़े पर बिठा कर लाते हैं।

हैदरअली अपने पुत्र के पास आए और पालकी के अन्दर बैठे पुत्र से कहने लगे कि आओ साहबजादे, हमारे साथ हमारे घोड़े पर बैठो। अपने पिता के घोड़े पर बैठने से टीपू ने मना कर दिया। वह तो अपनी पालकी के पीछे चल रहे छोटे से टट्टू के ऊपर बैठना चाहते थे।

बेगम फ़ख़रुन्निसां ने मुस्कराते हुए अपने पतिदेव से कहा—"हमारे लाड़ले आपके साथ आपके घोड़े पर नहीं बैठेंगे। उनको तो अलग से अपने घोड़े पर बैठना ही पसन्द है। इस नन्हे से टट्टू को ये जिद करके घर से ले आए हैं। इन्हें पता था कि रास्ते में हमको इस टट्टू पर चढ़ने का मौका दिया जाएगा।"

बेगम की बात सुनकर हैदरअली जोर-जोर से हँसे। उन्हें क्या पता था कि कुछ ही क्षणों में शत्रुदल की ओर से यहाँ चट्टानों और पत्थरों की बरसात होने वाली है और मृत्यु अपना ताण्डव नृत्य करने को व्याकुल है।

मुस्कराते हुए हैदरअली अपने घोड़े पर से नीचे उतरे। उन्होंने टीपू को गोदी में उतार लिया और उसे टट्टू के पास ले जाते हुए उससे पूछने लगे—"हमारा बहादुर बेटा हमारे इतने ऊँचे घोड़े की बजाय इस छोटे से, पिद्दी से टट्टू पर बैठेगा?"

"हाँ, अब्बा हुजूर! मैं तो इसी पर बैठ कर पहाड़ी की सैर करूँगा,"—टीपू ने खुशी से मचलते हुए कहा। हैदरअली ने आहिस्ते से टीपू को टट्टू पर बैठा दिया और बोले—"ठीक है भाई, बैठो अपने घोड़े पर। आपसे भला क्या कोई जीत सकता है?"

जैसे ही हैदरअली ने टीपू को टट्टू पर बिठाया, शत्रुओं ने पहाड़ी मार्ग पर से चट्टानों को लुढ़काना शुरू कर दिया। चट्टानें बड़ी तेजी से आ आकर हैदरअली के सैनिकों को कुचलने-पीसने लगीं। अगर हैदरअली शीघ्र सावधान न होते तो उनकी बेगम और बच्चे की जान भी चली जाती।

चट्टानों को पहाड़ी रास्ते पर से गिरते हुए देखकर हैदरअली को यह समझते देर न लगी कि पहाड़ी के दोनों ओर उनके दुश्मन घात लगाए हुए बैठे हैं। उन्होंने अपने पीछे आ रहे सैनिकों को हुक्म दिया—"सैनिको! आगे दुश्मन घात लगाए बैठा है। तुम बहादुरी के साथ उनका मुकाबला करो। चलो, हम भी तुम्हारे साथ चलते हैं।"

इतना कहकर हैदरअली ने अपनी बेगम तथा अन्य स्त्रियों की पालकियों को नीचे समतल रास्ते पर, एक सुरक्षित स्थान की ओर भिजवा दिया। अपने पुत्र टीपू को भी पालकी में बैठा कर नीचे भिजवा दिया और स्वयं अपने सैनिकों के साथ वीरतापूर्वक चढ़ाई के ऊपर अपना घोड़ा दौड़ाते आए। तभी पहाड़ी रास्ते के दोनों ओर छिपे हुए दुश्मन अपने-अपने हथियार लेकर निकल आए। इसके बाद दोनों पक्षों में काफी देर तक जम कर युद्ध हुआ। यद्यपि हैदरअली की अगली रक्षा पंक्ति के सैनिक चट्टानों के नीचे कुचल कर मारे जा चुके थे और हैदरअली को अपने सैनिकों की कुर्बानी का दुःख भी था। फिर भी वे दुश्मनों के साथ बड़ी बहादुरी से लड़े। कुछ समय बाद दुश्मन सैनिकों के पैर उखड़ने लगे। कई सैनिकों को हैदरअली के योद्धाओं ने मार गिराया और कई अपनी जान बचा कर पहाड़ी रास्ते से भागे। हैदरअली के सैनिकों ने भागते हुए शत्रु सैनिकों का पीछा करते उनको मार गिराया।

इस संघर्ष में यद्यपि हैदरअली की विजय हुई लेकिन उनकी समझ में नहीं आ रहा था कि ये दुश्मन कौन लोग हैं तथा इनको किसने यहाँ भेजा है?

अगर नन्हे टीपू की जिद पूरी करने हैदरअली अपना घोड़ा लेकर पीछे की ओर न जाते तो दुश्मनों द्वारा लुढ़काई गई चट्टानों का पहला शिकार वे ही होते। इस तरह से उनके नन्हे पुत्र टीपू ने अप्रत्यक्ष रूप से उनकी जान बचा ली थी।

7

उस दिन पहाड़ी पर हुए युद्ध के समय बेगम फ़ख़रुन्निसां गर्भवती थीं। उनको गर्भ धारण किए हुए सातवाँ महीना चल रहा था। पहाड़ी रास्ते में बड़ी-बड़ी चट्टानों के गिरने के शोर को सुनकर और अपने पति एवं सैनिकों को शत्रु दल से जूझते देखकर, अपने ही पक्ष के सैनिकों को चट्टानों के नीचे कुचलते-दबते देखकर बेगम फ़ख़रुन्निसां के दिल में गहरा डर बैठ गया था। उनके पेट की मांसपेशियाँ उनके डर के झटके को बर्दाश्त न कर सकीं और पहाड़ी रास्ते के एक ओर समय से पहले ही उनको प्रसव हो गया।

बेगम की नौकरानियाँ घबराती हुई बेगम को प्रसव कराने में लगी थीं। पुरुष सैनिकों को बेगम की पालकी से दूर भेज दिया गया था। कुछ ही क्षणों में बेगम ने नन्हे शिशु को जन्म दिया और कुछ नौकरानियाँ शिशु की और कुछ नौकरानियाँ बेगम की देखभाल करने लगीं।

चूँकि प्रसव समय से पहले ही हुआ था इस कारण बेगम फ़ख़रुन्निसां की हालत बिगड़ी हुई थी। वे बेहोश हो गई थीं। बेगम की पालकियों के पीछे कुछ हकीम लोग चल रहे थे। उन्होंने नवजात शिशु और माँ की सेवा करनी शुरू की।

अब तक हैदरअली अपने दुश्मनों को पहाड़ी से नीचे खदेड़ चुके थे। जब वे नीचे, समतल मैदान में अपनी बेगम और पुत्र, टीपू के पास लौटे तो उन्होंने दासियों के मुख से अपने दूसरे बेटे के पैदा होने की खबर सुनी। पुत्र के जन्म की खबर सुनकर हैदरअली पहले तो खुश हुए लेकिन शीघ्र ही वे निराश हो गए। चूँकि बच्चा समय से पहले ही पैदा हो गया था, इसलिए उन्हें बच्चे के स्वास्थ्य को लेकर चिन्ता थी। हैदरअली ने हकीम लोगों के सुख से सुना था कि जो बच्चे समय से पहले पैदा होते हैं वे कम ही समय तक जीवित रह पाते हैं।

हकीम लोगों के उपचार से बेगम फ़ख़रुन्निसां को तो होश आ गया था, लेकिन नवजात शिशु की हालत बिगड़ने लगी थी। बच्चा अपने आपको नहीं सँभाल पा रहा था। रास्ते की तेज ठंडी हवा उसको लग रही थी। हैदरअली ने समझ लिया था कि रास्ते में अधिक देर तक ठहरना खतरे से खाली नहीं है। इसलिए उन्होंने काफिले के लोगों को शीघ्र चल कर डिंडीगल पहुँचने का हुक्म दिया।

जब हैदरअली अपने परिवार को लेकर डिंडीगल आ गए तो पैदा हुए नन्हे बच्चे के अच्छे से अच्छे इलाज की व्यवस्था की गई। शिशु को स्वस्थ रखने और जीवित रखने की हर प्रकार की कोशिशें की जाने लगीं।

दिन पर दिन बीतने लगे। हकीम लोग बड़ी लगन से बच्चे का इलाज करने लगे। हकीम योग्य थे। उनके इलाज से बच्चे की हालत में सुधार होने लगा। धीरे-धीरे दो सप्ताह बीत गए और फिर दो महीने व्यतीत हो गए लेकिन बच्चे की हालत खराब नहीं हुई। हकीमों ने प्रसन्नतापूर्वक हैदरअली को बताया—"आप निश्चिंत रहें जहाँपनाह! बच्चे की हालत को अब कोई खतरा नहीं है। अब यह पूरी तरह से तंदुरुस्त है।"

हकीमों की यह बात सुनकर हैदरअली और बेगम फ़ख़रुन्निसां की जान में जान आई। जब तक टीपू के छोटे भाई की तबियत बिगड़ी रही, तब तक वे साँस रोके अल्लाह से उसकी सलामती की दुआ माँगते रहे। लेकिन हकीमों के जरिए जब उन्हें यह पता लगा कि उनका भाई अब ठीक है, तो उन्होंने अपने छोटे भाई के साथ खेलने का मन बना लिया।

अपने छोटे भाई के पास, बिस्तर पर आकर टीपू ध्यानपूर्वक उसकी ओर देखते रहे और उसे देख-देखकर मन-ही-मन खुश होते रहे।

बेगम फ़ख़रुन्निसां की कोख से जो बच्चा पैदा हुआ था, वह सुन्दर तो था ही। हकीमों के इलाज से वह अब तंदुरुस्त भी हो गया था। कभी-कभी तो वह शिशु खूब मन करके हँसता-मुस्कराता था और कभी-कभी इतना जोर-जोर से रोने लगता था कि बेगम साहिबा उसको सँभालते-सँभालते परेशान हो जाती थीं।

हैदरअली के दूसरे बच्चे का नाम 'अब्दुल करीम' रखा गया। पाँचवर्षीय बालक टीपू को तो जैसे खेलने का एक जीता-जागता खिलौना मिल गया था। वह हर वक्त उसके साथ खेलता रहता था तथा हँसता-मुस्कराता हुआ नन्हे अब्दुल से बातें किया करता था।

हैदरअली मैसूर प्रदेश के सम्राट थे। उन्होंने तय किया था कि वे प्रजा की भलाई के कार्यों में अपना समय लगाएँगे। अपनी सेना को फ्रांसीसी प्रकार का सैनिक प्रशिक्षण देने के लिए हैदरअली ने फ्रांसीसी सैन्य अधिकारियों को अपने सैनिक शिविरों में बुला लिया था।

मैसूर सम्राट बनने के बाद हैदरअली का ध्यान मैसूर की प्रजा की भलाई और खुशहाली की ओर गया। वे हमेशा अपनी प्रजा की हितकारी बातों का चिन्तन किया करते थे। प्रजा के कल्याण की कई बातें उनके दिमाग में उठती थीं। वे सोचते थे कि ऐसी कौन-सी कृषि तकनीकी या कृषि पद्धति का इस्तेमाल किया जाए, जिससे राज्य के कृषकों को बेहतर फसल प्राप्त हो।

हैदरअली का ईश्वर और धर्म के ऊपर इतना अधिक विश्वास नहीं था, जितना

कि मानवतावादी ख़यालों के ऊपर था। वे सोचते थे कि प्रजा के बीच खुशहाली तभी रह पाएगी जब लोगों में भाईचारा हो, उनके मन के अन्दर सुख और शान्ति हो। कहीं पर भी ईर्ष्या, द्वेष और छल-कपट न हो। वे अपने राज्य के पुराने मन्दिरों और मस्जिदों की मरम्मत करवाने लगे। कई नए मन्दिर तथा नई मस्जिदों को निर्माण कार्य की शुरुआत भी उन्होंने करवाई। हैदरअली के राज्य में हिन्दू और मुसलमान, दोनों ही धर्म के लोग रहते थे। यद्यपि वे खुद पूजा-पाठ या इबादत के लिए अधिक समय नहीं निकाल पाते थे लेकिन उन्हें इस बात में विश्वास था कि ऐसे धार्मिक कामों से मनुष्य के मन में शान्ति आती है और जब आदमी का मन, अमन-चैन में होता है तो हर काम को करने में उसका मन लगता है। इसी कारण हैदरअली मन्दिर और मस्जिदों का अपने राज्य में होना जरूरी समझते थे।

जब हैदरअली इस प्रकार के धार्मिक कार्यों को करवाने में रुचि लेने लगे तो उनके राज्य की हिन्दू तथा मुस्लिम प्रजा उनकी जय-जयकार करने लगी।

हैदरअली ने यह नियम बना लिया था कि वे हफ्ते में एक बार अपनी प्रजा के दुख-सुख पूछने तथा उनके हालचाल जानने जनता के बीच जाते थे। जनता के हालात जानने के लिए हैदरअली अपने बेटे टीपू को अपने साथ घोड़े कर बिठा ले जाते थे। जिस तरह हैदरअली सिर पर रत्नजड़ित पगड़ी पहनते थे, उसी प्रकार की एक छोटी-सी पगड़ी नन्हे टीपू को भी पहनाई जाती थी।

बेगम फ़ख़रुन्निसां को अपने बेटे का शाही अन्दाज में घर से निकलना अच्छा नहीं लगता था। वे सोचती थीं कि अगर टीपू को अभी से शाही पोशाकें पहनाई जाएँगी तथा उसे इस प्रकार घोड़े पर घुमाने बाहर ले जाया जाएगा तो उसकी आदतें अभी से राजकुमारों जैसी हो जाएँगी। बेगम फ़ख़रुन्निसां अपने बेटे टीपू को टीपू मस्तान औलिया की अमानत समझती थीं और अपने वायदे के मुताबिक टीपू को शाहजादा न बना कर उसे खुदापरस्ती के रास्ते पर चलाना चाहती थीं। वे अपने बेटे टीपू को खुदा की इबादत करना सिखातीं और उसे कुरान का पाठ पढ़ कर समझातीं। बेगम फ़ख़रुन्निसां नहीं चाहती थीं टीपू की आदतें अभी से शाही प्रकार की हो जाएँ तथा वह खुदा की इबादत करना भूल जाए।

यही कारण था कि बेगम फ़ख़रुन्निसां कभी-कभी टीपू को घोड़े पर चढ़ाने से भी मना कर देती थीं। तब हैदरअली बड़े प्यार से अपनी बेगम को समझाते—"बेगम! आप चिन्ता न करें। हमारा इरादा आपके बेटे की आदतों को खराब करने का या उनको बिगाड़ने का नहीं है। अभी टीपू की उम्र छोटी है। वह धर्म, कर्म, अल्लाह और इबादत की बातों को नहीं समझता। कुछ दिन तो हमें अपने बेटे

के साथ आनन्द मना लेने दीजिए। हम अपने घोड़े पर बिठा कर टीपू को इसलिए जनता के बीच ले जाते हैं ताकि यह अभी से जनता के दुःख दर्द की बातें जान-समझ सके। आदमी की दुःख-तकलीफों को सुनना तथा उसे दूर करना भी तो खुदा की इबादत ही है…"

"आपसे भला क्या कोई जीत सकता है?"—इतना कह कर बेगम फ़ख़रुन्निसां टीपू को अपने पिता के साथ जाने की इजाज़त दे दिया करतीं।

हकीम लोगों ने बेगम के पेट की जाँच-पड़ताल करके उनको यह बता दिया था कि अब वे माँ नहीं बन सकती हैं। यह सुनकर बेगम फ़ख़रुन्निसां को जितनी निराशा हुई उससे कहीं ज्यादा दुःख हैदरअली को हुआ। अपने पति को दुःखी देखकर बेगम फ़ख़रुन्निसां को बड़ी तकलीफ होती। वे कभी भी अपने शौहर को दुःखी या कष्ट में नहीं देखना चाहती थीं। अपने पति की खुशी के लिए बेगम अपनी जान देने के लिए भी तैयार रहती थीं।

बेगम फ़ख़रुन्निसां ने अब टीपू को लेकर अपने पति को ज्यादा टोकना-टाकना बन्द कर दिया था। वे सोचती थीं कि जब मेरे पति को टीपू को खिलाने में, उसका जी बहलाने में खुशी मिलती है तो मेरी भी खुशी इसमें है कि मैं उनकी बातों का आदर करूँ।

टीपू जब अपने पिता के घोड़े पर बैठ कर मैसूर की प्रजा के बीच पहुँचते तो लोग बड़े प्यार और आदर के साथ नन्हे से राजकुमार को देखने लगते। इनमें कई लोग गरीब भी होते। उनके कपड़े फटे हुए होते और वे नंगे पैर होते। टीपू को उनकी हालत देख कर आश्चर्य होता। वे उन लोगों से कहने लगते—"आप लोग खड़े-खड़े थक जाएँगे, बैठ जाइए। आपके बच्चे कहाँ पर हैं? आप अपने बच्चों को मेरे साथ खेलने भेजिए। आपके कपड़े क्यों फटे हैं और आपके पैरों में जूते क्यों नहीं हैं?"

"बेटा! ये गरीब लोग हैं—" हैदरअली अपने बेटे को समझाने का प्रयत्न करते। इस पर टीपू पुनः पूछने लगते—"गरीब हैं तो क्या हुआ अब्बा हुजूर! इनको भी हमारी तरह अच्छे कपड़े, पहनने का और पैरों में जूते पहनने का हक है। आप इन्हें हमारी ओर से कपड़े और जूते दिलवाइए।"

"अच्छी बात है बेटा, ऐसा ही होगा!"—हैदरअली खुश होकर कहते। उन्हें खुशी इस बात की थी कि टीपू मानवीय संवेदनाओं को समझता है। उनके बेटे के दिल में गरीब और दुःखी लोगों के लिए जगह है।

टीपू की नेक नीयत तथा अच्छी आदतें देखकर हैदरअली सोचते थे कि हमारा

बेटा बड़ा होकर महान सुलतान जरूर बनेगा। इतने अच्छे विचार या तो किसी संत के अन्दर या फिर किसी परोपकारी राजा के अन्दर हो सकते हैं।

टीपू मैसूर के लोगों से इतनी मीठी और प्यारी-प्यारी बातें करते थे कि मैसूर की जनता उनके दर्शन करने तथा उनसे मिलने के लिए उमड़ पड़ती थी। मैसूर के लोग अपने सुलतान हैदरअली को जितना चाहते थे, उतना ही वे नन्हे टीपू को भी चाहते थे। टीपू अपनी भोली-भोली बातों के कारण सबकी आँखों का प्यारा बन गया था।

अगर टीपू को अपनी उम्र का कोई बच्चा सड़क पर दिखाई दे जाता तो वे अपने पिता से घोड़े से नीचे उतरने की जिद किया करते। घोड़े से नीचे उतर कर टीपू रास्ते में खड़े उस बालक से हाथ मिलाते, उसका कंधा छूते और उसके हाल-चाल पूछते हुए उससे बातें किया करते।

हैदरअली को पता था कि उनके प्यारे पुत्र को नए-नए बच्चों से मिलने तथा उनसे मित्रता करने का शौक है। वे जानते थे कि राजकुमार लोग जब किसी साधारण बालक से मिलते हैं या उससे मित्रता करते हैं तो वे अपनी तरफ से उसे कोई-न-कोई चीज उपहार में अवश्य देते हैं। इसी उद्देश्य से हैदरअली जब भी अपने बेटे को घुमाने के लिए राजमहल से बाहर जाते तो वे अपने साथ खाने-पीने की चीजें, खिलौने और कपड़े आदि साथ ले चलते। ये सब चीजें लाद कर उनके सेवक उनके पीछे-पीछे अपने-अपने घोड़ों पर चला करते थे।

टीपू जब भी किसी नए लड़के से मिलते, वे उसका नाम और पता पूछते फिर वे हँसते-मुस्कराते हुए उसकी ओर दोस्ती का हाथ बढ़ाते तथा अपनी तरफ से कोई-न-कोई वस्तु उस बच्चे को उपहार में दिया करते।

टीपू सुलतान को बच्चों के भिन्न-भिन्न प्रकार के नाम बड़े अच्छे लगते थे। जब बच्चे उनका नाम पूछते तो वे मुस्कराते हुए कहते—"मेरा नाम टीपू सुलतान है!"

बच्चों को टीपू सुलतान का नाम सुनकर आश्चर्य होता। वे सोचने लगते कि इस लड़के की उम्र तो हमारे बराबर है। फिर यह सुलतान कैसे हो सकता है? सुलतान और राजा तो आदमी बड़ी उम्र में बनता है!

टीपू सुलतान दोस्त बनाने में माहिर थे। वे अपने मधुर स्वभाव के कारण बच्चों से बातें करते हुए खेल ही खेल में उनको अपना मित्र बना लेते थे।

हैदरअली मैसूर की जनता की भलाई के कार्यों में जुटे हुए थे। अपनी सेना को मजबूत बनाने के लिए उन्होंने जो प्रयास किए थे, अपने उन प्रयासों में उनको सफलता मिली थी। फ्रांस की सरकार ने नए-नए हथियार बनाने के काम में उनकी

मदद की थी। हथियार बनाने के कई कारखाने मैसूर में खुलने लगे थे।

हैदरअली को पता था कि यदि राज्य की व्यापार-व्यवस्था सुचारु रूप से चलती रहेगी, तो राज्य की अर्थव्यवस्था के किसी प्रकार की आँच नहीं आएगी। यह सोचकर हैदरअली ने व्यापारिक कार्यों में रुचि लेनी शुरू कर दी। हैदरअली ब्रिटिश हुकूमत की शय पर चलने वाले व्यापारियों या ब्रिटेन के व्यापारियों के साथ व्यापार करने के बजाय फ्रांसीसी व्यापारियों के साथ व्यापार करना ज्यादा अच्छा समझते थे। फ्रांसीसी कौम के लोगों को वे अंग्रेज कौम के लोगों से कई दर्जे अच्छा मानते थे।

हैदरअली ने फ्रांसीसी व्यापारियों के साथ तो व्यापार करना शुरू किया ही लेकिन साथ ही साथ उन्होंने घरेलू उद्योग-धंधों को भी बढ़ावा दिया। मैसूर राज्य में स्थान-स्थान पर उद्योग-धंधों की शुरुआत हो चुकी थी। घरेलू उद्योग-धंधों में जो चीजें तैयार होती थीं, उनको फ्रांस के व्यापारी खरीद लेते थे तथा अपने देश ले जाकर बेचते थे। इससे मैसूर के लोगों को काफी अच्छा आर्थिक लाभ होता था तथा अनेक लोगों को घर बैठे ही रोजगार भी मिलने लगा था, जिसके कारण जनता में छायी बेचैनी, निराशा तथा अभावग्रस्तता दूर होने लगी थी।

हैदरअली ने अपने राज्य की कृषि तथा व्यापारिक उन्नति की ओर तो ध्यान दिया ही, लेकिन इसके साथ-ही-साथ उन्होंने किसानों और व्यापारियों से उचित कर भी वसूलना प्रारम्भ किया। चूँकि हैदरअली अपने राज्य के कृषकों, दस्तकारों और व्यापारियों को कई प्रकार से लाभ पहुँचाते थे, इस कारण उनको कर देने में किसी को कोई परेशानी नहीं होती थी। हैदरअली विभिन्न आजीविका वाले लोगों से कर तभी लेते थे जब वे उनको लाभ पहुँचा देते थे।

हैदरअली अपने राज्य के विभिन्न वर्ग के लोगों को सभी प्रकार की सुख-सुविधाएँ तथा लाभ पहुँचाने का प्रयत्न किया करते। इसके साथ-ही-साथ वे मैसूर के हर नागरिक की सुरक्षा की गारण्टी भी लेते थे। यही कारण था कि मैसूर की जनता उनको काफी पसन्द किया करती थी। हैदरअली धैर्यतापूर्वक अपनी प्रजा के दुःख-दर्दों को सुनते थे तथा उनको दूर करने का प्रयत्न किया करते थे।

प्रशासनिक मामलों में हैदरअली काफी कुशल थे। उनके सलाहकार मित्र पूर्णिया कदम-कदम पर उनकी सहायता किया करते थे। वे हैदरअली के कठिन से कठिन राजनैतिक और प्रशासनिक मामलों को बातों ही बातों में सुलझा देते थे। पूर्णिया के होते हुए हैदरअली हर बात से निश्चित रहते थे। उनको इस बात की खुशी थी कि उनको पूर्णिया जैसा विद्वान साथी और सलाहकार मिला।

पूर्णिया के लिए रुपये-पैसों का सारा प्रबंध हैदरअली ही करते थे। हैदरअली के कारण पूर्णिया का परिवार सुख से जीवन व्यतीत कर रहा था। राजनैतिक और प्रशासनिक मामलों में, धर्म और समाज सेवा के मामलों में पूर्णिया की इतनी चलती थी कि उनकी बात को टालने की हिम्मत किसी में नहीं होती थी। पूर्णिया जो कह देते थे, वही होता था। पूर्णिया भी अपने मुख से कभी गलत या अनर्थकारी वचन नहीं कहते थे। वे जो कुछ भी बोलते थे, उसमें हैदरअली के परिवार का और मैसूर राज्य का हित छिपा होता था। वे हर बात मैसूर प्रजा की खुशहाली और तरक्की को ध्यान में रखकर ही कहते थे।

8

जब टीपू छह वर्ष के हुए तो उनकी शिक्षा-दीक्षा का प्रबंध किया जाने लगा। अर्कोट के टीपू मस्तान औलिया एक प्रसिद्ध सूफी संत थे और सूफी संतों की हिन्दू और मुस्लिम—दोनों ही प्रकार के धर्मों में रुचि रहती है। वे अपनी वाणियों अथवा प्रवचनों के जरिए हिन्दू-मुस्लिम एकता पर जोर देते हैं। अर्कोट के संत टीपू मस्तान ने भी हिन्दू और मुसलमानों को जोड़ने का काम किया था। उन्होंने हिन्दू और मुसलमान, दोनों ही धर्मों से अच्छाइयाँ ग्रहण की थीं।

सूफी संत यद्यपि मुसलमान धर्म के होते हैं लेकिन उनकी रचनाओं में हिन्दू धर्म की मान्यताओं के प्रेम की झलक दिखाई देती है। हिन्दुओं के देवी-देवताओं से उनको किसी प्रकार का परहेज नहीं होता। सूफी संत हिन्दू धर्म में प्रचलित कथाओं के आध ार पर मानवीय प्रेम की व्याख्या करते हैं तथा वे मानवीय प्रेम को ईश्वरीय प्रेम से किसी भी कीमत में कम नहीं मानते।

बेगम फ़ख़रुन्निसां सूफी संतों की परम्परा से भली-भाँति परिचित थीं। अर्कोट की मजार पर जाकर उन्होंने वहाँ के फकीरों से टीपू मस्तान औलिया की विचारधारा के बारे में बहुत कुछ सुन रखा था। उन्हें मालूम हो गया था कि औलिया बाबा हिन्दू धर्म के श्रद्धालुजनों से उतना ही प्रेम करते हैं, जितना कि वे मुस्लिम धर्म के श्रद्धालुजनों से करते हैं।

बेगम साहिबा ने टीपू के शिक्षकों से कह रखा था कि मेरे बेटे को हिन्दू और मुसलमान—दोंनों ही धर्म के लोगों के बीच रहकर खुदा की इबादत करनी है। जिस

तरह सूफी संतों में धर्म को लेकर किसी तरह का कट्टरपन नहीं होता, उसी प्रकार मेरे बेटे के अन्दर भी मुस्लिम धर्म के पक्ष को लेकर कट्टरता नहीं आनी चाहिए। इसलिए आप लोग उसे हिन्दू और मुसलमान—दोनों ही प्रकार के धर्मों की शिक्षा दें, ताकि मेरा बेटा हिन्दू और मुस्लिम धर्म के बीच फैले भेदभाव और वैमनस्य को दूर करके इंसान को सही इंसान के रूप में देख सके।

यही बात बेगम फ़ख़रुन्निसां ने अपने पति हैदरअली से भी कही। फलस्वरूप हैदरअली ने अपने बेटे की शिक्षा-दीक्षा का कार्य मुस्लिम और हिन्दू—दोनों ही प्रकार के शिक्षकों को सौंपा।

उस जमाने में बच्चों की पढ़ाई के इतने विषय नहीं होते थे, जितने कि आज होते हैं। स्कूल और मदरसों में बच्चों को धार्मिक शिक्षा देकर शिक्षित किया जाता था। बेगम फ़ख़रुन्निसां सोचती थीं कि अगर टीपू को मदरसों जैसी शिक्षा दी जाएगी तो उसके विचार एक मुसलमान की तरह होंगे और यदि उसे मुस्लिम धर्म के साथ-साथ हिन्दू धर्म की भी शिक्षा दी जाएगी तो उसके विचार सूफी संतों की तरह होंगे। टीपू मस्तान औलिया की यही इच्छा है कि टीपू बड़ा होकर सूफी संतों की तरह रहे तथा खुदा की इबादत और इंसान की खिदमत में अपना जीवन लगाए।

हैदरअली अपनी धर्मपत्नी को इतना प्यार करते थे कि वे उनकी हर बात से खुश थे। उनको यह जानकर खुशी हुई कि उनका बेटा टीपू मुस्लिम धर्म के साथ-साथ हिन्दू धर्म की शिक्षा को भी ग्रहण करेगा। इससे उसके हृदय में दोनों धर्म के लोगों के प्रति सद्भावनाएँ जन्म लेंगी तथा वह दोनों धर्मों के लोगों के कल्याण के बारे में सोचेगा।

बेगम फ़ख़रुन्निसां सोचती थीं कि जब टीपू बड़ा हो जाएगा तो उसे खुदा की इबादत के लिए छोड़ दिया जाएगा। उनका दूसरा बेटा अब्दुल करीम ही औलिया बाबा के आशीर्वाद के अनुसार उनके पति के राज्य और सम्पत्ति का उत्तराधिकारी बनेगा।

हैदरअली अपने बीबी-बच्चों को बहुत चाहते थे लेकिन उनकी इच्छा थी कि टीपू खुदाईपरस्त न बन कर उनका वारिस बने और सुलतान बन कर राज्य करे।

न जाने क्यों हैदरअली को यह लगता था कि टीपू के अन्दर उनका वारिस होने की जो खूबियाँ हैं, वे खूबियाँ अब्दुल करीम में नहीं हैं। इसलिए अगर अब्दुल को खुदा की इबादत में लगाया जाए और टीपू को अपने साम्राज्य का और सम्पत्ति

का उत्तराधिकारी बनाया जाए तो अच्छा रहेगा।

कभी-कभी हैदरअली यह सोचते थे कि अभी से यह नहीं सोचना चाहिए कि उन्हें अपना वारिस टीपू को बनाना चाहिए या अब्दुल करीम को? क्या पता अब्दुल करीम ही बड़ा होकर हमारे वर्से के लायक बन जाए। इसलिए पहले दोनों बच्चों को बड़ा हो जाने दें। बड़े होने पर अपने आप मालूम हो जाएगा कि दोनों में से किसमें राज्य को सँभालने के गुण हैं।

हैदरअली को अपनी पत्नी के इस निर्णय में किसी बात का विरोध नहीं था कि अपने दोनों बालकों में से एक बालक को खुदा की इबादत के लिए छोड़ा जाए लेकिन वे सोचते थे कि उनका जो बालक राज्य संचालन के अधिक योग्य हो उसी को शासन-प्रशासन का काम सौंपा जाना चाहिए। इसके अलावा जिस बालक में राज्य सँभालने की खूबियाँ न हों उसे खुदा की इबादत के लिए छोड़ देना चाहिए।

हैदर इस निष्कर्ष पर पहुँच गए थे कि एक बेटे को अपना वारिस बनाना और दूसरे बेटे को खुदा भी इबादत के लिए छोड़ना गलत नहीं है। इससे खुदा की इबादत भी होती रहेगी और मैसूर राज्य का काम भी चलता रहेगा। वैसे भी मेरी मृत्यु के बाद मेरे किसी-न-किसी बेटे को तो मैसूर का राज्य सँभालना ही है।

हैदरअली मानते थे कि न्यायपूर्वक राज्य चलाना और प्रजा की ठीक प्रकार से देखभाल करना एक प्रकार से खुदा की इबादत करना ही है। यदि टीपू बेटा धर्म का पालन करता हुआ अपना राज्य सँभालेगा, अपनी प्रजा को सुख-शान्ति देगा, तो वह एक तरह से खुदा की इबादत और खिदमत ही करेगा। उसके राजा बन जाने से टीपू मस्तान औलिया को दिया गया वचन भंग नहीं होगा।

हैदर सोचते थे–'यदि आदमी न्यायप्रिय और धर्मप्रिय शासक होकर अपनी प्रजा के लोगों को चरित्रवान नागरिक, ईमानदार और कर्तव्यनिष्ठ नागरिक बनाने की कोशिश करे, तो यह खुदा की सबसे बड़ी इबादत होगी। कलियुग के कठिन दौर में इंसान के हित के लिए संघर्ष तथा युद्ध करना, कल्याणकारी राज्य का निर्माण करना, प्रजाजनों को न्यायप्रिय शासन प्रदान करना ही तो खुदाई कार्य हैं। अगर कोई आदमी रोज खुदा की इबादत करे और इंसानों की भलाई न करे, इंसानों से दुश्मनी रखे तो यह खुदा की सच्ची इबादत नहीं है। मैं अपने बेटों को एक सच्चा, नेक, ईमानदार और परोपकारी आदमी बनाना चाहता हूँ। मैं चाहता हूँ कि मेरे बेटे इतने नेक बनें कि उनके सच्चे कार्यों में खुदा का नूर दिखाई दे।'

हैदरअली मन-ही-मन ऐसा सोचते तो थे, लेकिन वे अपने मुख से अपनी बेगम फ़ख़रुन्निसां से कुछ कहते न थे। उन्हें इस बात का डर था कि उनकी किसी बात से उनकी बेगम को दुःख न हो। इसलिए इस प्रकार की क्रान्तिपूर्ण विचारधारा की बातों को हैदरअली प्रायः अपने मन के अन्दर ही रखते थे।

बालक टीपू की शिक्षा-दीक्षा का सारा उचित प्रबंध कर दिया गया था। हैदरअली ने अपने बेटे को इस्लाम धर्म की शिक्षा दिलाने के लिए मौलवी उबैदुल्ला को नियुक्त किया था तथा टीपू को हिन्दू धर्म की शिक्षा दिलाने के लिए गोवर्धन पंडित को जिम्मेदारी सौंपी गई थी। ये दोनों शिक्षक अपने-अपने निर्धारित समय पर आकर टीपू को शिक्षा देने लगे।

हैदरअली चाहते थे कि अगर उनका बड़ा बेटा टीपू खुदा की खिदमत और इबादत करे तो बड़ी शान के साथ करे। वह केवल हाथ में कटोरा लेकर चलने वाला और कंधे पर झोली लटका कर चलने वाला साधारण-सा फकीर न बन कर रह जाए। यदि उसे मुस्लिम तथा हिन्दू धर्म की ऊँची शिक्षा दी जाएगी तो वह विद्वान बनेगा। हैदरअली ने तय किया था कि उनका बेटा जितना बड़ा मुस्लिम धर्म का विद्वान बनेगा उतना ही बड़ा हिन्दू धर्म का भी विद्वान बनेगा। यदि सोचकर उन्होंने मैसूर के मुस्लिम धर्म के विद्वान मौलवी साहब को और हिन्दू धर्म के प्रकाण्ड पंडित गोवर्धन को टीपू की शिक्षा का काम सौंपा था। हैदर सोचते थे कि मौलवी साहब और पंडित जी टीपू को हिन्दू और मुसलमान धर्म का इतना ऊँचा और श्रेष्ठ ज्ञान देंगे कि मुसलमानों के साथ-साथ मैसूर के हिन्दू लोग भी टीपू की विद्वत्ता पर गर्व किया करेंगे।

मौलवी उबैदुल्ला और गोवर्धन पंडित कोई साधारण शिक्षक नहीं थे। ये दोनों अपने-अपने क्षेत्र या विषय के मैसूर के माने हुए विद्वान थे। मौलवी साहब को कुरान की सारी आयतें कंठस्थ थीं। वे उर्दू, फारसी और अरबी भाषा के ज्ञाता थे। इधर पंडित गोवर्धन भी विद्वत्ता के मामले में मौलवी साहब से कम न थे। सारे वेद, शास्त्र और पुराण उपनिषदों का उन्होंने अध्ययन किया था। संस्कृत व्याकरण के ज्ञाता थे और संस्कृत के अनेक धार्मिक श्लोक उनको पूरी तरह से याद थे। हैदरअली को इस बात का गर्व होता था कि उनका पुत्र टीपू मैसूर के दो महान् शिक्षकों से शिक्षा प्राप्त कर रहा है। बड़ा होकर उनका बेटा धर्म के मामले में बड़ा विद्वान और महान् बनेगा। धर्म से सम्बन्धित झगड़े और समस्याओं को यह चुटकियों में हल कर दिया करेगा।

हैदरअली जानते थे कि अगर उनका बेटा धर्म के विषयों का विद्वान बन कर खुदा की इबादत करेगा तो दुनिया उसके सामने सिर झुकाएगी तथा वह अपने जीवन

में खुद भी कभी अंधकार में नहीं रहेगा। धर्म, ज्ञान और शिक्षा का प्रकार मनुष्य के जीवन के सारे दुःख-दर्द, कष्ट, संशय और मुसीबतों को दूर करता है। व्यक्ति के जीवन का सही विकास केवल सही शिक्षा से ही हो सकता है। ऊँची शिक्षा पाकर साधारण से साधारण व्यक्ति भी विशिष्ट, ऊँचा, बुद्धिमान और महान् बन जाता है। हैदरअली जानते थे कि वे खुद तो अपने जीवन में अधिक न पढ़ सके, परन्तु अपने बच्चों की पढ़ाई-लिखाई या शिक्षा-दीक्षा में वे किसी प्रकार की कोई कमी-कसर नहीं छोड़ेंगे।

मौलवी उबैदुल्ला यद्यपि जाति से मुसलमान थे लेकिन मुस्लिम धर्म की कट्टरता उनके अन्दर नहीं थी। इसी तरह से पंडित गोवर्धन ब्राह्मण होते हुए भी हिन्दू धर्म के कट्टरपने से दूर थे। इन दोनों विद्वानों की नीतियाँ बड़ी ही उदार थीं तथा ये हमेशा मानव के विचारों के बीच समन्वय स्थापित करने का प्रयास किया करते थे।

मौलवी उबैदुल्ला मुस्लिम धर्म के गुरु थे और पंडित गोवर्धन हिन्दू धर्म के गुरु थे। इन दोनों के अपने-अपने कई शिष्य और अनुयायी भी थे। वे लोग इनके आदेश का पालन करने के लिए हमेशा तत्पर रहते थे और इनकी दी हुई नेक सलाह को मानते थे।

मौलवी साहब ईश्वर को एक मानते थे। वे कहा करते थे—"खुदा केवल मुसलमान लोगों का ही नहीं, बल्कि हिन्दू, ईसाई, बौद्ध, जैन, सिक्ख और पारसी आदि सभी धर्म के लोगों का भी है। संसार में लोग अल्लाह को अलग-अलग नामों से पुकारते हैं। कोई उसे भगवान कहता है, कोई खुदा, गॉड या एक ओंकार कह कर पुकारता है, लेकिन अलग-अलग नामों से पुकारने से खुदा अलग-अलग नहीं हो जाता। वह तो एक ही परम सत्ता है और सारे जगत का मालिक है। संसार के लाखों लोग उसी के बंदे हैं। बाहरी आँखों से खुदा दिखाई नहीं देता। उसे देखने के लिए तो मन की शुद्ध आँखें चाहिए। केवल सच्ची अन्तरात्मा के जरिए, दिल की सच्ची पुकार के जरिए ही उसे पाया जा सकता है।"

जिस तरह मौलवी उबैदुल्ला ईश्वर तथा धर्म के मामले में उदारवादी विचारों के थे, उसी तरह से गोवर्धन पंडित जी भी बड़े खयालों के थे। अपने शिष्यों को वे समझाया करते थे—"भगवान की सत्ता किसी एक धर्म तक सीमित नहीं है। परमेश्वर तो सबका पिता है। वह सभी के लिए है। वह सर्वशक्तिमान तथा सर्वोच्च सत्ता वाला है। जब तक उसके ऊपर कोई सच्ची श्रद्धा तथा सच्चा विश्वास नहीं रखेगा तब तक उस तक कोई पहुँच नहीं सकता, न ही उसे पा सकता है।"

ऐसे उदारवादी खयालों के धार्मिक शिक्षक टीपू सुलतान को अच्छे संस्कार और कर्तव्यों की शिक्षा देने लगे। वे कहा करते थे कि दीन-दुखियों की सेवा करना ही

ईश्वर की सच्ची इबादत है। समाज से दूर रह कर ईश्वर को पाने का प्रयास करना गलत है। हम लोगों को समाज के बीच रह कर तथा अपने पारिवारिक व सामाजिक दायित्व निभाते हुए ईश्वर की दया, कृपा और प्रेम को पाने का प्रयास करना चाहिए।

मौलवी साहब और पंडित जी टीपू को अपने-अपने धर्म के शाश्वत सिद्धान्तों की शिक्षा देते थे और दोनों की शिक्षा का उद्देश्य एक ही था। दोनों ही शिक्षक टीपू को संसार का महान् व्यक्ति बनाना चाहते थे। इसी उदारवादी खयाल को लेकर वे अपने-अपने धर्म के सच्चे सिद्धान्तों को विभिन्न उदाहरणों और सरल कहानियों के माध्यम से टीपू को समझाया करते थे।

मौलवी साहब और पंडित जी की यही कोशिश रहती थी कि उनके विद्यार्थी टीपू के अन्दर किसी किस्म की बुराई, कमजोरी या संकीर्णता न पनप पाए। उसके पास संसार के प्रत्येक प्रश्न और प्रत्येक पहेली का उत्तर हो। अपने जीवन की समस्याओं को वह बिना किसी की सहायता के हल कर सके। वे टीपू को इतना सक्षम, इतना समर्थ बनाना चाहते थे। दोनों धर्मों के शिक्षकों ने कभी भी टीपू को धार्मिक कट्टरता सिखलाने की कोशिश नहीं की थी। वे किसी भी प्रकार से टीपू को धर्म के प्रति कट्टर, दुराग्रही या अड़ियल रवैया वाला नहीं बनाना चाहते थे। इन शिक्षकों की कोशिश थी कि टीपू के मन को इतना निर्मल और स्वच्छ बनाया जाए, उसकी बुद्धि को इतना तीक्ष्ण अथवा कुशाग्र बनाया जाए कि वह हरेक के चेहरे को दिखाने वाला दर्पण बन जाए। संसार की प्रत्येक समस्या को वह अपनी बुद्धि के आधार पर हल कर सके। उसके हृदय में दीन-दुःखी मनुष्यों के दुःख-दर्द को समझने की, सभी वर्ग और सभी उम्र के लोगों का प्यार समाने की शक्ति हो। दया, ममता, प्रेम, सहानुभूति, सौहार्द्र तथा भाईचारे की भावना उसके अन्दर कूट-कूट कर भरी हुई हो।

टीपू के शिक्षक हमेशा टीपू को देश का एक सुयोग्य नागरिक और आदर्श इंसान बनाना चाहते थे। वे हर प्रकार के मानवीय गुणों तथा क्षमताओं को उसके अन्दर कूट-कूट कर भर देना चाहते थे। ये शिक्षक खुद भी नैतिक सिद्धान्तों का और धर्म की मर्यादाओं का पालन किया करते थे। इसका खुद का जीवन भी संयमित और अनुशासित था। टीपू को भी ये उसी प्रकार से आत्मसंयमित तथा अनुशासित बनाना चाहते थे। इन शिक्षकों का विचार था कि जो व्यक्ति अपने पर संयम और अनुशासन रखता है, वही दूसरों के ऊपर शासन कर सकता है। हैदरअली और उनकी बेगम भी यही चाहते थे कि उनका बेटा संसार की प्रत्येक बुराई से नफरत करे। किसी भी किस्म की बुराई और कभी कमजोरी उसके अन्दर न हो तथा उसके अन्दर सही समय पर सही फैसला करने की समझ व शक्ति आए।

टीपू के शिक्षक टीपू को ऐसा इंसान बनाना चाहते थे, जो पूरा दम लगा कर हर तरह की बुराई को उखाड़ फेंकने की क्षमता अपने अन्दर रखता हो। सज्जनों की प्रशंसा करना, उन्हें पुरस्कृत कर उनका उत्साहवर्धन करना उसका स्वभाव बने तथा दुष्टजनों को मजा चखाने या उनको दण्ड देने की सामर्थ्य टीपू के अन्दर हो।

मौलवी उबैदुल्ला नियमपूर्वक टीपू सुलतान को फारसी भाषा लिखना और पढ़ना सिखाते थे तथा उनको कुरान का पाठ भी समझाया करते थे। इससे टीपू कुरान की बहुत सारी बुनियादी बातों को जानने लगे थे। कुरान की शिक्षा के जरिए उन्हें पता चल गया था कि इंसानों के साथ छल-कपट करना और उनको सताना बुरी बात है। जो आदमी ऐसा करता है उसे अल्लाह सख्त सजा देता है। किसी भी तरह की बुराई हमें अपने मन के अन्दर धारण नहीं करनी चाहिए। जो लोग बुराई और आतंक फैलाते हैं, उनको सख्त से सख्त सजा देनी चाहिए।

मौलवी साहब और पंडित जी की शिक्षा से टीपू सुलतान यह समझने लगे थे कि अल्लाह कभी इंसानों के बीच भेदभाव करना नहीं सिखाता। वह सभी को प्यार से रहना सिखाता है। हमें दीन-दुःखी, पीड़ित, शोषित, असहाय व्यक्तियों के प्रति सदैव सहानुभूति और रहम का भाव रखना चाहिए। गरीबों के आँसू हमें अपने आँसुओं की तरह ही समझने चाहिए। आँखें सभी की एक जैसी होती हैं। आँखों का कोई भी विशिष्ट धर्म नहीं होता। किसी भी व्यक्ति की आँखों में आया आँसू उसके दिल की पीर बताता है। वह व्यक्ति चाहे किसी भी धर्म का क्यों न हो। सभी के दिल की पीड़ा एक जैसी होती है। हमें प्रत्येक मजबूर और दुःखी इंसान के आँसुओं को पोंछने का प्रयत्न करना चाहिए। हमें संसार और समाज को ऐसा खुशनुमा बनाने का प्रयत्न करना चाहिए कि किसी की आँखों में आँसू न आए, किसी के भी दिल में ईर्ष्या और नफरत पैदा न हो।

पंडित गोवर्धन का काम था—टीपू सुलतान को संस्कृत व्याकरण सिखाना। वे गीता, रामायण, पुराण, महाभारत और उपनिषदों का ज्ञान टीपू को दिया करते थे। विद्यार्थी टीपू को संस्कृत के श्लोक इतनी अच्छी तरह से कण्ठस्थ हो गए थे कि वे उन श्लोकों को झूम-झूम कर गाया करते थे। टीपू को कुरान भी अच्छी लगती थी और गीता-रामायण भी। वे हर धर्म की पुस्तक का आदर किया करते थे।

टीपू हिन्दू और मुस्लिम धर्म की बातों से नैतिक, चारित्रिक तथा धार्मिक मूल्यों की शिक्षा ग्रहण करके अपने चरित्र, आचरण, संस्कार और व्यवहार को श्रेष्ठ

बना रहे थे। उनके अन्दर एक ऐसे महान् व्यक्तित्व का विकास हो रहा था। जो सभी धर्म की सीमाओं से ऊपर उठकर था। टीपू ने स्वीकार किया कि सत्य ही सभी धर्मों से श्रेष्ठ धर्म है। धार्मिक पुस्तकें हमें सच्चाई और नेकी के रास्ते पर चलना सिखाती हैं।

9

बेगम फ़ख़रुन्निसां ने अर्कोट के सूफी संत टीपू मस्तान औलिया की मजार पर फकीर से वायदा किया था कि वे अपने पहले पुत्र को खुदा की इबादत में लगाएँगी तथा दूसरे पुत्र को अपने पिता की मिल्कीयत का वारिस बनाएँगी जबकि उनके पति हैदरअली की इच्छा कुछ और ही थी। वे टीपू के अन्दर अपने वारिस होने की सारी खूबियाँ पाते थे। उनको वे सब खूबियाँ अपने छोटे बेटे अब्दुल करीम के अन्दर दिखाई नहीं देती थीं। इसलिए वे सोचते थे कि अगर अपने दोनों में से एक बेटे को खुदा की इबादत में लगाना है तो बड़े बेटे की बजाय छोटे बेटे अब्दुल करीम को खुदा की इबादत में लगाया जाए और टीपू बेटे को राजकुमारों जैसी शिक्षा देकर काबिल इंसान बनाया जाए ताकि वह बड़ा होकर मैसूर का राजा बन सके। यही सोच कर हैदरअली ने दो योग्य शिक्षकों को टीपू की शिक्षा के काम में लगाया था।

हैदरअली की तरह उनके सलाहकार पूर्णिया जी भी यही सोचते थे कि टीपू की शिक्षा-दीक्षा में किसी प्रकार की कमी न की जाए। उसे शास्त्रों की शिक्षा के साथ-साथ शस्त्र संचालन की भी शिक्षा दी जाए। इस काम के लिए हैदरअली ने अपने विश्वासपात्र सैनिक ग़ाज़ीख़ान को चुना। पूर्णिया की सलाह पर हैदरअली ने ग़ाज़ीख़ान को यह काम सौंपा कि वह टीपू को घुड़सवारी करना सिखाए तथा उसे हथियार चलाने और निशाना लगाने की शिक्षा दे।

ग़ाज़ीख़ान ने टीपू को घुड़सवारी और हथियार चलाने की शिक्षा देना खुशी-खुशी स्वीकार कर लिया था। उसके लिए यह बात बड़े गर्व की थी कि वह मैसूर के सम्राट हैदरअली के पुत्र को शस्त्र संचालन की शिक्षा देगा।

ग़ाज़ीख़ान ने टीपू को पहले घुड़सवारी करना सिखाया। कुछ ही दिनों में किशोर टीपू घोड़ा चलाने में रुचि लेने लगा। उसे घोड़े का संचालन करना तथा घोड़े को वश में करना भी आ गया। ग़ाज़ीख़ान और हैदरअली यह देखकर खुश थे कि टीपू ने कम

समय में घुड़सवारी सीख ली थी। घुड़सवारी के साथ-साथ ग़ाज़ीख़ान ने टीपू को तैराकी की कला भी सिखाई। टीपू के लिए हर कला में माहिर होना जरूरी था ताकि वह मुसीबत में हर प्रकार से अपनी जान की रक्षा कर सके। दुश्मन किसी भी परिस्थिति में आक्रमण कर सकता है, यह बात ग़ाज़ीख़ान को मालूम थी। ग़ाज़ीख़ान यह भी जानता था कि दुश्मन को सबक सिखाने के लिए या उसकी प्रबलता देख कर उससे अपनी रक्षा करने के लिए थल में या जल में—हर वातावरण में टीपू को चलना आना चाहिए ताकि वह दुश्मन पर अपनी पकड़ बना सके या उसकी पहुँच से दूर जा सके।

ग़ाज़ीख़ान का एक अपना भी बेटा था। वह भी टीपू की उम्र का था। ग़ाज़ीख़ान टीपू के साथ-साथ अपने बेटे को भी घुड़सवारी और पानी में तैरना सिखाता था। पहले दोनों लड़कों ने अपने प्रशिक्षक ग़ाज़ीख़ान से घुड़सवारी सीखी, इसके बाद उससे तैरने का गुण सीखने लगे।

टीपू को पानी में तैरने में बड़ा आनन्द आता था। तैराकी में टीपू इतने माहिर हो चले थे कि ग़ाज़ीख़ान के बेटे को भी पीछे छोड़ देते थे। ग़ाज़ीख़ान को इस बात से खुशी होती थी। यह टीपू को अपने पुत्र से बढ़ कर प्यार किया करता था।

ग़ाज़ीख़ान पूरी कोशिश में लगा था कि टीपू के अन्दर वह हर खूबी या गुण हो जो कि सफल योद्धा या सैनिक के अन्दर होते हैं। टीपू में कोई ऐसी कमी न रह जाए जिसके कारण उसे कभी धोखा खाना पड़े या दुश्मन उसकी कमजोरी का फायदा उठा कर उसको मात दे सके।

जिस समय हैदरअली ने ग़ाज़ीख़ान को अपने पुत्र को सैन्य प्रशिक्षण देने का काम सौंपा था, उस समय ग़ाज़ीख़ान के वायदा किया था कि वह शाहजादे को हर कला, हर हुनर में माहिर बनाएगा। उसके अन्दर किसी गुण, शक्ति, कला या सामर्थ्य की कमी नहीं रहेगी।

ग़ाज़ीख़ान से घुड़सवारी और पानी में तैरना सीखने में टीपू को बड़ा आनन्द आता था। ग़ाज़ीख़ान अपने शागिर्द टीपू के प्रति इतने नरम, रहमदिल तथा शुभचिन्तक थे कि वे टीपू की किसी भूल पर गुस्सा नहीं होते थे। वे टीपू को बड़े ही नरम तरीके से घुड़सवारी व तैराकी सिखाते थे।

बेगम फ़ख़रुन्निसां को यह सब पसन्द नहीं था। उन्होंने अपने पति से साफ-साफ कह दिया था कि टीपू बड़ा होकर खुदाई खिदमतगार और अल्लाह की इबादत करने वाला बनेगा, अतः इसके अन्दर साधु-संन्यासियों या फकीरों जैसे लक्षण होने चाहिए, न कि राजकुमारों या शाहजादों के जैसे। हैदरअली अपनी बेगम से बहुत प्यार करते थे तथा उनके खयालों की बहुत कद्र करते थे। जिस समय टीपू घुड़सवारी और पानी

में तैरना सीख रहा था, उस समय हैदरअली ने अपनी बेगम को समझाया कि घोड़े को चलाना और पानी में तैरना इंसानियत के खिलाफ बात नहीं है। इसमें किसी इंसान का हृदय दुःखी नहीं होता। आज के जमाने में घोड़ा ही आने-जाने का प्रमुख साधन या वाहन है। टीपू घोड़ा चलाना और घोड़े को दौड़ाना सीख जाएगा तो यह घोड़े के जरिए कहीं भी आसानी से आ-जा सकेगा। घोड़ा चलाने का मतलब यह तो नहीं है कि वह कोई लड़ाई ही लड़े या किसी इंसान के कत्ल करने के उद्देश्य से घोड़े पर बैठ कर जाए। घुड़सवारी के और भी तो कई हितकारी उद्देश्य हो सकते हैं।

बेगम फ़ख़रुन्निसां को अपने पति की कुछ बातें समझ में नहीं आती थीं। वे अभी तक ये नहीं समझ पाई थीं कि उनके पति आखिर चाहते क्या हैं? क्या वे टीपू को राजकुमार या राजा बनाना चाहते हैं या उसको खुदा की इबादत में लगाना चाहते हैं। अगर वे टीपू को खुदाई रास्ते पर चलाते तो उसकी शिक्षा के लिए ग़ाज़ीख़ान जैसे वफादार सैनिक को नियुक्त क्यों करते?

तथापि बेगम साहिबा भी अपने पति हैदरअली को हर हाल में खुश देखना चाहती थीं इसलिए उन्होंने समझ लिया था कि वे जो करेंगे, अच्छा ही करेंगे।

जब टीपू को अच्छी तरह से घोड़ा चलाना और पानी में तैरना आ गया तो उनकी निशानेबाजी का अभ्यास शुरू हुआ। पहले-पहल ग़ाज़ीख़ान मैदान में कोई निशान बना कर या निशान खड़ा करके उस पर टीपू को तीर-कमान के जरिए निशाना लगाना सिखाते थे। शीघ्र ही टीपू निशान पर अच्छा निशाना लगाने लगा।

ग़ाज़ीख़ान की इच्छा थी कि टीपू मैदान के स्थिर चिह्न पर निशाना साधने के साथ-साथ उड़ते हुए पक्षी या दौड़ते हुए जानवर पर निशाना लगाना सीख ले। एक दिन ग़ाज़ीख़ान ने आकाश में उड़ते हुए पक्षी की ओर इशारा करते हुए टीपू से कहा—"उस परिन्दे पर निशाना लगाओ, शाहजादे!"

टीपू ने एक क्षण आकाश में उड़ते हुए पक्षी की ओर देखा और फिर अपनी गर्दन नीचे झुका ली। ग़ाज़ीख़ान ने पूछा—"क्या हुआ, शाहजादे? तुमने निशाना नहीं लगाया उस परिन्दे पर। अब तो वह उड़ कर काफी दूर निकल गया।"

ग़ाज़ीख़ान की इस बात का टीपू ने कोई उत्तर नहीं दिया। टीपू के मन में उस समय यह विचार आ रहा था कि जिस तरह स्वतंत्र होकर चलना और दौड़ना मनुष्य का स्वभाव तथा उसके जीवन का अधिकार है, उसी तरह से पक्षियों का धर्म उड़ना है। उड़ना उनका स्वभाव और जीवन का अधिकार भी है। उन्हें उनके जीवन अधिकार से वंचित करना, निशाना लगा कर उन्हें मार गिराना इंसानियत नहीं, बल्कि पशुता है। अपने शौक या रुचि के लिए परिन्दे की जान ले लेना कोई बहादुरी का काम नहीं है।

इस तरह सोचते-सोचते जब टीपू गम्भीर और उदास हो चले तो ग़ाज़ीख़ान ने उनके बिल्कुल निकट आकर पूछा—"क्या हुआ, बेटे! निशाना लगाने में तुम्हारा मन नहीं है तो मत लगाओ निशाना। परिन्दे पर निशाना तुम किसी और दिन लगा लेना। तुम्हें परिन्दे पर निशाना लगाने की कला में माहिर होना चाहिए। इससे तुम दौड़ते या भागते हुए शत्रु पर आसानी से निशाना साध सकोगे।"

ग़ाज़ीख़ान की बात का टीपू ने कोई जवाब नहीं दिया और वह उदास मन से अपने घर आ गया। अगले दिन ग़ाज़ीख़ान टीपू को अपने पुत्र के साथ घोड़े पर घुमाने के लिए ले गया। चलते-चलते वे उस स्थान पर पहुँचे जहाँ उनको निशाना लगाने का अभ्यास करना था। कुछ ही दूरी पर हिरनों का एक झुण्ड दौड़ता हुआ जा रहा था। ग़ाज़ीख़ान ने एक हिरण की ओर इशारा करते हुए टीपू से कहा—"उस हिरन पर निशाना लगाओ, टीपू!"

ग़ाज़ीख़ान ने सोचा था कि कल टीपू ने परिन्दे पर निशाना नहीं लगाया, कोई बात नहीं। आकाश में उड़ते हुए परिन्दे पर निशाना साधना वैसे भी आसान काम नहीं है लेकिन हिरन पर निशाना लगाया जा सकता है मगर टीपू ने हिरन पर निशाना लगाने के लिए अपने धनुष-बाण नहीं उठाए। उसने मन-ही-मन सोचा कि जब परिन्दे को आकाश में उड़ने का अधिकार है, आदमी को जमीन पर चलने और दौड़ने का अधिकार है तो हिरन को जमीन पर दौड़ने और कुलाँचें भरने का अधिकार क्यों नहीं है? आखिर वह भी तो जीव है। उसके दिल में भी तो हर जीव की तरह संवेदनाएँ तथा अनुभूतियाँ रहती हैं। जब इंसान धरती पर चलता है तो उस पर तो कोई बड़ा इंसान या देवता अपने तीर-कमान से निशाना नहीं साधता? इंसान के जीवन पर तो कोई शक्ति या हस्ती अंकुश नहीं लगाती। फिर हिरन जैसे निर्दोष और मासूम जीव के ऊपर इस तरह का अत्याचार क्यों? नहीं-नहीं, मैं इस जीव के ऊपर यह अत्याचार नहीं करूँगा। अपनी निशानेबाजी के शौक को पूरा करने के लिए मैं हिरन के प्राण नहीं लूँगा। संसार के सभी धर्मग्रंथ जीवों के ऊपर दया तथा उनकी रक्षा करने की शिक्षा देते हैं। अगर मैं अपने तीर से हिरन को मारूँगा तो मेरे सद्ग्रंथों की शिक्षा लेने का मतलब क्या रहा?

टीपू कुछ क्षण इन्हीं खयालों में खोये हुए मौन खड़े रहे। तब तक हिरन तेजी से भागता हुआ अपने झुण्ड के साथ मिल गया और पल-भर में हिरनों का वह झुण्ड वृक्षों के पीछे न जाने कहाँ गायब हो गया। ग़ाज़ीख़ान ने देखा कि हिरणों का झुण्ड जा चुका है और टीपू कल की तरह अपना सिर झुकाए चुपचाप खड़े हैं।

"क्या हुआ, टीपू बेटे? तुम चुप क्यों हो? तुमने उस हिरन पर निशाना क्यों

नहीं लगाया? अगर तुम परिन्दों और जानवरों पर निशाना लगाना नहीं सीखोगे, तो एक अच्छे निशानेबाज कैसे बनोगे?"—ग़ाज़ीख़ान ने उत्सुकतावश टीपू से पूछा।

टीपू गम्भीर स्वर में कहने लगे—"अगर मासूम परिन्दों और निर्दोष जानवरों के ऊपर निशाना लगा कर या उनको मार कर ही अच्छा निशानेबाज बना जाता है, तो ऐसा निशानेबाज मुझे नहीं बनना है। गाजीबाबा, मैं आपसे पूछता हूँ कि हम इंसानों के ऊपर तो कोई बिना बात तीर नहीं चलाता। फिर हम निरीह जानवरों और निष्पाप परिन्दों की जान क्यों लेते हैं? आखिर इन्होंने हमारा क्या बिगाड़ा है?"

टीपू की बात सुन कर ग़ाज़ीख़ान चुप हो गए। टीपू की बात का वे भला क्या उत्तर देते? टीपू ने जो कुछ कहा था, वह गलत तो नहीं कहा था। ग़ाज़ीख़ान सोचते थे कि टीपू संत-महात्माओं जैसी बातें कहते हैं लेकिन मुझे तो हुक्म दिया गया है उनको घुड़सवारी और निशानेबाजी सिखाने का। अगर मैं उनकी बात को मानूँ तो मेरा कर्तव्य पूरा कैसे हो?

ग़ाज़ीख़ान बड़े धर्म संकट तथा असमंजस में पड़ गए। अगर वे टीपू की बात मान कर उनको परिन्दों तथा जानवरों पर निशाना लगाना नहीं सिखाते, तो उनके स्वामी हैदरअली के हुक्म का उल्लंघन होता है। एक सेवक का कर्तव्य है कि वह किसी भी कीमत पर अपने मालिक के आदेश का पालन करे। ग़ाज़ीख़ान ने सोचा कि अगर वे टीपू की बात की परवाह न करके जबरदस्ती उन्हें परिन्दों पर निशाना लगाना तथा हिरन आदि जानवरों के ऊपर निशाना लगाना सिखाते हैं, तो यह ठीक न होगा। टीपू ऐसा जिद्दी लड़का है कि जबरन वह किसी बात को नहीं मान पाएगा।

परेशान होकर ग़ाज़ीख़ान ने हैदरअली से शिकायत की—"आपके पुत्र परिन्दों और जानवरों पर निशाना लगाने से मना करते हैं और संत-महात्माओं जैसी बातें कहते हैं। वे कहते हैं कि परिन्दों और जानवरों को हमारी ही तरह अपनी इच्छा से या स्वतंत्रता से जीने का हक है। अपने शौक के लिए तीर चला कर उनकी जान को लेने का कोई हक हमें नहीं है।"

"अच्छा, ऐसा कहते हैं शाहजादे?"—इस प्रकार कहकर हैदरअली सोच में डूब गए। उन्हें इस बात की चिन्ता होने लगी कि कहीं बेगम साहिबा की सोची गई बात सही न हो जाए। शाहजादे या राजकुमार लोग तो कभी किसी परिन्दे या जानवर पर निशाना लगाने में नहीं हिचकिचाते। फिर टीपू के अन्दर ऐसी हिचकिचाहट क्यों? कहीं मेरा बेटा सचमुच तो खुदाईपरस्ती या खुदा की इबादत के रास्ते पर नहीं जा रहा? जीव दया की बातें तो संत-महात्माओं और फकीरों के दिमाग में ही आती हैं। ख़ैर, जो होना है, वह तो होकर ही रहेगा। अगर टीपू को बड़ा होकर सुलतान बनना

है, तो वह सुलतान ही बनेगा। उसे सुलतान बनने से कोई नहीं रोक सकता। और अगर उसे बड़ा होकर खुदाईपरस्त संत-महात्मा या फकीर बनना है तो वह वही बन कर रहेगा। वैसा बनने से उसे कोई नहीं रोक सकता। आदमी को जो होना होता है, वह होकर ही रहता है। उसे कोई टाल नहीं सकता। हम लोग अपनी-अपनी किस्मतें ऊपर से ही लिखवाकर आते हैं।

हैदरअली एक समझदार पिता थे। वे नहीं चाहते थे कि अपने बेटों के ऊपर कोई बात जबरदस्ती लादी जाए या जिस काम को वे नहीं करना चाहते हों, उस काम को करने के लिए उन्हें मजबूर किया जाए।

ग़ाज़ीख़ान की बातों पर गहराई से विचार करते हुए हैदरअली सोचते थे कि टीपू ने ग़ाज़ीख़ान से जो कुछ कहा है, वह गलत तो नहीं कहा है। सैनिक और राजाओं का काम अपने देश या राज्य के लिए युद्ध लड़ना है। यह हम जैसे शासकों की मजबूरी है कि हमें अपने राज्य की रक्षा के लिए शत्रुओं का खून बहाना पड़ता है, लेकिन बच्चे इन बातों के बारे में क्या जानें? उनके मन में न तो किसी तरह का छल-कपट होता है और न पाप होता है। शत्रु और मित्र उनको एक जैसे लगते हैं...।

हैदरअली सोचते थे कि टीपू ने मौलवी उबैदुल्ला तथा गोवर्धन पंडित जैसे महान् शिक्षकों से शिक्षा ग्रहण की है, इसीलिए उसके दिल में जीव दया और मानवतावादी विचारों की उत्पत्ति हुई है। लेकिन अगर टीपू इसी प्रकार से जीव हिंसा से नफरत करता रहा तो एक दिन बड़ा होकर मेरी तरह साहसी योद्धा तथा बड़ा राजा कैसे बन पाएगा? कहीं बेगम साहिबा की इच्छा के मुताबिक वह एक फकीर या संत-महात्मा न बन जाए।

हैदरअली ने ग़ाज़ीख़ान को यह काम सौंपा था कि वह टीपू को अच्छे राजकुमार जैसी शिक्षा दे तथा उसे हरेक कला में माहिर बनाए लेकिन टीपू के जीव दया, क्षमा और मानवतावादी खयालातों को देख कर ग़ाज़ीख़ान परेशान हो जाते थे। उन्हें इस बात की चिन्ता होती थी कि ऐसे नाजुक संस्कारों को लेकर टीपू समर्थ और योग्य शाहजादे कैसे बन पाएँगे।

तथापि ग़ाज़ीख़ान ने कभी टीपू पर किसी बात के लिए दबाव नहीं डाला। ग़ाज़ीख़ान सोचते थे कि टीपू को जिस प्रकार की धार्मिक शिक्षा दी जा रही है, यह शायद उसी का प्रभाव है कि टीपू को जीव हिंसा से नफरत होने लगी है। अगर टीपू की धार्मिक शिक्षा बन्द करा दी जाए तो शायद वे जीवों पर निशाना लगाने के लिए तैयार हो सकें तथा एक अच्छे निशानेबाज बन सकें।

ग़ाज़ीख़ान जानते थे कि उनके स्वामी हैदरअली को टीपू की धर्म-शिक्षा बन्द

करा देने वाली बात पसन्द नहीं आएगी और न ही बेगम साहिबा इस बात के लिए राजी होंगी लेकिन अपने कर्तव्य को पूरा करने के लिए यह बात मुझे उनसे कहनी ही होगी। परिन्दों और जानवरों पर निशाना सधवाए बिना मैं टीपू को एक अच्छा निशानेबाज नहीं बना सकता।

एक दिन मौका देख कर ग़ाज़ीख़ान ने हैदरअली से कहा—"हुजूर! शाहजादे साहब किसी भी तरीके से परिन्दों और जानवरों पर निशाना लगाने के लिए तैयार नहीं हैं। मैं सोचता हूँ कि यह उनकी धार्मिक शिक्षा का फल है। धर्म ग्रंथों में जीव-हत्या को पाप बताया गया है। अगर शाहजादे इसी तरह धर्म शिक्षाओं को ग्रहण करते रहे तो वे कभी किसी जीव पर निशाना लगाना नहीं सीख पाएँगे और इस तरह कभी अच्छे निशानेबाज साबित न होंगे। अगर आप शाहजादे की धार्मिक शिक्षा को बन्द करा दें तो…"

अभी ग़ाज़ीख़ान अपनी बात को पूरा नहीं कह पाए थे कि हैदरअली ने कुपित होकर कहा—"ग़ाज़ीख़ान! यह तुम क्या कह रहे हो? हम अपने बेटे की धर्म-शिक्षा को बन्द करा दें? हम अपने बेटे को धर्म शिक्षा के जरिए विद्वान, दूरदर्शी, नेक और महान् इंसान बनाना चाहते हैं और तुम कहते हो कि हम उसे धर्म की शिक्षा प्राप्त न करने दें? घुड़सवारी और निशानेबाजी उसके लिए जितनी जरूरी है उतना ही जरूरी धर्म की शिक्षा प्राप्त करना है।"

हैदरअली की बात सुन कर ग़ाज़ीख़ान ने अपनी भूल की उनसे क्षमा माँगते हुए कहा—"मुझे क्षमा कर दें हुजूर! आप जैसे कहेंगे, मैं वैसा ही करूँगा।"

10

श्रीरंगपट्टन, मैसूर की सुन्दर राजधानी थी। पूर्णिया अक्सर श्रीरंगपट्टन में ही रहते थे। हैदरअली को सुलतान बनाने में पूर्णिया का बड़ा योगदान था। वे काफी समय से इसी बात का स्वप्न देख रहे थे कि कब हैदरअली का राजतिलक हो और वे मैसूर के सुलतान के रूप में मैसूर के राज-सिंहासन पर बैठें। पूर्णिया एक सच्चे ब्राह्मण थे। वे श्रीरंगपट्टन की हर खबर हैदरअली तक पहुँचाते रहते थे। हैदरअली उन दिनों अपने परिवार के साथ डिंडीगल में रहते थे। डिंडीगल के किले को उन्होंने ही जीता था तथा नेजराज शासक ने डिंडीगल का किला हैदरअली को उपहार के रूप में दिया था।

हैदरअली के शासक बनने से पहले नेजराज ही मैसूर का सम्राट था। उसके भाई देवराज का कैंसर रोग के कारण निधन हो चुका था।

मैसूर का सम्राट बनने से पहले हैदरअली ने अपनी वीरता और अच्छे व्यवहार के कारण काफी सारी धन-दौलत कमाई थी। पूर्णिया काफी समय से मैसूर की सेना के जनरलों को अपने पक्ष में करने में लगे हुए थे। जब मैसूर की सेना के किसी सैनिक या जनरल की मृत्यु हो जाती थी, तो हैदरअली अपनी ओर से उसे नकद राशि का उपहार पहुँचा देते थे। विशेष मौकों पर सेना के सभी कमाण्डरों के पास भी स्वतः ही उपहार पहुँचा दिए जाते थे।

यदि किसी सैनिक को धन की आवश्यकता होती थी तो पूर्णिया जी हैदरअली की ओर से उसको आर्थिक सहायता दिलवाते थे। इस प्रकार प्रत्यक्ष रूप में जब नेजराज मैसूर का सम्राट था तो हैदरअली ने अपने अच्छे बर्ताव की वजह से मैसूर की प्रजा और सेना के बीच अपनी अच्छी-खासी जगह बना ली थी। सभी हैदरअली को चाहने लगे थे। सैनिक लोग अपने सेनापति हैदरअली की प्रशंसा करते हुए थकते न थे।

इसके बाद श्रीरंगपट्टन में सैनिकों ने वेतन न मिलने के कारण विद्रोह कर दिया तो पूर्णिया ने अच्छा अवसर जान नेजराज को अपनी बातों से विश्वास दिला दिया कि केवल हैदरअली ही मैसूर की सेना और मैसूर राज्य को आर्थिक संकट के इस दौर से उबार सकते हैं। उनके पास अपनी भी काफी सारी दौलत है। यदि हैदरअली चाहें तो मैसूर के सैनिकों को अपने खजाने से वेतन बाँट कर सैनिकों का विश्वास जीत सकते हैं। इस प्रकार सैनिकों के अन्दर पैदा हो रहे विद्रोह को दबाया जा सकता है। अगर समय रहते मैसूर के सैनिकों को वेतन न दिया गया तो वे बगावत पर उतर आएँगे। फिर उन्हें दबाना मुश्किल हो जाएगा तथा वे मैसूर राज्य के लिए बहुत बड़ा खतरा बन जाएँगे।

मैसूर के तत्कालीन सम्राट नेजराज ने पूर्णिया ब्राह्मण की बात मान ली और हैदरअली को डिंडीगल से श्रीरंगपट्टन बुला लिया। हैदरअली के साथ उनका परिवार भी श्रीरंगपट्टन आकर रहने लगा।

जब हैदरअली श्रीरंगपट्टन आ गए तो पूर्णिया ने सारी बातें उनको समझाईं और कहा कि मैसूर राज्य की मुसीबत की इस घड़ी में अगर हैदरअली मैसूर के सैनिकों को अपने खजाने से वेतन दे दें तो इससे मैसूर राज्य का सारा संकट टल जाएगा तथा सम्राट नेजराज भी उनसे बहुत खुश होगा। हो सकता है कि वह मैसूर की परेशानियों से मुक्ति पाने के लिए मैसूर की सत्ता उन्हीं को सौंप दें।

यद्यपि हैदरअली ने पूर्णिया साहब की इस बात पर विश्वास नहीं किया था,

लेकिन दूरदर्शी एवं बुद्धिमान ब्राह्मण का कथन सत्य साबित हुआ। जब हैदरअली ने अपने निजी खजाने से श्रीरंगपट्टन के सैनिकों को वेतन दिया, तो नेजराज उनके इस व्यवहार से बहुत खुश हुआ। उसने मैसूर राज्य की सत्ता हैदरअली को सौंपने का निश्चय कर लिया। नेजराज समझता था कि उनके सेनापति आर्थिक और ताकत की दृष्टि से काफी समर्थ हैं तथा मैसूर राज्य की सत्ता को चलाने का सामर्थ्य उनमें है। मैसूर की सत्ता हैदरअली को सौंपने का एक कारण यह भी था कि नेजराज कुछ समय के लिए अपने भाई देवराज की मृत्यु के कलंक से बचना चाहता था। यद्यपि देवराज की मृत्यु कैंसर रोग के कारण हुई थी लेकिन मैसूर की जनता में किसी ने यह अफवाह फैला दी थी कि नेजराज ने सत्ता के लोभ में आकर अपने भाई को जहर देकर मरवा डाला है।

नेजराज सोचता था कि कुछ समय तक मैसूर की सत्ता हैदरअली के हाथ में रहेगी। जब मैसूर की जनता को यह विश्वास हो जाएगा कि नेजराज को सत्ता का लोभ नहीं है। जो व्यक्ति बिना स्वार्थ के अपनी सत्ता एक सेनापति को सौंप सकता है, वह भला अपने भाई की हत्या सत्ता के स्वार्थ के कारण क्यों करवाएगा?

इस तरह नेजराज ने मैसूर भी सत्ता हैदरअली को सौंपने का फैसला कर लिया। लेकिन इसी बीच हैदरअली के एक खास दोस्त खांडेराव के दिमाग में मैसूर की सत्ता खुद हथियाने का षड्यंत्र चलने लगा। उसने अपने विश्वासपात्र मित्र हैदरअली के साथ सत्ता के लोभ के वश विश्वासघात करने का फैसला कर लिया।

हैदरअली के विश्वासघाती मित्र खांडेराव ने सोचा कि अगर किसी तरीके से नेजराज को हैदरअली के खिलाफ कर दिया जाए, तो नेजराज मैसूर की सत्ता हैदरअली को सौंपने के बजाय मुझे सौंप देगा। तब मैं हैदरअली को और उसके परिवार को मैसूर की सीमा से निकाल बाहर करूँगा।

अपने इस षड्यंत्र को सफल बनाने के लिए खांडेराव ने मैसूर के राजा नेजराज को हैदरअली के खिलाफ भड़काना शुरू किया। उसने नेजराज से कहा कि हैदरअली सेनापति होने की वजह से मैसूर के सैनिकों को अपने पक्ष में करके उन्हें आपके विरुद्ध करना चाहता है। उसने सेना के कमाण्डरों और जनरलों को आपके खिलाफ भड़का दिया है। वह आपकी जान भी लेना चाहता है ताकि वह निष्कंटक होकर मैसूर की प्रजा पर एकछत्र राज्य कर सके। आप किसी भी तरह से मैसूर की सत्ता उससे वापिस लेकर मुझे सौंप दीजिए। मैं आपको आपके भाई की हत्या के कलंक से बचाऊँगा, आपको निष्कलंक साबित करूँगा, इसके बाद मैसूर का राज्य आपका ही रहेगा। केवल आपके हित की खातिर मैं यह सब करना चाहता हूँ।

इस तरह कुटिल खांडेराव की बातों में आकर नेजराज ने मैसूर की सत्ता हैदरअली से वापिस लेकर खांडेराव को सौंप दी। खांडेराव ने मैसूर का राजा बनते ही हैदरअली और उसके परिवार को मैसूर छोड़ने पर विवश कर दिया।

11

इससे पहले कि श्रीरंगपट्टन अर्थात् मैसूर की राजधानी में हैदरअली का राजतिलक किया जाता और उनको मैसूर के सिंहासन पर बिठाया जाता, हैदरअली के एक घनिष्ठ मित्र खांडेराव ने उनके साथ विश्वासघात करके मैसूर की सत्ता पर अधिकार कर लिया। उसने मैसूर के राजा नेजराज से हैदरअली के बारे में उल्टी-सीधी बातें कह कर नेजराज को हैदरअली के खिलाफ कर दिया और मैसूर की सत्ता खुद हथिया ली। अब मैसूर की सेना के ऊपर भी हैदरअली का नियंत्रण नहीं रहा था। खांडेराव ही मैसूर सेना का मुख्य नियंत्रणकर्त्ता था।

खांडेराव के षड्यंत्र का शिकार होकर हैदरअली को रातोंरात मैसूर छोड़ देना पड़ा। खांडेराव के होते हुए मैसूर में उनकी तथा उनके परिवार की जान की सलामती नहीं थी। अपने विश्वासपात्र सैनिकों की मदद से हैदरअली ने अपना सारा खजाना तथा परिवार के कुछ लोगों को साथ में लिया और मैसूर से सौ मील दूर बंगलौर चले आए। जिस समय हैदरअली ने श्रीरंगपट्टन से बंगलौर रवाना होने के लिए अपने परिवार के लोगों को इकट्ठा किया, उस समय उनके दोनों पुत्र कहीं दिखाई न दिए। चूँकि उनकी धर्मपत्नी, बेगम फ़ख़रुन्निसां उन दिनों अपने पिता के पास अर्थात् पीहर गई हुई थीं, इसलिए हैदरअली ने सोचा कि बच्चों को भी शायद बेगम ने अपने पास बुलवा लिया है और मुझे बताया तक नहीं है। सम्भवतः बेगम को इस आने वाले संकट का अनुमान हो गया होगा और बच्चों की जान की सलामती के लिए उन्होंने अपने पिता के घर से कोई आदमी भेज कर बच्चों को अपने पास बुला लिया है।

यह सोच कर हैदरअली अपने छोटे से काफिले के साथ रात्रि के समय मैसूर की राजधानी श्रीरंगपट्टन से बंगलौर के लिए रवाना हुए। वे मन-ही-मन यह सोच कर निश्चिंत हो रहे थे कि उनके बीबी-बच्चे अपने पिता नाना के घर आराम से रह रहे हैं। जब बंगलौर में मेरे रहने की व्यवस्था जम जाएगी, तब मैं बेगम और बच्चों को अपने पास बुला लूँगा।

हैदरअली को इस बात का पता नहीं था कि धूर्त खांडेराव ने अपने आदमियों के जरिए हैदरअली के दोनों पुत्रों का अपहरण करवा लिया है। बच्चों को घर में अकेला पाकर खांडेराव के आदमी घर के अन्दर घुस आए और बच्चों का मुँह बन्द करके उन्हें पालकियों में डाल कर ले गए। उस समय टीपू सुलतान की आयु केवल दस वर्ष की थी और अब्दुल करीम पाँच वर्ष की आयु के थे।

श्रीरंगपट्टन शहर के किले में एक मस्जिद थी। इस मस्जिद के पास एक अट्टालिका थी। इस अट्टालिका की सबसे ऊपरी मंजिल पर हैदरअली के दोनों बच्चों को कैद करके रखा गया।

खांडेराव की हैदरअली के बच्चों से कोई दुश्मनी नहीं थी। वह तो केवल हैदरअली को अपना विरोधी और शत्रु मानता था। हैदरअली के बच्चों को अट्टालिका में कैद करके उन्हें हर प्रकार की सुख-सुविधा दी गई। खांडेराव ने अपने आदमियों को हिदायत दी थी कि अपहरण किए गए दोनों बच्चों को किसी प्रकार की तकलीफ न होने पाए। खांडेराव को इस बात का भरोसा था कि हैदरअली को जब अपने बच्चों के अपहरण का पता चलेगा तो वह चुपचाप उनके छुड़ाने के लिए आ जाएगा और मेरे आगे अपनी हार मान लेगा। फिर मैं उसको गिरफ्तार करके कारागृह में डालूँगा। नेजराज को भी बंधक बनाऊँगा। इसके बाद मैसूर की राजगद्दी पर वर्षों तक निष्कंटक राज्य करूँगा।

खांडेराव मन-ही-मन ऐसा सोचता था तथा रोज नई-नई योजनाएँ बनाता था। उसे यह मालूम नहीं था कि आदमी जैसा सोचता है कभी-कभी उससे उल्टा भी हो जाता है।

खांडेराव ने हैदरअली के बच्चों की देखभाल के लिए हैदरअली के एक सेवक को भी गिरफ्तार करवाया तथा उसे दोनों बच्चों के साथ बंधक बना कर रखा। बच्चे उस सेवक को खूब अच्छी तरह से पहचानते थे तथा उससे अपने दुःख-सुख की बात कह सकते थे।

खांडेराव यदि चाहता तो हैदरअली के दोनों बच्चों के शिक्षकों को अर्थात् मौलवी उबैदुल्ला और पंडित गोवर्धन को, ग़ाज़ीख़ान को तथा हैदरअली के अन्य सेवक-सेविकाओं को गिरफ्तार करवा सकता था। लेकिन उसने ऐसा नहीं किया। उसकी दुश्मनी केवल हैदरअली के साथ थी और किसी से नहीं। मैसूर का राज्य हाथ में लेते ही उसे सबसे बड़ा संकट और डर हैदरअली की ओर से था। इसलिए वह किसी भी तरह से हैदरअली को अपने रास्ते से हटाना चाहता था या फिर उसे हमेशा-हमेशा के लिए अपने कैदखाने में बंधक बना लेना चाहता था।

खांडेराव ने हैदरअली के दोनों बच्चों को जिस कमरे में बन्द करके रखा था, उसका दरवाजा बाहर से बन्द था। केवल भोजन और पानी देने के लिए ही वह दरवाजा खोला जाता था। इसके बाद दरवाजे पर पुनः ताला लगा दिया जाता था।

अट्टालिका के उस कमरे में कोई खिड़की नहीं थी। कमरा काफी बड़ा था। उस कमरे का दरवाजा लोहे का था और छत के पास झरोखा था।

दस वर्षीय टीपू को अपने छोटे भाई अब्दुल करीम की बहुत चिन्ता थी। टीपू बड़ा हिम्मत वाला लड़का था। उसे कई दिनों तक कमरे में बन्द करके रखा गया लेकिन उसने हिम्मत नहीं हारी थी। उसे पता था कि कमरे के दरवाजे के बाहर सैनिक पहरा दे रहे हैं।

एक दिन टीपू की नजर कमरे की दीवार के ऊपर स्थित झरोखे की ओर गई। उसे अपनी और अपने भाई की मुक्ति का एक उपाय सूझा। अपना तीर-कमान उसके पास था। शाम के समय जब नौकर उसे खाना देने के लिए आया तो उसने नौकर से एक कागज और कलम की माँग की। जब नौकर ने इसका कारण पूछा तो टीपू ने कहा कि मुझे अपने माँ-बाप की बहुत याद आ रही है। मैं उन्हें एक खत लिखना चाहता हूँ। यदि आप मुझे कागज कलम दिलवा दें तो आपकी बड़ी मेहरबानी होगी।

खांडेराव के नौकर ने सोचा कि बालक अपने दुःख-सुख की बात पत्र में लिख कर अपना जी हल्का करना चाहता है तो इसमें बुरा ही क्या है? इस बच्चे का खत पढ़ कर कमरे के बाहर ही फाड़ डालूँगा। हैदरअली तक वह खत न पहुँच पाएगा, न उसे बच्चों के ठिकाने का पता चल पाएगा। कागज-कलम देने से बच्चे का मन बहल जाएगा। वैसे भी बेचारों को कमरे में बन्द पड़े-पड़े कई दिन हो गए।

यह सोच कर खांडेराव के नौकर ने पहले सैनिकों से सलाह ली। सैनिकों ने कहा कि सम्राट खांडेराव से बिना पूछे कोई काम करने की हमको मनाही है। बच्चे को कागज-कलम देने से पहले हमें सम्राट की अनुमति लेनी होगी।

खांडेराव से टीपू को कागज-कलम देने की अनुमति माँगी गई। खांडेराव ने सोचा कि बंधक बच्चों की इस साधारण-सी माँग को अवश्य पूरा करना चाहिए। कमरे के बाहर तो ताला पड़ा है और मेरे सैनिक पहरा दे रहे हैं। इसलिए वह पत्र हैदरअली तक नहीं पहुँच पाएगा। मैं खुद बच्चों का वह पत्र पढ़ कर फाड़ डालूँगा।

खांडेराव ने टीपू बालक को कागज-कलम देने की अनुमति दे दी। नौकर ने निश्चिन्त होकर एक कागज और कलम टीपू को दे दिया। टीपू ने खांडेराव के नौकर से कागज-कलम लेते समय नम्रतापूर्वक सिर झुकाकर उसे धन्यवाद दिया।

अगले दिन सुबह टीपू ने उस कागज पर अपनी हालत तथा रहने के स्थान

का ब्यौरा लिख दिया। टीपू को पता था कि अट्टालिका के पास वाली मस्जिद में उसके शिक्षक, मौलवी उबैदुल्ला रहते हैं। जब टीपू को किले की अट्टालिका के पास बंधक बना कर लाया गया था तो उसने मौलवी साहब की मस्जिद को देख लिया था। टीपू ने सोचा कि अगर मैं अपने संदेश को मौलवी साहब के पास पहुँचा देंगे फिर गाजीबाबा या कोई-न-कोई हमको छुड़ाने अवश्य आ जाएगा। अट्टालिका और मस्जिद के बीच की दूरी अधिक न थी।

समझदार टीपू ने मौलवी साहब के लिए अपने संदेश में लिखा–'मैं हैदरअली का पुत्र टीपू हूँ। मुझे तथा मेरे छोटे भाई को सम्राट के सैनिकों ने पकड़ कर इस अट्टालिका के सबसे ऊपर वाले कमरे में बंधक बना रखा है। हमारे साथ हमारे पिता का एक सेवक भी है। यह अट्टालिका आपकी मस्जिद के पीछे की ओर है। इस कमरे में लोहे का बड़ा दरवाजा है। कमरे में कोई खिड़की नहीं है। दरवाजे के बाहर ताला लटका हुआ है और सम्राट के सैनिकों का पहरा है। इस कमरे के ऊपर एक झरोखा है। यदि कोशिश की जाए तो हम दोनों भाई इस झरोखे या रोशनदान के जरिए बाहर निकल सकते हैं। मेरे पास एक छोटी-सी आरी है। मैं किसी भी तरह से उस आरी से आज रात रोशनदान की सलाखें काट दूँगा। आप ग़ाज़ीख़ान के पास सूचना भिजवा दें कि वे रात के अँधेरे में आकर एक रस्सी इस रोशनदान में फेंक दें। मैं रात को जागता रहूँगा और रस्सी को पकड़ लूँगा। फिर हम लोग रस्सी के सहारे नीचे उतर आएँगे। अगर सम्भव हो सका तो हमारे साथ हमारा वफादार नौकर भी नीचे उतर जाएगा। हमारे बचने का केवल एक यही तरीका है।'

यह संदेश उस कागज पर लिख कर टीपू ने कागज को अपने तीर से बाँधा। इसके बाद टीपू ने सेवक से कहा कि वह उसे कंधे पर उठा ले, ताकि मैं रोशनदान तक पहुँच सकूँ।

टीपू के नौकर ने ऐसा ही किया। वह रोशनदान के नीचे, कमरे की दीवार के सहारे खड़ा हो गया। उसने टीपू को अपने कंधे पर बैठा लिया। जब टीपू अपना तीर कमान लेकर नौकर के कंधे पर खड़ा हुआ, तो वह रोशनदान तक पहुँच चुका था। टीपू ने रोशनदान से नीचे की ओर देखा। उसे मस्जिद दिखाई दी और मस्जिद में मौलवी साहब टहलते हुए दिखाई दिए। टीपू ने मौलवी साहब को दूर से देख कर ही पहचान लिया। टीपू का निशाना अचूक तो था ही। उसने अपना तीर मौलवी साहब के पास फेंका। तीर मौलवी साहब के सामने जाकर गिरा। मौलवी साहब अचानक आए तीर को देखकर आश्चर्य में पड़ गए। उन्होंने धरती पर पड़ा हुआ तीर उठाया और तीर में जो कागज़ बंधा हुआ था, वह खोल कर पढ़ा। कागज पढ़ते ही वे सारी बात समझ

गए।

हैदरअली के बच्चों के लापता होने की सूचना अब तक मौलवी उबैदुल्ला को लग चुकी थी। टीपू उनका सबसे होशियार और योग्य विद्यार्थी था। मौलवी साहब को विद्यार्थी टीपू से बहुत उम्मीदें थीं। वे टीपू और उसके भाई के ठिकाने का पता चलते ही बहुत खुश हुए और अपने घोड़े पर चढ़ कर हैदरअली और ग़ाज़ीख़ान को यह खबर देने के लिए तथा ग़ाज़ीख़ान को लिवाने के लिए चल दिए। छोटे रास्ते से होते हुए चार घंटे के भीतर वे बंगलौर जा पहुँचे और हैदरअली से मिल कर उन्हें सारी बात बताई। टीपू का संदेश पत्र भी उनको सौंपा। उन्होंने तुरन्त ग़ाज़ीख़ान को बुला कर बच्चों की रक्षा के लिए उन्हें मौलवी साहब के साथ श्रीरंगपट्टन भेजा। शाम तक मौलवी साहब और ग़ाज़ीख़ान श्रीरंगपट्टन किले की मस्जिद में आ गए। इसके बाद मौलवी साहब ने इशारे से उस रोशनदान के बारे में ग़ाज़ीख़ान को बताया, जिसमें टीपू और उसका भाई कैद थे।

ग़ाज़ीख़ान अपने साथ एक लम्बी रस्सी लाए थे। उन्होंने टीपू के संदेश-पत्र के मुताबिक रात होने का इन्तजार किया। उधर टीपू शाम के भोजन के पश्चात् ही सेवक के कंधे पर चढ़ गया और अपनी छोटी आरी से धीरे-धीरे रोशनदान की सलाखें काटने लगा। वह अपने तीरों के साथ तरकश में आरी, चाकू आदि कुछ अनोखी तथा जीवनरक्षक चीजें भी रखता था। टीपू ने रोशनदान की सलाखों को इतनी धीरे-धीरे काटना शुरू किया कि पहरेदारों को सलाखें कटने की आवाज सुनाई न दी। मध्य रात्रि तक रोशनदान की सारी सलाखें कट चुकी थीं और पहरेदार भी गहरी नींद में सो चुके थे।

इधर ग़ाज़ीख़ान रस्सी हाथ में लेकर जाग रहे थे। उसने मध्यरात्रि का समय देख अनुमान लगाया कि इस समय सारा मैसूर गहरी नींद में सोया हुआ है। बच्चों को मुक्त कराने का यही अवसर है। ऐसा सोच कर ग़ाज़ीख़ान ने पूरी ताकत लगा कर रस्सी रोशनदान की ओर फेंकी। रस्सी का पूरा गोला सीधा रोशनदान में चला गया। चूँकि निशानेबाजी में ग़ाज़ीख़ान टीपू के गुरु या उस्ताद थे। इसलिए उनका निशाना भला खाली कैसे जा सकता था? उन्हें रस्सी के गोले को अट्टालिका के सबसे ऊपर वाले कमरे के रोशनदान में पहुँचाना था और उनका यह कार्य सिद्ध हो चुका था। ग़ाज़ीख़ान को टीपू ने कार्य सौंपा था, उसे वे पूरा कर चुके थे। अब प्रयास और हिम्मत की बारी थी टीपू की।

इधर रोशनदान में अपने सेवक के कंधों पर चढ़ा हुआ टीपू कब से रस्सी के आने का इन्तजार कर रहा था। जैसे ही उसे रस्सी का गोला आता दिखाई दिया, उसने

झट उस गोले को लपक लिया। रस्सी का एक छोर कमरे में गड़ी हुई मजबूत खूँटी से बाँध दिया और दूसरा छोर नीचे लटका कर मस्जिद की तरफ फेंक दिया। उस छोर को ग़ाज़ीख़ान ने पकड़ लिया। अब टीपू, उसके छोटे भाई तथा हैदरअली के वफादार सेवक के नीचे उतरने का रास्ता बन चुका था। ये तीनों बंधक लोग एक-एक करके नीचे उतर आए। चूँकि खांडेराव के सैनिकों और पहरेदारों को बंधकों के इस प्रकार से मुक्त होने की आशा नहीं थी, इसलिए वे लोग मध्यरात्रि होने के कारण गहरी नींद में सो रहे थे। सारे दिन कमरे के दरवाजे के बाहर खड़े रहने से उनको भारी थकान हो चुकी थी।

टीपू दीवार के सहारे अपने पैर टिकाते हुए, छोटे भाई अब्दुल करीम को अपनी पीठ पर लाद कर नीचे उतरे थे। रस्सी से रगड़ खाकर टीपू की हथेलियाँ छिल गई थीं और हथेलियों से खून बहने लगा था। अब ग़ाज़ीख़ान ने टीपू के हाथों की यह दुर्दशा देखी, तो उन्होंने अपनी पगड़ी का एक हिस्सा फाड़ा और टीपू की हथेलियों पर लिपटा दिया। टीपू और उनके छोटे भाई को लेकर ग़ाज़ीख़ान रात के अँधेरे में घोड़े पर बैठ कर चले।

श्रीरंगपट्टन से पाँच मील की दूरी पर एक नदी थी। ग़ाज़ीख़ान अपने स्वामी हैदरअली के दोनों बेटों को नदी के किनारे ले आए। नदी तट पर उस समय एक नाव खड़ी थी। यह नाव पुरानी हो चुकी थी। ग़ाज़ीख़ान ने दोनों को उस नाव में छिपा दिया।

चूँकि नाव काफी पुरानी हो चुकी थी और अन्दर से टूट-फूट गई थी, इसलिए बच्चों को उस नाव में बिठा कर नदी पार नहीं ले जाया जा सकता। अगर कोई सलामत नाव वहाँ मिल जाती, तो ग़ाज़ीख़ान उसी रात उन बच्चों को नदी पार कराकर बैंगलोर ले जाते। नदी का पानी गहरा था, इसलिए घोड़े पर बैठ कर नदी पार करने में बच्चों के गिरने का डर था।

बच्चों को नदी किनारे पड़ी टूटी-फूटी पुरानी नाव में छिपा कर ग़ाज़ीख़ान पुनः छिपते-छिपाते श्रीरंगपट्टन शहर में आए। शहर में मैसूर के फौजी अफसर लालमियाँ का घर था। लालमियाँ से ग़ाज़ीख़ान की पुरानी मित्रता थी। लालमियाँ की एक आठ वर्ष की बेटी थी। इस लड़की का नाम रुकैय्या था।

रुकैया बड़ी चालाक बालिका थी। उसकी बुद्धि बड़ी ही तेज थी। लालमियाँ के घर के पीछे खड़े होकर ग़ाज़ीख़ान ने एक चिट्ठी रुकैया के पिता तथा अपने मित्र लालमियाँ के नाम लिखी। इस चिट्ठी में ग़ाज़ीख़ान ने लिखा कि मेरे स्वामी हैदरअली के दोनों पुत्र इस समय पाँच मील दूर स्थित पहाड़ी नदी के किनारे पड़ी एक टूटी-फूटी

नौका में छिपे हुए हैं। इस नाव का आधा हिस्सा ढँका हुआ है। आप कल खाना लेकर उन बच्चों के पास जाना और उनकी रक्षा करना। हो सकता है कि मैं खांडेराव के सैनिकों के जरिए पकड़ कर मैसूर में कैद कर लिया जाऊँ। अगर मैं पकड़ा नहीं गया या खांडेराव की कैद से आजाद हो गया तो एक-दो दिन बाद आपसे मिलूँगा। आप मेरे सैनिक साथी हैं और हैदरअली के सेनापतित्व काल में उनके प्रति भी वफादार रहे हैं। मुझे विश्वास है कि आप हैदरअली के बच्चों की रक्षा करते हुए उनको उनके पिता के पास अवश्य पहुँचाएँगे।

यह चिट्ठी लिख कर ग़ाज़ीख़ान ने लालमियाँ की पुत्री रुकैया के हाथ में पकड़ा दी और कहा कि अपने पिता को यह चिट्ठी दे देना।

रुकैया पढ़ी-लिखी थी। जब रुकैया को चिट्ठी देकर ग़ाज़ीख़ान उसके घर से चला गया तो रुकैया ने उस चिट्ठी को शुरू से लेकर अन्त तक पढ़ा और सारी बात समझ गई। वह जानती थी कि टीपू के पिता हैदरअली पहले मैसूर के सम्राट बनने वाले थे। लेकिन खांडेराव ने उनके साथ विश्वासघात करके मैसूर की सत्ता को हथिया लिया और हैदरअली तथा उनके परिवार को मैसूर से बाहर जाने पर मजबूर कर दिया। जब चिट्ठी के जरिए रुकैया ने जाना कि हैदरअली के दोनों पुत्र नदी किनारे मुसीबत में हैं तो उसने टीपू तथा उनके छोटे भाई अब्दुल करीम की रक्षा करने का मन बना लिया। लेकिन इससे पहले रुकैया बालिका ने ग़ाज़ीख़ान द्वारा दी गई उस चिट्ठी को अपने पिता को दिखा लेना उचित समझा।

प्रभात का समय था। लालमियाँ अपने बिस्तर से अभी सोकर उठे ही थे कि उसकी पुत्री रुकैया ने ग़ाज़ीख़ान द्वारा दी गई चिट्ठी अपने पिता के हाथ में पकड़ा दी। लालमियाँ ने अपनी आँखों को मलते हुए उस चिट्ठी को शुरू लेकर आखिर तक पढ़ा। चिट्ठी पढ़ कर लालमियाँ परेशान हो उठे तथा घबरा गए। रुकैया ने अपने पिता के चेहरे पर आए परेशानी तथा घबराहट के भावों को पढ़ लिया।

"क्या हुआ, पिताजी? चिट्ठी में क्या कुछ गलत लिखा है?" सब कुछ जानते हुए भी उसने अपने पिता से पूछा। रुकैया जानना चाहती थी कि उसके पिता अपनी सेना के भूतपूर्व सेनापति हैदरअली के पुत्रों के जीवन की रक्षा करना चाहते हैं या नहीं। रुकैया को नहीं लगता था कि उसके पिता ऐसा करना चाहेंगे क्योंकि उसने इतने दिनों से अपने पिता को अपने फौजी कमाण्डर हैदरअली का नाम लेते नहीं देखा जबकि एक-दो वर्ष पहले वे हैदरअली के खूब गुण गाते थे जब हैदरअली मैसूर की सेना के सेनापति थे।

लालमियाँ मैसूर की सेना के अफसरों में से एक थे। अब सेना की सारी कमान

खांडेराव के हाथ में आ गई थी और खांडेराव ने अपनी सेना में सभी सैनिकों, अफसरों से तथा मैसूर की जनता के बीच घोषणा कर रखी थी कि जो गद्दार हैदरअली तथा उसके परिवार की मदद करेगा उसे राजद्रोही समझा जाएगा तथा ऐसे व्यक्ति को गिरफ्तार करके कड़ा दण्ड दिया जाएगा।

लालमियाँ जानते थे कि हैदरअली बहादुर हैं तथा मैसूर के शासक होने के एकदम योग्य हैं। लालमियाँ मन-ही-मन हैदरअली का आदर किया करते थे लेकिन उन्हें मैसूर के वर्तमान शासक तथा सेना के प्रधान कमाण्डर खांडेराव का डर सताता था। लालमियाँ मन-ही-मन हैदरअली की सहायता करना चाहते थे। इसका कारण यह था कि विगत कई वर्षों में हैदरअली ने लालमियाँ को या अपनी मैसूर फौज के किसी अफसर या सिपाही को कोई नुकसान नहीं पहुँचाया था। हैदरअली विशेष मौकों पर मैसूर के फौजी अफसरों को विभिन्न प्रकार के सुन्दर-सुन्दर तोहफे भेजते रहते थे। कई तोहफे हैदरअली ने लालमियाँ के घर भी पहुँचाए थे। इस कारण लालमियाँ हैदरअली के पुत्रों की सहायता करना चाहते थे लेकिन वे मन-ही-मन डरते भी थे कि अगर खांडेराव को या उसके सैनिकों को यह बात पता चल गई कि मैंने हैदरअली के बच्चों की रक्षा की है या उनको अपने पिता के पास पहुँचाया है, तो खांडेराव मुझे फौज की नौकरी से निकाल देगा। हो सकता है कि वह मुझे तुरन्त गिरफ्तार करके कैदखाने में भी डाल दे या मुझे मृत्युदण्ड दे दे। कारण यह है कि इस समय खांडेराव, हैदरअली से बुरी तरह भयभीत है तथा वह हैदरअली को आगे बढ़ने का मौका देकर किसी प्रकार का खतरा मोल लेना नहीं चाहता।

यह सब सोचने के कारण लालमियाँ घबरा रहे थे। वे जानते थे कि हैदरअली, खांडेराव की नजर में एक अपराधी हैं। अगर उन्होंने किसी भी प्रकार से हैदरअली के बच्चों को मदद की तो उनका और उनके बीबी-बच्चों का जीवन खतरे में पड़ सकता है।

लालमियाँ ने कुछ क्षण गहराई से विचार करते हुए वह चिट्ठी फाड़ दी। इसके बाद अपनी पुत्री रुकैया को डाँटते हुए कहा—"जाओ बेटी, अपने घर का काम करो। माँ के काम में हाथ बँटाओ। अगर तुमने यह चिट्ठी पढ़ ली हो तो इस चिट्ठी के बारे में किसी को नहीं बताना तथा भूल जाना चिट्ठी के बारे में।"

"अच्छा, पिताजी, ठीक है—" कहती हुई रुकैया अपने पिता के आगे से चली गई। कुछ देर बाद जब उसकी माँ ने रसोई में खाना बनाया तो रुकैया ने थोड़ा-सा खाना टीपू और उसके भाई के लिए एक कपड़े में बाँध लिया। इसके बाद अपनी सहेली से मिलने का बहाना बनाते हुए उसने अपनी माँ से घर से बाहर जाने की इजाजत

ली और नदी की ओर चल दी। वह पहाड़ी नदी श्रीरंगपट्टन शहर से पाँच मील दूर थी। इस कारण रुकैया को नदी तक पहुँचने में काफी देर हो गई। अब तक सूरज सिर पर चढ़ आया था तथा टीपू व उसके छोटे भाई को बड़े जोरों की भूख लगने लगी थी। उन दोनों के पेट में चूहे कूद रहे थे।

नदी किनारे सुनसान जंगल था। आसपास कोई भी व्यक्ति दिखाई नहीं दे रहा था। उस सुनसान जगह के कारण टीपू के छोटे भाई अब्दुल करीम को डर लग रहा था, लेकिन टीपू निडर तथा साहसी लड़का था। जब इन दोनों बच्चों ने रुकैया को अपनी ओर आते देखा तो बहुत खुश हुए।

रुकैया ने टीपू को बताया—"ग़ाज़ीख़ान ने मुझको पत्र दिया था जिसमें तुम दोनों भाइयों के ठिकाने के बारे में लिखा था। आप दोनों ने सुबह से कुछ नहीं खाया होगा, इसलिए खाना खा लो। मैं श्रीरंगपट्टन शहर की रहने वाली फौजी अफसर लालमियाँ की पुत्री हूँ। मेरे पिता को ग़ाज़ीख़ान अच्छी तरह से जानते हैं। वे दोनों आपस में मित्र हैं। मैसूर के राजा के डर से पिताजी आप दोनों की मदद करने को तैयार नहीं हुए लेकिन मैं हर कीमत पर तुम्हारी सहायता करना चाहती हूँ।"

टीपू और उनका छोटा भाई रुकैया की बात सुनकर बड़े प्रसन्न हुए। फिर दोनों भाइयों ने प्रेमपूर्वक भोजन किया।

इसके बाद तीनों बालक वहीं नदी के किनारे खेलते रहे। खेलते-खेलते रुकैया को कब दोपहर से शाम हो गई, उसे पता नहीं चला। इसके बाद दिन छिप गया और आकाश में चन्द्रमा निकल आया। रुकैया काफी देर तक टीपू से बातें करती रही और जब तीनों बच्चों को नींद आने लगी तो वे उसी नाव के अन्दर लेटकर सो गए। चूँकि गर्मी का मौसम था। इसलिए बिस्तर की जरूरत नहीं थी। नदी के जल से स्पर्श करती हवा का झोंका तीनों को बड़ा मीठा एवं सुहावना लगा। उसी शीतल हवा के स्पर्श ने उन्हें गहरी नींद सुला दिया।

जब रुकैया देर रात तक अपने घर नहीं लौटी तो रुकैया के माता-पिता को चिन्ता होने लगी। रुकैया की माँ ने अपने पति को बताया कि रुकैया अपनी किसी सहेली के घर गई है। श्रीरंगपट्टन शहर में रुकैया की सभी सहेलियों से पूछताछ की गई। उसकी सभी सहेलियों ने यही कहा कि रुकैया तो आज उनके घर आई ही नहीं है।

"फिर वह कहाँ गई?"—यह सोच कर रुकैया ने माता-पिता को चिन्ता होने लगी। तभी उसके पिता लालमियाँ का ध्यान ग़ाज़ीख़ान के पत्र की ओर गया। लालमियाँ ने सोचा कि हो सकता है, रुकैया ने ग़ाज़ीख़ान का पत्र पढ़ा लिया हो और हैदरअली के बच्चों को खाना खिलाने उनके पास नदी किनारे गई हो। यह खयाल आते ही

लालमियाँ ने तुरन्त अपने दो सेवकों को साथ नदी किनारे जाने का प्रोग्राम बना लिया। वे तीनों घोड़े पर सवार होकर नदी की तरफ चल दिए। अभी चाँदनी रात थी। चन्द्रमा का प्रकाश फैला हुआ था। टीपू, रुकैया और अब्दुल करीम—ये तीनों बच्चे टूटी नाव के अन्दर सो रहे थे। इन तीनों का चेहरा चन्द्रमा के प्रकाश के कारण दूर से ही चमक रहा था।

लालमियाँ अपने घोड़े पर सवार होकर जब अपने सेवकों के साथ नदी तट पर पहुँचे तो उन्होंने रुकैया को हैदरअली के दोनों पुत्रों के साथ सोते हुए पाया। यह देख कर लालमियाँ की जान में जान आई। लालमियाँ जानते थे कि उनकी पुत्री ने हैदरअली के बच्चों को खाना खिला कर कोई गुनाह नहीं किया है। बल्कि यह तो अच्छा हुआ कि खांडेराव के डर से, जो काम मैं न कर सका, वह काम मेरी बहादुर बेटी ने कर दिखाया। यदि रुकैया इन बच्चों की मदद करने न आती तो इस सुनसान जंगल में इन बच्चों को कौन खाना खिलाता?

"उठ बेटी रुकैया, उठ!"—इतना कह कर लालमियाँ रुकैया की बाँहें पकड़ कर धीरे से उसे उठाने लगे तो रुकैया तुरन्त अपनी आँखें मलती हुई उठ बैठी। पिता को अचानक सामने देख कर वह घबरा गई। चूँकि वह अपने पिता से बिना पूछे यहाँ आई थी इसलिए पिता की नज़रों में उसने अवश्य जुर्म किया था। रुकैया सोच रही थी कि पिताजी अर्थात् अब्बा हुजूर ने मुझे यहाँ देख लिया है। अब वे न जाने मेरे साथ क्या सलूक करेंगे। न मालूम मुझे कैसा दण्ड देंगे?

लालमियाँ ने अपनी बेटी की आँखों में समाया डर देख कर उसे निर्भय बनाते हुए कहा—"डर मत बेटी, डर मत! यहाँ आकर तूने कोई गुनाह नहीं किया है बल्कि अच्छा ही किया है। मैं तुझसे बहुत खुश हूँ। तू इन दोनों भाइयों को भी उठा दे। हम इन दोनों बच्चों को अपने घर ले जाएँगे। वहाँ ये आराम से रहेंगे। फिर मौका देख कर मैं इन दोनों को इनके पिता के पास पहुँचा दूँगा।"

अपने पिता की ऐसी उदारतापूर्ण बातें सुन कर रुकैया बहुत प्रसन्न हुई। उसे पक्का विश्वास था कि उसके पिता दिल के अच्छे हैं। एक दिन वह अपने भूतपूर्व सेनापति हैदरअली के बेटों की रक्षा करने के लिए अवश्य तैयार हो जाएँगे।

रुकैया ने शीघ्र ही टीपू तथा उसके छोटे भाई अब्दुल करीम को सोते हुए से जगा दिया और उनसे कहा कि यहाँ आसपास जंगली जानवरों का डर है। अतः हम लोग अपने घर चलते हैं। मेरे पिता हम तीनों को लेने आए हैं।

इसके बाद लालमियाँ ने अपनी पुत्री को अपने घोड़े पर बिठाया तथा टीपू और उसके छोटे भाई को अपने सेवकों के घोड़े पर बिठाया। तब वे सभी वापिस श्रीरंगपट्टन

शहर की ओर चल दिए।

अगले दिन होली का त्यौहार था। श्रीरंगपट्टन शहर मैसूर राज्य की राजधानी थी। वहाँ हर साल खूब धूमधाम के साथ होली का त्यौहार मनाया जाता था। होली खेलने का आनन्द हिन्दू लोग तो लेते ही थे, लेकिन उनके साथ-साथ मुस्लिम धर्मावलम्बी भी होली खेलने का आनन्द लेते थे।

लालमियाँ जितनी खुशी के साथ अपने घर और गली-मोहल्ले में ईद का त्यौहार मनाते थे, उतनी ही खुशी के साथ होली और दीपावली जैसे हिन्दुओं के प्रमुख त्यौहार भी मनाया करते थे। होली वाले दिन लालमियाँ बाजार गए और बच्चों के खेलने के लिए पिचकारियाँ, रंग और मुखौटे लेकर आए।

इन मुखौटों और रंगों के साथ रुकैया, टीपू तथा अब्दुल करीम ने रुकैया के मौहल्ला-पड़ोस के बच्चों के साथ खूब होली खेली। रात्रि को तीनों बच्चे एक साथ ही सोये।

टीपू को रुकैया की बातें बहुत प्यारी लगती थीं। उसके बालमन में रुकैया के प्रति स्नेह और सम्मान का भाव पैदा हो गया था।

एक-दो दिन बाद रात्रि के समय ग़ाज़ीख़ान मौका देख कर लालमियाँ के घर आए। उन्होंने अपने स्वामी के दोनों बच्चों की जीवन रक्षा के लिए लालमियाँ को धन्यवाद दिया और दोनों बच्चों को साथ लेकर सुरक्षित जगह की ओर चले गए। टीपू को विदाई देते समय नन्ही रुकैया की आँखों ने आँसू आ गए और वह टीपू के चले जाने के बाद काफी देर तक रोती रही। बाद में रुकैया के माता-पिता ने अपनी बेटी को समझा-बुझाकर मना लिया और रुकैया से कहा कि हम लोग शीघ्र ही टीपू और उसके परिवार के लोगों से मिलने उसके घर जाएँगे।

रुकैया से बिछुड़ते हुए टीपू को भी अच्छा नहीं लग रहा था। लेकिन उसने सोचा लिया था कि वह अपने माता-पिता के पास पहुँच जाने के बाद एक दिन रुकैया से मिलने अवश्य आएगा।

12

कुछ महीनों तक तो हैदरअली मैसूर से निष्कासित किए जाने पर बंगलौर जाकर रहे। इसके बाद उन्होंने अपने मित्रों और शुभचिन्तकों की मदद से नई सेना का गठन कर लिया। जिस तरह खांडेराव ने कूटनीति का सहारा लेकर उनको मैसूर की सत्ता

से बेदखल किया था, उसी प्रकार हैदरअली को भी कूटनीति का सहारा लेकर विश्वासघाती खांडेराव को मैसूर की सत्ता से हटाना पड़ा। इसके लिए हैदरअली ने मैसूर की सेना के जनरलों के नाम कुछ जाली पत्र लिखे। उन पत्रों में यह बात लिखी कि मैसूर सेना के जनरल हैदरअली के मित्र हैं। हैदरअली उनकी सहायता से खांडेराव का काम तमाम करना चाहते हैं। इसके लिए जनरलों को मुँहमाँगी कीमत भेजी जाएगी।

हैदरअली के ये पत्र जब मैसूर सेना के मुख्यालय में पहुँचे तो खांडेराव को ये पत्र दिखाए गए। खांडेराव मैसूर सेना का प्रमुख था तथा सेना के जनरलों के पास आने वाले पत्रों को सबसे पहले वही देखता था। जब खांडेराव ने ये जाली पत्र पढ़े तो उसने सोचा कि मेरी सेना के जनरल मुझे धोखा देकर और हैदरअली से मिलकर मेरी हत्या की साजिश रच रहे हैं। अब मैसूर में रहना मेरे लिए खतरे से खाली नहीं है। मुझे यहाँ से किसी दूर सुरक्षित जगह पर भाग जाना चाहिए। जब परिस्थितियाँ मेरे अनुकूल होंगी, तब मैं वापिस मैसूर आ जाऊँगा।

यह सोच कर खांडेराव ने अपने एक-दो साथियों के साथ रात्रि के समय घोड़े पर चढ़ कर मैसूर की सीमा से निकल भागने का प्रयास किया। इस बात की खबर हैदरअली के जासूसों ने हैदरअली को दे दी। मौका अच्छा था। हैदरअली अपने सैनिकों को लेकर घोड़े दौड़ाते हुए मैसूर के इलाके में घुस आए। उन्होंने खांडेराव को पकड़ कर बन्दी बना लिया और पूरे मैसूर राज्य पर अधिकार कर लिया।

जब मैसूर का राज्य हैदरअली के हाथ में आ गया तो श्रीरंगपट्टन नगर के राजदरबार में पूर्णिया ब्राह्मण ने अपने हाथों से उनका राजतिलक किया तथा स्वस्तिवाचन करते हुए उनके सिर पर मैसूर सम्राट का मुकुट रखा। फिर हैदरअली के ऊपर पुष्प वर्षा करते हुए उन्हें मैसूर के राजसिंहासन पर बिठाया गया। खांडेराव को लोहे के पिंजरे में कैद करके दरबार के बाहर बिठा दिया गया ताकि हर आने-जाने वाला व्यक्ति उस जैसे विश्वासघाती की दुर्दशा देख कर यह सबक ले कि हैदरअली के साथ धोखा और दुश्मनी करने का फल अच्छा नहीं होता।

हैदरअली अब मैसूर के सुलतान बन चुके थे। पहले वे मैसूर की सेना के एक सामान्य सैनिक थे। इसके बाद सेना की टुकड़ी के फौजदार, तत्पश्चात् सेनापति और फिर अपनी बहादुरी, साहस तथा बुद्धिमानी के बल पर मैसूर के शासक बन चुके थे।

मैसूर राज्य का शासन सँभालने पर हैदरअली ने सबसे पहले विद्रोहियों को सबक सिखाना उचित समझा। मैसूर में जितने भी षड्यंत्रकारी तथा विद्रोही थे, हैदरअली ने उन सबको ढूँढ़कर मौत की सजा दी। प्रमुख षड्यंत्रकारी खांडेराव को राजदरबार

के बाहर, लोहे के पिंजरे में कैद करके भूखा-प्यासा रखा गया। कुछ समय बाद भूख और प्यास से तड़प-तड़प कर खांडेराव ने अपनी जान दे दी।

हैदरअली मैसूर के विद्रोहियों का दमन करने के बाद अभी चैन की साँस लेकर बैठे ही थे कि उनके सामने उनके छोटे बेटे अब्दुल करीम के जीवन की एक बहुत बड़ी समस्या उनके सामने आकर खड़ी हो गई। अब्दुल करीम का दिमागी सन्तुलन बिगड़ गया था। उसका देखने और बातें करने का ढंग बदल गया था। अगर वह हँसता था, तो बस हँसता ही रहता था। एक साधारण बालक की तरह वह न रहा था। उसकी मनोदशा असामान्य हो चली थी।

हैदरअली ने अपने छोटे बेटे के दिमाग का इलाज कई हकीम और वैद्यों से करवाया, लेकिन उसकी हालत में किसी प्रकार का सुधार नहीं हुआ। परेशान होकर हैदरअली एक दिन अपना सिर पकड़कर बैठ गए और रोने लगे। उनकी समझ में नहीं आ रहा था कि उन्हें अब क्या करना चाहिए। तब बेगम फ़ख़रुन्निसां ने उनको समझाया—"आप परेशान न हों। सब कुछ अल्लाह के ऊपर छोड़ दीजिए। जो होना होता है, वही होकर रहता है। अब्दुल के इलाज के लिए आपसे जितना हो सकता था, आपने वह किया। अपनी तरफ से आपने अपने बेटे के इलाज के लिए कोई कसर नहीं छोड़ी है। आगे खुदा की मर्जी! लेकिन अगर आप इस तरह दुःखी होकर रोएँगे तो इससे बच्चे की हालत और खराब होगी।"

बेगम साहिबा की बातें सुनकर हैदरअली को कुछ धीरज मिला। उन्होंने अपने गालों पर आए आँसू पोंछ लिए। बेगम ने उनसे कहा—"आप अब कोई साधारण सैनिक नहीं, मैसूर के सुलतान हैं। बड़े-बड़े दुश्मन आपके आगे आने से काँपने लगते हैं। आपको दुर्बलों की तरह इस प्रकार घबराना नहीं चाहिए। अपने बेटे के जीवन में आई इस समस्या का हमको हिम्मत के साथ मुकाबला करना चाहिए। आप हिम्मत हारने के बजाय कोई सही निर्णय लीजिए।"

बेगम फ़ख़रुन्निसां के वचन सुन कर हैदरअली दार्शनिकों की भाँति शून्य की ओर देखने लगे। उन्होंने अपनी धर्मपत्नी का हाथ पकड़ कर कहा—"मैं क्या करूँ बेगम, मेरी कुछ समझ में नहीं आता। यह शासन और राजनीति का खेल पत्थर दिल के मानव ही खेला करते हैं। मैंने अपने जीवन में कई ऐसे फैसले लिए जो कठोर थे। कई लोगों को मेरे फैसलों के कारण अपनी जानें गँवानी पड़ीं। शायद उन लोगों के घरवालों की बददुआएँ ही मेरे बेटे अब्दुल करीम को लग गई हैं जिसके कारण हमारा बेटा अपनी दिमागी ताकत और दिमागी सन्तुलन खो बैठा है।...मेरी समझ में नहीं आ रहा कि मैं क्या करूँ? मुझे अपनी आँखों के सामने अँधेरा दिखाई देता है। टीपू को

तुम खुदा की इबादत में लगा रही हो। वह एक दिन हमारा घर छोड़ कर चला जाएगा और अब्दुल करीम अपना दिमागी सन्तुलन खो बैठा है। अब मैं कैसे अपने मन को समझाऊँ? मैं बड़ा दुःखी हो उठा हूँ बेगम। जाने किस मनहूस घड़ी में मैं मैसूर का सुलतान बना था कि मुझसे मेरा मैसूर का उत्तराधिकारी ही छिन रहा है।''

बेगम फ़ख़रुन्निसां अपने पति को समझाने लगीं—''आप ऐसा न कहिए। सब्र से काम लीजिए। शायद अल्लाह को यही मंजूर हो।''

बेगम की बात सुन कर हैदरअली चुप रहे।

कई दिनों तक हैदरअली के मन में यही उथल-पुथल होती रही कि अगर मेरा छोटा पुत्र अब्दुल करीम स्वस्थ न हुआ अर्थात् उसका दिमागी सन्तुलन ठीक न हुआ और बड़े पुत्र टीपू को उसकी माँ ने खुदाईपरस्त संत या फकीर बनाने का फैसला कर लिया तो मेरे साम्राज्य और दौलत का उत्तराधिकारी कौन बनेगा। अगर मैं अब्दुल को अपना वारिस बनाऊँगा तो उसके कमजोर दिमाग का फायदा उठा कर मेरे दुश्मन उससे सारी धन-दौलत तथा राज्य छीन लेंगे। टीपू बड़ा होकर संत या फकीर के रूप में घर छोड़ कर जा चुका होगा। तब मैं किसके ऊपर भरोसा करूँगा? कौन मेरे बुढ़ापे का सहारा बनेगा?

एक दिन इसी तरह के सोच-विचार से परेशान होकर हैदरअली ने अपने मन में फैसला किया कि चाहे कुछ हो, मैं टीपू को अपना वारिस जरूर बनाऊँगा। इसके लिए चाहे मुझे अपनी बेगम की नाराजगी क्यों न झेलनी पड़े। खुदा के लिए तो टीपू जैसे कई बच्चे और कई लोग दुनिया में हैं जो भजन-पूजा और ईश्वर सेवा में अपना ध्यान लगाते हैं। मेरे लिए तो टीपू के आसरे के सिवाय और कोई भी नहीं है। छोटा बच्चा दिमागी हालत से ठीक नहीं है। यदि उसकी दिमागी अवस्था ठीक नहीं हुई तो वह मेरी धन-दौलत तथा मैसूर की राज्यगद्दी का अधिकार कैसे सँभाल पाएगा। अब तो मैं टीपू को ही अपना उत्तराधिकारी बनाऊँगा। एक दिन बेगम साहिबा से भी यह बात साफ-साफ कह दूँगा। फिर वे मेरी बातों का चाहें गलत अर्थ लगाएँ या मुझे गलत समझें। टीपू को फ़कीर बना कर और घर से निष्कासित करके मैं अपने पैरों पर कुल्हाड़ी नहीं मार सकता। क्या यह जरूरी है कि खुदा हम बन्दों को दुःख देकर स्वयं खुश और आबाद रहे? हमारा चमन उजाड़ कर अपने गुलशन को महकाए?

उस दिन से हैदरअली का ईश्वर पर से विश्वास और भी कम हो गया था। उन्होंने विचार किया कि बेगम ने टीपू मस्तान औलिया की मजार के फकीर के सामने अपने बड़े बेटे को खुदाईपरस्त बनाने का वचन देकर अच्छा नहीं किया।

काफी दिनों तक हैदरअली के मन में इसी तरह की बातें उमड़ती-घुमड़ती रहीं।

फिर एक दिन अवसर देख कर उन्होंने अपने मन की बात अपनी बेगम फ़ख़रुन्निसां से कह ही दी। उन्होंने बेगम से कहा—"बेगम, मैं अपने वारिस को लेकर काफी समय तक इसलिए चुप रहा ताकि तुम्हारे दिल को कोई ठेस न पहुँचे, लेकिन आज मैं तुमसे कुछ कहना चाहता हूँ।"

"आपको मुझसे जो कुछ कहना है, आप बेफिक्र होकर कहिए। आपके और मेरे बीच में किसी प्रकार का भी पर्दा नहीं है, फिर कोई भी बात मुझसे कहने में संकोच कैसा?" बेगम फ़ख़रुन्निसां ने अपनी स्निग्ध मुस्कान बिखेरते हुए कहा।

अपनी बेगम की इजाजत लेकर हैदरअली उन्हें बताने लगे—"बेगम! खुदा चाहता है कि हमारा बड़ा बेटा टीपू मैसूर का सुलतान बने…"

हैदरअली की यह बात सुन कर बेगम फ़ख़रुन्निसां हैरान रह गईं। उनके मुख से निकला—"लेकिन…"

"लेकिन-वेकिन कुछ नहीं, बेगम। जरा ठण्डे दिल से सोचो। अगर खुदा को हमारा छोटा बेटा हमारा वारिस बनाना होता तो उसकी दिमागी शक्ति उससे क्यों छीन लेता। जबकि टीपू को खुदा ने राजकुमारों जैसे गुण दिए हैं। इसका मतलब यही है कि खुदा टीपू को ही हमारा वारिस बनाना चाहता है। वही बड़ा होकर मैसूर का सुलतान बनेगा।"

बेगम फ़ख़रुन्निसां परेशान होकर अपने पति के मुख की ओर देखती रहीं। उनकी समझ में नहीं आ रहा था कि उनके पति ने सब कुछ जानते हुए भी ऐसी बात क्यों कही? क्या उनके पति पीर-फकीरों की बददुआओं या खुदा के खौफ से डरते नहीं हैं?

इस तरह अपनी धर्मपत्नी के सामने टीपू को अपना उत्तराधिकारी और मैसूर का भावी सम्राट घोषित करके हैदरअली अपने निजी कक्ष से राजदरबार की ओर चले गए।

13

बेगम फ़ख़रुन्निसां ने टीपू मस्तान औलिया की मजार पर फकीर से वायदा किया था कि जब उनके पहला पुत्र होगा तो वह अपने उस बेटे को खुदा की इबादत और खिदमत में लगाएगी लेकिन अब उनके छोटे बेटे की दिमागी हालत बिगड़

गई थी। हैदरअली ने अपने छोटे बेटे की दिमागी हालत को ठीक कराने के लिए कई वैद्य-हकीमों का इलाज कराया लेकिन लड़के की हालत में कोई सुधार नहीं हुआ। हार कर हैदरअली ने निर्णय लिया कि अपने एकमात्र समर्थ तथा बुद्धिमान बेटे टीपू को वे खुदा की खिदमत और इबादत में नहीं लगाएँगे। वे टीपू को अपना वारिस बनाएँगे और उसे शाहजादों की तरह पालेंगे।

बेगम ने कुछ दिनों तक तो अपने पति के इस फैसले का विरोध किया। आखिर में वे भी अपने पति की बात से सहमत हो गईं। बेगम को लगने लगा कि अगर वे अपनी बात को लेकर अड़ी रहीं और टीपू को उन्होंने खुदा की खिदमत में फकीर बना कर घर से बाहर भेज दिया तो उनका दिल टूट जाएगा। किसी भी प्रकार से उनको अपनी धन-सम्पत्ति तथा रियासत को सँभालने वाला एक योग्य वारिस चाहिए। छोटा बेटा अब्दुल करीम दिमागी रूप से स्वस्थ नहीं था। इसलिए हैदरअली की सारी उम्मीदें टीपू के ऊपर ही टिकी हुई थीं।

जब बेगम फ़ख़रुन्निसां टीपू को वारिस बनाने पर राजी हो गईं तो हैदरअली ने टीपू को ग़ाज़ीख़ान के हवाले पर दिया और ग़ाज़ीख़ान से कहा कि वह टीपू को एक काबिल योद्धा बना कर दिखाए ताकि एक सम्राट के रूप में इसके अन्दर किसी प्रकार की ताक़त की कमी न रहे।

मौलवी साहब और पंडित जी की शस्त्रविद्या अब पूरी हो चुकी थी। अब ग़ाज़ीख़ान की शस्त्रविद्या की शिक्षा देने की बारी थी। इसलिए हैदरअली ने मौलवी साहब और पंडित जी को भरपूर दान-दक्षिणा देकर उनसे कहा कि वह हमारे बेटे को शस्त्रविद्या की आवश्यकता है क्योंकि उसे हमारे बाद एक काबिल सुलतान बनना है। आप दोनों की शिक्षा देने का कार्य अब पूरा हुआ। अब ग़ाज़ीख़ान हमारे बेटे को शस्त्रविद्या की शिक्षा देंगे।

मौलवी उबैदुल्ला और पंडित गोवर्धन अपनी-अपनी दक्षिणा लेकर खुशी-खुशी विदा हुए। हैदरअली अब मैसूर राज्य के सुलतान बन चुके थे और टीपू अपने सम्राट पिता के नक्शे-कदम पर चलने की कोशिश कर रहे थे।

टीपू की उम्र अब बारह या तेरह वर्ष की हो चुकी थी। इस किशोरावस्था में उनको युद्ध कला की शिक्षा ग़ाज़ीख़ान द्वारा दी जा रही थी। ग़ाज़ीख़ान पूरी कोशिश में थे कि टीपू अपने पिता की तरह ही एक महान् योद्धा बनें।

ग़ाज़ीख़ान ने टीपू की दिनचर्या एकदम संयमित और सन्तुलित कर दी थी। उन्हें प्रातःकाल के समय जल्दी उठा दिया जाता था। ग़ाज़ीख़ान चाहते थे कि टीपू का शरीर चुस्त-तन्दुरुस्त तथा मजबूत बने। इसके लिए टीपू को ग़ाज़ीख़ान ने व्यायाम

का प्रशिक्षण देना शुरू किया। वे टीपू को सवेरे जल्दी उठा कर व्यायाम करवाते, उनसे दौड़ लगवाते। टीपू को घुड़सवारी और पानी में तैरने का अभ्यास भी कराया जाता था। शाम को भी ग़ाज़ीख़ान टीपू को चैन नहीं लेने देते थे। वे अखाड़े में टीपू को कुश्ती के दाँव-पेंच सिखाते थे। इसके अलावा दिन के समय आराम करने के अलावा कई तरह के शारीरिक खेलों का अभ्यास भी टीपू को कराया जाता था। इस सबकी वजह से टीपू के शरीर की मांसपेशियाँ मजबूत होती जा रही थीं।

पूरे दो वर्ष तक टीपू को शरीर के लिए बेहतर खुराक दी गई तथा कई प्रकार के शारीरिक अभ्यास उनको कराए गए। इसके कारण टीपू के शरीर ने बड़ी तेजी से विकास किया। केवल चौदह या पन्द्रह वर्ष की किशोरावस्था में वे 18 वर्ष के से युवा दिखाई देने लगे थे।

ग़ाज़ीख़ान को युद्ध से सम्बन्धित कई प्रकार की कलाएँ भली-भाँति आती थीं। टीपू ने उनसे कई तरह की युद्ध कलाएँ सीखीं। तीर चलाने में, भाला फेंकने में, बन्दूक चलाने तथा तलवार को चलाने में टीपू अधिक रुचि लेते थे। अपने धार्मिक शिक्षकों की शिक्षाओं के प्रभाव के कारण टीपू तलवार और बन्दूक चलाने में पहले कम रुचि लेते थे। इन सबको वे मानव विरोधी हिंसक हथियार समझते थे और इनका इस्तेमाल करना पाप समझते थे। लेकिन ग़ाज़ीख़ान के बार-बार समझाने पर वे तलवार चलाने और बन्दूक से निशाना साधने में रुचि लेने लगे। एक समय ऐसा आया कि टीपू के अन्दर हथियार चलाने का जुनून पैदा हो गया।

ग़ाज़ीख़ान ने टीपू को युद्ध का प्रशिक्षण देने की जिम्मेवारी ली थी। हैदरअली के मंत्री, पूर्णिया जी टीपू को सदैव अच्छी बातों की प्रेरणा दिया करते थे। वे अच्छे कार्य करने के लिए टीपू की उमंग, उत्साह हमेशा बढ़ाते रहते थे।

मैसूर के शासक, हैदरअली को अपने मंत्री पूर्णिया पर बड़ा भरोसा था। पूर्णिया को वे अपना छोटा भाई और पक्का दोस्त भी मानते थे। हैदरअली यद्यपि मुसलमान थे और पूर्णिया हिन्दू थे, फिर भी इन दोनों की दोस्ती के बीच जाति और धर्म कभी रुकावट बन कर खड़ा नहीं हुआ। पूर्णिया धर्म, समाज, राजनीति तथा अर्थ के मामले में हैदरअली को बड़ी नेक सलाहें दिया करते थे और पूर्णिया की सलाहों को हैदरअली कभी भी टाला नहीं करते थे। वे पूर्णिया की प्रत्येक बात को सम्मान दिया करते थे।

पूर्णिया जाति से ब्राह्मण थे। यद्यपि वे आचार्य चाणक्य की तरह बुद्धिमान और चतुर थे, लेकिन उनके हृदय में दीन-दुखियों के प्रति करुणा, सहानुभूति तथा इंसानियत की भावना भरी हुई थी। जब कभी हैदरअली किसी मानसिक उलझन या मुसीबत में होते तो वे पूर्णिया से अपनी समस्या पर सलाह अवश्य लिया करते थे।

पूर्णिया की सलाह मान कर वे अपनी परेशानियों तथा मानसिक उलझनों से मुक्ति का अनुभव करते थे।

हैदरअली ने पूर्णिया को यह कार्य सौंपा था कि वे उनके बेटे टीपू को इंसानियत और राजनीति की अभी से अच्छी सलाह दिया करें ताकि भविष्य में उनकी सीखें बेटे के काम आएँ तथा वह बड़ा होकर योग्य राजा बने।

यदि पूर्णिया ने टीपू को धर्म-शिक्षा से युद्ध कला की शिक्षा की ओर न मोड़ा होता, तो टीपू कभी हथियार चलाने में रुचि न लेते। पूर्णिया अक्सर टीपू को भारत के वीर सम्राट महाराणा प्रताप, शिवाजी तथा शाहजहाँ आदि की कहानियाँ सुनाया करते थे। इन कहानियों को सुन-सुन कर टीपू के अन्दर लड़ाई लड़ने तथा दुश्मन को मार गिराने का उत्साह जागृत होता था। भारत के वीर और महान् पुरुषों की कहानियाँ सुनाते-सुनाते पूर्णिया का गला भर आता था और उनकी आँखें आँसुओं से गीली हो जाती थीं। राजपूत वीरों की कहानियाँ टीपू को बड़ी अच्छी लगती थीं। उसने राजपूतों की तरह एक वीर योद्धा बनने की बात मन में ठान ली थी।

पूर्णिया की प्रेरणा से ग़ाज़ीख़ान का काम आसान होता जा रहा था। अब उसे टीपू को सैन्य प्रशिक्षण देने में किसी प्रकार की दिक्कत नहीं आती थी। टीपू खुद ग़ाज़ीख़ान से कहते थे—"मैं राजपूतों की तरह बहादुर योद्धा बनना चाहता हूँ। राजपूतों की वीरता मेरा आदर्श है। देश के लिए अपने प्राण न्यौछावर करने से मैं नहीं डरता।"

टीपू की ऐसी उत्साह और वीरता भरी बातें सुन कर वे खुश हो जाते और टीपू की पीठ थपथपाते हुए कहते—"शाबाश बेटा, शाबाश! तुम एक दिन अपने पिता की तरह वीर योद्धा जरूर बनोगे और अपने दुश्मनों का नाश करोगे। मैं तुमको मैसूर का शेर बनाऊँगा। तुम इसी तरह युद्ध कला का अभ्यास करो। मुझे यकीन है कि मैसूर इलाके में युद्ध क्षेत्र में कोई भी तुमसे आगे नहीं निकल सकेगा।"

टीपू अब पन्द्रहवें साल में चल रहे थे जबकि उनका छोटा भाई अब्दुल करीम दसवें साल में चल रहा था। अब्दुल करीम का वैद्य-हकीमों के जरिए काफी इलाज कराए जाने पर भी उसकी हालत सामान्य नहीं हो सकी थी। हैदरअली अपने छोटे बेटे अब्दुल की दिमागी कमजोरी को ईश्वर की मर्जी मान कर चुप थे। बेगम फ़ख़रुन्निसां भी अब्दुल करीम की नाजुक हालत के कारण सदैव परेशान और दुःखी-सी हो चली थीं। उन्होंने भी अब सब कुछ खुदा की मर्जी पर छोड़ दिया था।

टीपू को रुकैया का ध्यान बार-बार आ जाता था। वे उस दिन की बात नहीं भूले थे जब रुकैया ने उनकी मदद की थी तथा वह उनके लिए नदी तट पर भोजन लेकर आयी थी। टीपू को याद था कि उस रात रुकैया उन दोनों भाइयों को खाना खिला

कर नाव में ही सो गई थी। रुकैया का भोला-भाला चेहरा टीपू को अभी भी याद था। टीपू को उस दिन की याद आई जब वे अपने छोटे भाई को लेकर रुकैया के साथ गए थे और सारे दिन रुकैया के साथ होली खेलते रहे थे। उन्होंने रुकैया को रंग भी लगाया था।

इधर रुकैया भी जब फुर्सत के क्षणों में होती तो टीपू को याद कर लेती थी। जब टीपू उसके घर से विदा हुए तो वह खूब रोयी थी। उसके पिता ने उसे यह कह कर समझाया था कि कुछ दिन बाद हम लोग टीपू के घर पर चलेंगे तथा टीपू व उसके परिवार के लोगों से मुलाकात करेंगे। लेकिन लालमियाँ ने अपनी नन्ही से किया यह वायदा पूरा नहीं किया था, इसलिए रुकैया अक्सर करके अपने पिता से नाराज रहती थी।

अब तो टीपू के पिता मैसूर के सम्राट हो चुके थे और टीपू उनके साथ श्रीरंगपट्टन के राजमहल में रहते थे। रुकैया का घर राजमहल से ज्यादा दूर नहीं था। कई बार उसका मन किया कि वह अकेली महल में जाकर टीपू से मिले लेकिन उसकी माँ उसे बाहर जाने की इजाजत नहीं देती थी। रुकैया की माँ कहती थी कि राजमहल के चारों ओर शाही सैनिकों का पहरा है। उनकी इजाज़त के बिना एक परिन्दा भी महल के अन्दर नहीं घुस सकता और बिना किसी ठोस कारण के, किसी को भी महल के अन्दर घुसने की अनुमति नहीं दी जाती।

टीपू को रह-रहकर रुकैया का ख़याल आता था। वे सोचते थे कि एक दिन मैं बहादुर योद्धा बन जाऊँगा तो रुकैया मेरी प्रसिद्धि को सुन कर मुझसे मिलने जरूर आएगी। एक दिन मैं अपने पिता की तरह युद्ध लड़ने जाऊँगा और दुश्मन पर विजय प्राप्त करूँगा। तब रुकैया मेरी जीत की खुशी में मुझे फूलों की माला पहनाएगी।

इस तरह सोचते-सोचते टीपू मन-ही-मन मुस्करा उठते थे। रुकैया का ध्यान आते ही वह शीघ्रातिशीघ्र बहादुर योद्धा बनने की कोशिश करते। तेजी से तलवार चलाते और बन्दूक से ठीक निशाना लगाते।

टीपू को मन-ही-मन ऐसा लगता था कि रुकैया मेरी प्रेरणा शक्ति है। रुकैया का ध्यान आते ही टीपू के अन्दर युद्ध अभ्यास की लगन और बढ़ जाती थी।

यद्यपि टीपू ग़ाज़ीख़ान के दिशा निर्देशन में युद्ध कला का अभ्यास कर रहे थे लेकिन जीव-जन्तुओं के प्रति दया और सहानुभूति की भावना उनके मन के अन्दर मौजूद थी। एक दिन ग़ाज़ीख़ान ने उनसे एक चिड़िया पर निशाना लगवाना चाहा लेकिन टीपू ने चिड़िया पर निशाना नहीं लगाया। उनका कहना था कि चिड़िया नन्हा

जीव अवश्य है लेकिन उसके अन्दर हमारी ही तरह प्राण होते हैं। हमारी तरह से चिड़िया भी दुःख-तकलीफ का अनुभव करती है। तीर चलाने से वह मर जाएगी। यदि तीर लगने से न मरेगी, घायल होगी, तो भी उसको दुःख होगा।

टीपू सोचते थे कि इस नन्ही चिड़िया के छोटे-छोटे बच्चे होंगे। वे अपनी माँ के घर लौटने का इन्तजार कर रहे होंगे। जब यह चिड़िया मेरे तीर से मर जाएगी और अपने घोंसले या घर में नहीं पहुँचेगी तो इसके बच्चे इसे न पाकर दुःखी हो जाएँगे। वे माँ के न मिलने पर रो-रोकर अपने प्राण दे देंगे। इस प्रकार चिड़िया पर तीर चलाने से नन्ही चिड़िया की जान के साथ-साथ उसके बच्चों के ऊपर भी अत्याचार होगा। ऐसा पाप मैं नहीं कर सकता।

इस तरह टीपू दिल के बड़े कोमल और दयालु थे। शायद उन्हें नहीं पता था कि जब बड़े होकर वे मैसूर के राजा बनेंगे तो अपने राज्य की रक्षा के लिए उन्हें अनेक लोगों के खून से अपने हाथ रँगने पड़ेंगे, विद्रोही लोगों तथा शत्रुओं की अनगिनत लाशें जमीन पर बिछानी पड़ेंगी।

बैदनूर इलाके की दक्षिण दिशा में बालम नाम का एक नगर था। एक दिन बालम का राजा हैदरअली को चुनौती देने लगा। उसने तैश में आकर मैसूर की राजधानी श्रीरंगपट्टन के पास वाले क्षेत्र पर आक्रमण भी कर दिया। जब हैदरअली को इस बात की सूचना मिली तो वे बालम के शासक को सबक सिखाने के लिए अपनी सेना लेकर चल दिए। उन्होंने ग़ाज़ीख़ान के बीस हजार सैनिक देकर टीपू से कहा—"ग़ाज़ीख़ान सभी सैनिकों के साथ तुम्हारी रक्षा करेंगे। तुम युद्धभूमि से दूर खड़े होकर देखना कि मैं शत्रुओं के साथ कैसे लड़ता हूँ। जब तुम मुझे युद्ध करते देखोगे तो तुम्हें प्रत्यक्ष युद्ध करने की बातें समझ में आ जाएँगी। अगर युद्ध करते समय मुझसे कोई चूक या गलती हो, तो तुम उस गलती का पता लगाना और लड़ाई समाप्त हो जाने के बाद मुझे बताना कि युद्ध करते समय मैंने कौन-सी गलती की है। तुम मुझको बताना कि अगर मेरी जगह तुम दुश्मन के सामने होते तो क्या करते?"

हैदरअली का अपने शत्रु के साथ युद्ध शुरू हुआ। टीपू दूर खड़े होकर अपने पिता को युद्ध करते हुए देखते रहे। ग़ाज़ीख़ान उनकी सुरक्षा के लिए अपने बीस हजार सैनिकों को लिए युद्ध भूमि के पास खड़े थे। उस युद्ध में ग़ाज़ीख़ान ने प्रत्यक्ष रूप से कोई भाग नहीं लिया था। उनको केवल टीपू की सुरक्षा की जिम्मेवारी सौंपी गई थी।

टीपू बड़ी एकाग्रता के साथ अपने पिता को युद्ध करते हुए देखते रहे। हैदरअली अपने संदेशवाहक को प्रत्येक घण्टे के बाद भेज देते थे जो टीपू को युद्ध के हालात

बता देता था। दो-चार बार तो हैदरअली का संदेशवाहक उनके पुत्र टीपू के पास युद्ध के समाचार लेकर आता रहा। इसके बाद संदेशवाहक का आना बन्द हो गया। इसका कारण यह था कि अपने शत्रु को परास्त करने के लिए हैदरअली युद्ध में बुरी तरह से व्यस्त हो गए थे। शत्रु राजा से लड़ते-लड़ते वे जंगल में काफी दूर चले गए। टीपू तथा ग़ाज़ीख़ान को उनका झंडा दिखाई देना भी बन्द हो गया। इससे ग़ाज़ीख़ान और टीपू चिन्ता में पड़ गए। ग़ाज़ीख़ान के पास दो हजार सैनिक थे। उन्होंने पाँच सौ सैनिक टीपू की सुरक्षा के लिए छोड़े और डेढ़ हजार सैनिकों को साथ लेकर अपने स्वामी हैदरअली की मदद करने उनके पीछे-पीछे चल दिए।

टीपू सुलतान अपने पाँच सौ सैनिकों के साथ खड़े-खड़े अपने पिता तथा गाजीबाबा के आने की प्रतीक्षा करते रहे लेकिन जब काफी समय तक वे लौट कर नहीं आए तो टीपू परेशान हो उठे। टीपू ने अपने पाँच सौ सैनिकों को अर्धवृत्ताकार रूप में खड़ा किया और इसी रूप में घेरा बना कर उन्होंने सैनिकों को आगे बढ़ने का आदेश दिया। यह पहला अवसर था जब टीपू ने सैनिकों को आदेश दिया था तथा वे खुद भी हथियार लेकर दुश्मन की ओर बढ़ रहे थे।

कुछ दूर चलने के बाद टीपू तथा उनके सैनिकों को शत्रु राजा का शिविर दिखाई दिया। उनके पिता हैदरअली शत्रु के साथ जम कर युद्ध कर रहे थे। शत्रु राजा की पत्नी, बच्चे, अन्य पारिवारिक सदस्य तथा रिश्तेदार इस सैनिक शिविर में छिपे हुए थे। इस शिविर की रक्षा शत्रु के सैनिक कर रहे थे। टीपू ने अपने सैनिकों को आदेश दिया कि वे शिविर पर हमला करके शत्रु पक्ष के लोगों को बन्दी बना लें।

पन्द्रह वर्षीय टीपू के सैनिकों ने ऐसा ही किया। उन्होंने शिविर पर धावा बोल कर शिविर की रक्षा कर रहे सैनिकों के साथ जम कर युद्ध किया। शत्रु शिविर के कई सैनिक मारे गए और कई अपनी जान बचा कर भाग गए। शिविर के अन्दर जो स्त्रियाँ और बच्चे छिपे हुए थे, वे भी अपनी-अपनी जान बचा कर भागने लगे। बालम के राजा के पारिवारिक जन अभी भी उस शिविर में थे। तभी टीपू के सैनिकों ने शत्रु के शिविर पर अधिकार कर लिया।

बालम नगर के राजा की पत्नी अपनी गोदी में अपने छोटे पुत्र को लिए टीपू के सामने आई और टीपू से हाथ जोड़कर प्रार्थना करने लगी—"हमें मत मारिए। हमने कोई अपराध नहीं किया है। हम युद्ध नहीं चाहते। हमारी जान बख्श दो। हमारी रक्षा कीजिए।"

टीपू ने उस स्त्री की प्रार्थना सुन कर अपने घोड़े से उतर कर आदरपूर्वक उससे कहा—"ठीक है। आप अपने शिविर में चली जाइए। हमें आपसे कोई दुश्मनी या

नफरत नहीं है। मेरे कुछ सैनिक आप लोगों की रक्षा करेंगे। आपको किसी प्रकार का नुक़सान नहीं पहुँचाया जाएगा।"

इधर बालम का एक सैनिक भाग कर अपने राजा के पास पहुँचा और अपने सम्राट से कहने लगा—"टीपू ने आपके परिवार के लोगों को बन्दी बना लिया है।"

बालम का राजा जानता था कि टीपू, हैदरअली का तरुण पुत्र है। यह सुन कर राजा घबरा गया और हैदरअली के पास जाकर कहने लगा—"मैं आपके सामने शस्त्र समर्पण करता हूँ। मैं अब युद्ध नहीं चाहता। कृपया युद्ध बन्द कर दीजिए। मेरा परिवार संकट में है। आपके पुत्र टीपू ने मेरे परिवार के लोगों को बन्दी बना लिया है। कृपया उन लोगों को छोड़ दिया जाए।"

बालम के राजा ने अपने सिर की पगड़ी उतार कर हैदरअली के सामने रख दी। इस पर हैदरअली ने अपने सैनिकों को युद्ध बन्द करने का आदेश दे दिया। लड़ाई रुक गई। बालम के राजा को और उसके सभी सैनिकों को गिरफ्तार कर लिया गया।

हैदरअली की सेना में मकबूल खान नाम का एक सेना जनरल था। टीपू की रक्षा के लिए ग़ाज़ीख़ान को तैनात किया था। जब मकबूल को मालूम हुआ कि हमने शत्रु पर विजय प्राप्त कर ली है तो वह घोड़े पर सवार होकर महिलाओं और बच्चों के शिविर में जा पहुँचा। उसने हारे हुए शत्रु पक्ष की महिलाओं की इज्जत के साथ खिलवाड़ करने का मन बना लिया। उसने अपने अधीन सैनिकों को आदेश दिया कि वे शत्रु की स्त्रियों को शिविर के अन्दर से खींच कर बाहर लाएँ।

मकबूल खान के कहने पर उसके सैनिक जबरदस्ती शत्रु पक्ष की स्त्रियों को शिविर के अन्दर से खींच-खींचकर बाहर निकालने लगे। जब टीपू को मकबूल के इस दुष्कृत्य भी खबर लगी तो वे तुरन्त मकबूल के पास आए और उन्होंने मकबूल से कहा कि वह स्त्रियों को न सताए, उन्हें छोड़ दे।

लेकिन मकबूल खान नहीं माना। उसने टीपू सुलतान की बात नहीं मानी। वह स्त्रियों के बाल पंकड़ कर खींचने लगा। इससे स्त्रियाँ रोने लगीं। टीपू से यह सब देखा न गया। उसने अपनी रिवाल्वर मकबूल की कनपटी पर तान दी और उसे चेतावनी देते हुए कहा—"मकबूल खान! मैं अभी भी कहता हूँ कि इन औरतों को मत सताओ। इनको छोड़ दो।"

टीपू की बात सुन कर मकबूल जोर-जोर से हँसने लगा। तब टीपू ने पिस्तौल का घोड़ा दबा दिया। मकबूल खान गोली लगते ही वहीं गिर पड़ा। टीपू ने एक कम्बल मँगवा कर उसके शव को ढँक दिया और अपने सैनिकों से कहा—"हम लोगों के

लिए निरपराध स्त्रियों को हाथ लगाना बहुत बड़ा जुर्म है। यह जुर्म कोई भी करे, मैं उसे माफ नहीं कर सकता।"

जब हैदरअली को अपनी सेना के प्रमुख ज़नरल मकबूल खान के मरने की खबर मिली तो वे तुरन्त मकबूल के शव के पास आए। उनके पूछे जाने पर टीपू ने अपने पिता को साफ-साफ बता दिया कि मकबूल खान ने औरतों की इज्जत से खिलवाड़ करने की कोशिश की। मैंने इसे चेतावनी दी तो यह नहीं माना। इन मासूम स्त्रियों की रक्षा के लिए मुझे मजबूर होकर मकबूल पर गोली चलानी पड़ी।

अपने पुत्र की यह बात सुन कर हैदरअली टीपू के ऊपर गुस्सा नहीं हुए बल्कि उनकी बहादुरी पर प्रसन्न हुए। उन्होंने टीपू की वीरता की प्रशंसा करते हुए कहा— "शाबाश पुत्र! तुमने अच्छा ही किया, जो जनरल को मौके पर सबक सिखा दिया। स्त्रियों के ऊपर हाथ उठाना, उनकी इज्जत के साथ खिलवाड़ करना, यह हमारी सेना और राज्य का उसूल नहीं है। वे स्त्रियाँ चाहे अपने राज्य की हों या हारे हुए दुश्मन की, किसी सैनिक, जनरल, सेनापति, नागरिक या खुद राजा को भी यह इजाजत नहीं है कि वह उनकी इज्जत के साथ खिलवाड़ करे। स्त्रियों का हमें सम्मान करना सीखना चाहिए। स्त्रियाँ लूट का माल नहीं हुआ करतीं कि उन्हें आपस में बाँटा जा सके। शाबाश बेटे! तुम मैसूर के शेर हो। शत्रु के शिविर पर कब्जा करके तुमने अपनी वीरता का प्रमाण दिया है। मैं तुम्हारी इस पहली जीत पर तुम्हें बधाई देता हूँ। यदि तुम इस शत्रु शिविर पर कब्ज़ा नहीं करते, तो बालम का राजा मेरे सामने कभी अपनी हार कबूल नहीं करता। मैं तुम्हारी बुद्धिमानी और सूझ-बूझ के लिए तुम्हें बधाई देता हूँ।"

अपने पिता की बात से खुश होकर टीपू ने अपने पिता से प्रार्थना की कि शत्रुपक्ष की इन सभी स्त्रियों तथा बच्चों को इनके घरों में सुरक्षित रूप से भिजवाने का प्रबंध किया जाए। हैदरअली ने अपने पुत्र टीपू की बात मान ली और उन्होंने अपने सैनिकों को आदेश दिया कि इन स्त्रियों तथा बच्चों को उनके घरों में सुरक्षित पहुँचा आओ।

अपने शिविर की स्त्रियों के प्रति टीपू की ऐसी उदारता तथा भलमनसाहत देख कर बालम के राजा का सिर भी टीपू के सामने श्रद्धापूर्वक झुक गया। उसने टीपू और हैदर से क्षमा प्रार्थना करते हुए कहा कि अब वह मैसूर पर कभी आक्रमण नहीं करेगा तथा हैदरअली तथा उनके पुत्र को अपना मित्र समझेगा।

टीपू की इच्छा थी कि कोई भी राजा अपने पड़ोसी राजा का राज्य छीनने या

हड़पने की कोशिश नहीं करे, ताकि लड़ाई या युद्ध करने की नौबत न आए और सभी राज्यों में सदैव अमन-चैन या शान्ति बनी रहे।

14

सन् 1767 ई. की बात है। हैदरअली के बढ़ते हुए प्रभाव को देख कर अंग्रेज अधिकारी बड़े चिन्तित और परेशान रहने लगे थे। उन्होंने सोचा कि अगर हैदरअली की ताकत इसी तरह से बढ़ती गई, तो वह ब्रिटिश हुकूमत के लिए एक दिन बहुत बड़ा खतरा बन जाएगा। अंग्रेज लोग जानते थे कि हैदरअली को अंग्रेजों से नफरत है। अगर उसका वश चले तो भारत से सारे अंग्रेजों को बाहर निकाल फेंके।

कुछ समय से अंग्रेजों की निगाह मैसूर राज्य के ऊपर थी। वे सोचते थे कि अगर किसी भी तरह हैदरअली को युद्ध में हरा दिया जाए तो मैसूर पर हमारा कब्जा हो जाएगा। फिर मैसूर का शाही खजाना भी हमारा होगा और मैसूर से प्राप्त होने वाले राजस्व या मैसूर की आमदनी पर भी हमारा अधिकार होगा। ऐसा सोच कर ब्रिटिश हुकूमत के बड़े अधिकारियों ने हैदरअली के दो बड़े दुश्मनों की तरफ दोस्ती का हाथ बढ़ाया। उन्हें धन तथा राज्य का और सैनिक शक्ति का प्रलोभन देकर हैदरअली को घेर कर मार डालने या युद्ध में परास्त करने की रणनीति बनाई।

हैदरअली के ये जो दो बड़े शत्रु थे, उनमें एक तो था हैदराबाद का निजाम और दूसरा शत्रु मराठा राज्य था। मराठा लोग यद्यपि अंग्रेजों को भारतवर्ष के लिए हितकारी नहीं समझते थे लेकिन मैसूर के शासक हैदरअली से दुश्मनी रखते थे। इस कारण हैदरअली को परास्त करने के लिए अंग्रेजों से हाथ मिलाने में वे किसी तरह की तकलीफ नहीं समझते थे। यदि मराठा लोग समझ सकते कि अंग्रेजों से हाथ मिलाना न केवल हमारे लिए बल्कि सारे देश के लिए नुकसानदेह है तो वे अंग्रेजों की बातों में कभी न आते। अगर मराठा वीरों ने अंगेजों के बजाय मैसूर के शासक हैदरअली से हाथ मिलाया होता तो वे दक्षिण भारत से अंग्रेजी ताकत को कब का समाप्त कर चुके होते।

न जाने क्यों मराठा राजा हैदरअली से अपनी दुश्मनी समझते थे। शायद इसका एक कारण हैदरअली सम्राट का मुस्लिम धर्म था। अनेक वर्षों से भारत मुगलों का गुलाम रहा था तथा कई मुसलमान शासक भारत की हिन्दू प्रजा को परेशान करते रहते थे।

इसलिए मराठा हिन्दू शासक भारत के मुस्लिम राजाओं को अपना दुश्मन मानते हुए। इसी क्रम में वे मुस्लिम धर्मावलम्बी हैंदरअली को भी अपना दुश्मन मानते थे।

अंग्रेज लोग बड़े चालाक थे। वे भारत के राजाओं की आपसी दुश्मनी का फायदा उठाना चाहते थे। अपनी 'फूट डालो और राज्य करो' नीति के कारण ही वे भारत के अन्दर अपने पैर जमा पाए थे। व्यापारी लोग तो वैसे भी बड़े चालाक होते हैं। वे दूसरों की मजबूरी का फायदा उठाना जानते हैं तथा मौका पड़ने पर अपने विरोधी या दुश्मन को परास्त करना भी जानते हैं। अंग्रेज लोग भी पहले-पहल भारत में ईस्ट इण्डिया कम्पनी के व्यापारी बन कर आए थे। वे इस बात को जानते थे कि धर्म के नाम पर, लोभ-लालच देकर, भय दिखा कर भारतीय राजाओं को एक-दूसरे के खिलाफ लड़ाया जा सकता है तथा भारतीय राजाओं की शक्ति इस प्रकार नष्ट करके उनको अपना गुलाम बनाया जा सकता है।

हैदरअली भारत के अन्य राजाओं की तरह अंग्रेजों से दबने वाले नहीं थे। वे न तो किसी राजवंश से सम्बन्धित थे, न ही नवाबी परम्परा के व्यक्ति थे। इस कारण वे न तो खुद को अंग्रेजों का गुलाम समझते थे और न उनसे किसी प्रकार डरते या दबते थे।

हैदरअली के अन्दर स्वाभिमान तथा वीरता का गुण पहले से ही था और उनका वही गुण उनके बेटे टीपू सुलतान के अन्दर भी आ गया था।

हैदरअली को अपनी मातृभूमि मैसूर की धरती से अटूट प्रेम था। वे मैसूर के ऊपर से अंग्रेजों का सारा प्रभाव नष्ट करना चाहते थे। केवल मैसूर के ऊपर से ही नहीं बल्कि पूरे भारतवर्ष के ऊपर से वे अंग्रेजों की काली छाया को समाप्त करना चाहते थे।

हैदरअली ने सोचा था कि अगर हैदराबाद का निज़ाम और मराठा लोग मेरा साथ दें तो हम लोग अंग्रेजों की सल्तनत को उखाड़ कर फेंक सकते हैं। अंग्रेजों को अपने साम्राज्य के लिए सबसे बड़ा खतरा हैदरअली से ही दिखाई दे रहा था। इसलिए अंग्रेजों ने मराठों को और हैदराबाद के निजाम को हैदरअली का डर दिखा कर उनसे दोस्ती कर ली तथा उनको वचन दिया कि जब हैदरअली को खत्म कर दिया जाएगा तो उनके मैसूर राज्य को अपने दोनों मित्रों के बीच बराबर-बराबर बाँट दिया जाएगा।

हैदराबाद का निजाम और वीर मराठा लोग अंग्रेजों की बातों में आ गए तथा हैदरअली के विरुद्ध लड़े जाने वाले युद्ध में अंग्रेजों का साथ देने के लिए तैयार हो गए। अंग्रेज लोग तो इसी मौके की तलाश में थे।

इधर जब हैदरअली को अपने गुप्तचरों द्वारा इस बात का पता लगा कि अंग्रेज

लोग उसके साम्राज्य को मिटाना चाहते हैं तो वे चिन्तित हो गए। लेकिन उन्होंने सब्र से काम लिया। सबसे पहले हैदरअली ने मराठों से बात की। उन्होंने मराठा राजाओं को समझाया—"आप लोग चालाक अंग्रेजों की बातों में न आएँ। वे धूर्त लोग हर बात में अपना ही स्वार्थ देखते हैं तथा भारतीय राजाओं को आपस में भड़का कर अपना लाभ कमाना चाहते हैं। अंग्रेज भारत के राजाओं के बीच फूट डाल कर भारतीय राजाओं को एक-एक करके मिटाने पर तुले हुए हैं। ऐसी घड़ी में हम भारतीय नरेशों को आपसी ईर्ष्या, द्वेष तथा वैर भावना को भूल कर एकजुट होने का प्रयत्न करना चाहिए, ताकि हम लोग विदेशी ताकत का मुकाबला कर सकें।"कई वर्षों से अंग्रेज सारे भारत को गुलाम बनाने का सपना देख रहे हैं। अगर दक्षिण के राजाओं के बीच इसी प्रकार फूट पड़ती रही तो वे उत्तरी भारत के साथ-साथ दक्षिणी भारत को भी अपने कब्जे में ले लेंगे। आप लोग हमसे दुश्मनी न रखें। हैदरअली आपका दोस्त है, दुश्मन नहीं। उसे भारतीय नरेशों से नहीं, अन्य देश की धरती से आए कपटी फिरंगियों से नफरत है।"

हैदरअली के इस प्रकार समझाने पर मराठों की समझ में बात आ गई। उन्होंने हैदरअली से कहा कि हम लोग अंग्रेजों का साथ नहीं देंगे। हैदरअली ने भी वचन दिया कि वह कभी मराठों के खिलाफ तलवार नहीं उठाएँगे।

इस तरह से मैसूर और मराठों के बीच संधि हो गई। अब हैदराबाद के निजाम को अपने पक्ष में करने की बात थी। हैदरअली ने निजाम की ओर भी दोस्ती का हाथ बढ़ाना चाहा और उससे भी स्वदेश प्रेम की बात कह कर अंग्रेजों का साथ न देने का आग्रह किया, लेकिन हैदराबाद के निजाम की समझ में हैदरअली की बात न आई।

असल में हैदराबाद का निजाम अंग्रेजों की बढ़ती हुई ताकत को देख कर डरता था। उसे भय लगता था कि अगर उसने अंग्रेजों की बात नहीं मानी या उनका साथ नहीं दिया तो अंग्रेज लोग उसकी निजामशाही को समाप्त कर देंगे।

निजाम द्वारा अंग्रेजों का साथ देने का एक और कारण था। वह कारण था अंग्रेजों द्वारा हैदरअली का उसके दिमाग में बिठाया जाने वाला डर और धन-वैभव का प्रलोभन। अंग्रेजों ने निजाम से कहा था कि अगर उसने हैदरअली को मिटाने में हमारी मदद नहीं की, तो शीघ्र ही हैदरअली हैदराबाद पर आक्रमण करके उसे हैदराबाद की सत्ता से उतार देगा तथा हैदराबाद पर मैसूर नरेश का कब्जा हो जाएगा। इसलिए निजाम का भला इसी में है कि वह अंग्रेजों का साथ दे।

अंग्रेज अधिकारियों ने निजाम से कहा कि अगर वह हमारी बात माने तथा

हैदरअली को मिटाने में हमारा सहयोग दे तो उसे ब्रिटानिया साम्राज्य की ओर से कई प्रकार की सुख-सुविधाएँ दी जाएँगी।

हैदराबाद के निजाम ने हैदरअली की बात नहीं मानी और वह अंग्रेजों का साथ देने के लिए तैयार हो गया। भारतवर्ष की मिट्टी के प्रति उसके मन में किसी प्रकार का आदर-सत्कार और प्यार नहीं था। वह केवल अपने ही स्वार्थों या सुख-सुविधाओं की पूर्ति करना चाहता था।

हैदराबाद का निजाम अपने आप में इतना स्वार्थी था कि उसे केवल अपनी, अपने परिवार के सदस्यों की तथा अपने राज्य हैदराबाद की ही चिन्ता थी। लेकिन अपने राज्य के लिए किसी तरह का खतरा उठाना उसे स्वीकार नहीं था।

अंग्रेजों द्वारा लालच दिए जाने पर निजाम ने अंग्रेजों का साथ देना कबूल कर लिया। हैदरअली की बात जब निजाम ने नहीं मानी, तो हैदरअली को निजाम के ऊपर बड़ा गुस्सा आया। लेकिन हैदरअली ने विचार किया कि निजाम उल्टी खोपड़ी का आदमी है। यदि उससे दुश्मनी साधी जाएगी तो वह और भी उल्टा पड़ेगा और किसी भी कीमत पर अंग्रेजों का साथ छोड़ने के लिए तैयार नहीं होगा।

अन्ततः हैदरअली ने सोचा कि निजाम के साथ ठण्डे दिमाग से पेश आना चाहिए। उसके गुस्से को और हवा देने के बजाय उससे समझौता करना ही ठीक रहेगा।

टीपू की उम्र उस समय सत्रह वर्ष की थी और निजाम के भाई, महफूज खान की पुत्री सोलह साल की हो चुकी थी। हैदरअली ने सोचा कि अगर हैदराबाद निजाम के भाई की बेटी के साथ टीपू का विवाह कर दिया जाए तो हैदराबाद का निजाम उनका रिश्तेदार बन जाएगा और रिश्तेदार होने के कारण वह कभी भी हमें धोखा देने के बारे में नहीं सोचेगा।

एक दिन हैदरअली ने टीपू को छह हजार घुड़सवार दिए और साथ ही कई प्रकार के कीमती तोहफे देकर हैदराबाद निजाम से मिलने के लिए भेजा। हैदरअली जानते थे कि हैदराबाद का निजाम दिल का बड़ा कठोर है, लेकिन उनको यह भी पता था कि निजाम बहुत लालची भी है। सत्ता के लालच में निजाम ने अपने सगे भाई को धोखे से मार डाला था।

निजाम के अविश्वसनीय स्वभाव के कारण हैदरअली यह भी सोचते थे कि निजाम उनके टीपू बेटे के साथ किसी तरह का गलत कार्य न कर बैठे, लेकिन फिर उन्होंने अपने दिल में यह सोचकर सन्तोष कर लिया कि टीपू के साथ छह हजार घुड़सवार सैनिकों की सेना है। इसलिए निजाम टीपू का कुछ नहीं बिगाड़ सकता।

यद्यपि हैदरअली निजाम के बिगड़े हुए स्वभाव और गलत आचरण से अच्छी तरह परिचित थे लेकिन टीपू को निजाम के पास भेजने के अलावा और कोई उपाय नहीं था। केवल टीपू के जरिए ही हैदराबाद के निजाम से समझौता या सुलह हो सकती थी।

अपने छह हजार सैनिकों को अनुशासन और संयमपूर्वक साथ में ले जाते हुए जब टीपू हैदराबाद पहुँचे तो उन्हें देख कर हैदराबाद निजाम बड़ा खुश हुआ। वह खुश इसलिए था कि टीपू इतनी कम उम्र के लड़के होकर भी सेना की कमान सँभाल रहे थे। वह सत्रह वर्षीय टीपू की बहादुरी और बुद्धिमानी का कायल हो गया।

टीपू ने निजाम के दरबार में पहुँच कर उसे अपने पिता की ओर से भेजे गए तोहफे भेंट किए। इससे निजाम फूला नहीं समाया। उसने अपनी राजधानी में टीपू का विशेष प्रकार से स्वागत किया।

15

हैदरअली सोचते थे कि जब उनका पुत्र टीपू निजाम को तोहफे देने के लिए हैदराबाद गया है तो हैदराबाद का निजाम उनके द्वारा भेजे गए तोहफों को स्वीकार कर लेगा तथा अंग्रेजों का साथ छोड़ कर उनका साथ देगा। वह अपने भाई महफूज खान की बेटी से टीपू का विवाह करने के लिए राजी हो जाएगा। पहले-पहल बात भी यही हुई। हैदरअली का सोचना पहले तो सही निकला था। हैदराबाद के निजाम ने हैदरअली के पुत्र को अपने दरबार में रखे एक आसन पर बिठा, नसीबुद्दौला की उपाधि उन्हें प्रदान की। हैदरअली ने टीपू बेटे के हाथ से अपना एक संदेश निजाम को भिजवाया था। उस संदेश में टीपू की शादी उसके भाई की बेटी से करने का आग्रह किया था। निजाम ने अपना एक संदेश पत्र लिख कर टीपू को दिया। उस संदेश में कहा गया था कि हमें टीपू की शादी अपने भाई की बेटी के साथ करने में किसी प्रकार का ऐतराज नहीं है। शीघ्र ही हम अपने भाई की बेटी का विवाह आपके शाहजादे टीपू के साथ कर देंगे।

पहले-पहल तो हैदराबाद के निजाम ने इस प्रकार का वायदा हैदरअली से कर लिया और अंग्रेजों के साथ दोस्ती समाप्त कर ली। यह समाचार सुन कर हैदरअली को भी निश्चिंतता हुई। उसने इस कार्य की सफलता के लिए अपने पुत्र टीपू की

तारीफ की लेकिन हैदराबाद का निजाम अपनी बात पर कायम न रह सका। अंग्रेजों के पुनः बहकावे में आकर उसने अंग्रेजों के साथ फिर से मित्रता कर ली और हैदरअली के साथ की गई संधि को तोड़ दिया।

हैदराबाद निजाम के इस कदम पर टीपू और उनके पिता हैदरअली को बहुत गुस्सा आया। हैदरअली ने मन-ही-मन ठान लिया कि मौका मिलने पर वे निजाम को कड़ा सबक सिखाएँगे।

अंग्रेजों ने साम-दाम-दण्ड और भेद आदि सभी प्रकार की नीतियाँ अपनाकर हैदराबाद के निजाम को अपने पक्ष में कर रखा था। एक दिन निजाम की सहायता लेकर अंग्रेजों ने मैसूर पर हमला बोल दिया। इस युद्ध के लिए अंग्रेजों ने पूरी तैयारी की थी। मैसूर पर हमला जोरदार तरीके से किया गया था। अंग्रेज लोग भारी फौज को साथ लेकर मैसूर को कुचलने के लिए आगे बढ़ने लगे थे। इधर हैदरअली भी अपनी पूरी फौज के साथ मैसूर की सीमा पर अंग्रेजों का मुकाबला करने के लिए आ गए।

जिस समय हैदरअली अंग्रेजों से मुकाबला कर रहे थे उस समय उनके साथ ग़ाज़ीख़ान, मीर अली, रजाखान और मख़दूम साहब आदि योद्धा न थे। इन वीरों को हैदरअली ने मैसूर के हजारों सैनिकों के साथ दक्षिण दिशा की ओर भेज दिया था। इसका कारण था अंग्रेजों द्वारा दक्षिण भारतीय लोगों को बेवजह परेशान करना तथा उन्हें प्रताड़ित करना। अंग्रेजों ने दक्षिण भारत के लोगों को भयभीत करने के लिए उनके कुओं में जहर मिलवा दिया था, लोगों की खड़ी फसलें जला दी थीं और उनके घरों में आग भी लगवा दी थी।

उत्तर और दक्षिण भारत के लोगों को डरा-धमका कर अंग्रेज लोग भारत भूमि पर ऐशोआराम किया करते थे। अंग्रेज गवर्नर भारतीय स्त्रियों को अपनी हवस का शिकार बनाना चाहते थे। वे विलासी हो गए थे।

हैदरअली ने टीपू सुलतान को सेना देकर मद्रास की ओर भेज दिया था। उद्देश्य यही था कि मद्रास के विलासी और व्यभिचारी गवर्नर पर धावा बोल कर उसे सबक सिखाया जाए ताकि वह भारतीय नारियों की इज्जत के साथ खेलने से तौबा कर ले।

अंग्रेजों ने मैसूर पर धावा बोल कर हैदरअली के साथ जो संग्राम किया था, उस संग्राम में अंग्रेजों की जीत न हो सकी। सफलता या विजय आखिरकार हैदरअली को ही मिली। अंग्रेजों को अपनी पराजय का मुँह देखना पड़ा।

इधर टीपू सुलतान मैसूर के साहसी सैनिकों के साथ मद्रास में घुसा। रात्रि

का समय था। मद्रास का गवर्नर ईस्ट इण्डिया कम्पनी के बड़े से सुन्दर बगीचे में था। बगीचे में पाश्चात्य धुन का संगीत चल रहा था और सुन्दर लड़कियाँ नृत्य कर रही थीं। मद्रास का गवर्नर खूब सारी शराब पिए हुए था तथा लड़कियों के कदम के साथ कदम मिलाकर नाच रहा था। गवर्नर के सहयोगी अधिकारी भी स्त्रियों के साथ नृत्य का आनन्द ले रहे थे।

तभी टीपू अपने सैनिकों के साथ हमला करता हुआ मद्रास के अन्दर घुसा। यद्यपि अंग्रेजों को टीपू की सेना के आने का पता चल चुका था, और अंग्रेज सेना के सभी सैनिक लड़ने के लिए पूरी तरह से तैयार थे लेकिन टीपू और उनके बहादुर सैनिकों के सामने अंग्रेजों की फ़ौज ज्यादा देर तक टिक नहीं पाई। टीपू ने प्रबलता के साथ पूरी शक्ति से आक्रमण किया था, इसलिए अंग्रेजों की सेना को मजबूर होकर पीछे की ओर हटना पड़ा।

जब मद्रास के गवर्नर को पता चला कि अंग्रेजों की सेना हार गई है तथा टीपू उसे पकड़ने के लिए बगीचे की ओर सेना लेकर आ रहा है, तो गवर्नर बुरी तरह से घबरा गया। डर के मारे वह बगीचे से भाग गया। कुछ देर बाद टीपू अपने सैनिकों के साथ उस बगीचे में आया। उसने अपने कुछ सैनिकों को आदेश दिया कि वे गवर्नर का पीछा करके उसे पकड़ कर लाएँ। लेकिन गवर्नर मद्रास के अन्दर ही भाग कर न जाने कहाँ गायब हो गया कि दो-तीन दिन तक किसी को नजर नहीं आया। जब टीपू की सेना मद्रास से चली गई तभी वहाँ का गवर्नर लोगों के सम्मुख प्रकट हुआ। पूरे मद्रास शहर में अब तक टीपू सुलतान का भय फैल चुका था। अंग्रेज लोग मद्रास से अपनी-अपनी जान बचा कर भागने लगे। मद्रास पर टीपू का लगभग सारा ही अधिकार हो चुका था।

मैसूर में अंग्रेज सेना को परास्त करने के दूसरे दिन हैदरअली अपनी सेना लेकर अर्कोट की ओर चले गए। अर्कोट में अंग्रेज लोग भारतीय प्रजा को बड़ा परेशान कर रहे थे। अतः हैदरअली तलवार के जरिए अंग्रेजों को वहाँ सबक सिखाना चाहते थे। अंग्रेजों की फौज अर्कोट के तिरुवनमलाई शहर में एकत्रित थी। अतः अंग्रेज फौज का मुकाबला करने के लिए हैदरअली ने अपनी फौज के साथ तिरुवनमलाई की ओर कूच किया।

तिरुवनमलाई में हैदरअली का अंग्रेजों की सेना के साथ जम कर युद्ध हुआ। इस युद्ध में हैदरअली की हार होने लगी और उनके प्राण संकट में आ गए। उस समय उनका बहादुर पुत्र टीपू सुलतान मद्रास में अंग्रेज विद्रोहियों का दमन कर रहा था। उनकी सेना ने लगभग सारे मद्रास पर कब्जा कर लिया था। तभी उनको अपने पिता

के युद्ध में हारने तथा उनके प्राणों के संकट में होने की खबर मिली।

यह खबर सुन कर टीपू ने तुरन्त अपने पिता की सहायता करने का फैसला कर लिया। उन्होंने अपनी फौज के सैनिकों को आदेश दिया कि अब मद्रास छोड़ कर तिरुवनमलाई चलने की तैयारी करो।

शीघ्र ही टीपू ने अपने सैनिकों को साथ लेकर तिरुवनमलाई की ओर कूच किया। यद्यपि टीपू सुलतान के सैनिकों ने टीपू की आज्ञा का पालन करने में किसी तरह की आनाकानी नहीं की थी, लेकिन मद्रास को छोड़ते समय टीपू के सैनिकों को बड़ा दुःख हो रहा था। इसका कारण यह था कि मद्रास का राज उनके हाथों में आते-आते छूट गया था। यदि टीपू मद्रास को न छोड़ते तथा कुछ दिन और अपने सैनिकों के साथ रहते तो मद्रास की सत्ता उनके हाथ में आ जाती और हैदरअली अपने बेटे की इस विजय और बहादुरी से प्रसन्न होकर उन्हें मद्रास का सुलतान बना देते लेकिन अपने पिता की सहायतार्थ मद्रास से सेना लेकर अचानक चले जाने के कारण ऐसा न हो सका।

टीपू सुलतान को मद्रास का राज्य पाने की चिन्ता नहीं थी। उन्हें यदि चिन्ता थी तो केवल अपने बहादुर पिता की। अपने पिता के प्राण संकट में रहते बहादुर टीपू उनसे अलग भला और कहाँ रह सकते थे? पिता के प्राण संकट में हैं और मैसूर की सेना की हार हो रही है—यह समाचार सुन कर हैदरअली शीघ्र ही मद्रास से तिरुवनमलाई की ओर चल दिए। टीपू ने अपने सैनिकों को आदेश दिया था कि वे गोला बाँध कर आगे बढ़े। कारण यह था कि रास्ते में अंग्रेज शत्रुओं से सामना होने की आशंका थी। टीपू को यह समाचार अपने गुप्तचरों द्वारा ज्ञात हुआ था कि कर्नल टॉड और मेजर फिजरॉल्ड रास्ते में अपनी सेनाएँ लेकर टीपू की सेना का रास्ता रोकने के लिए तैयार खड़े हैं ताकि टीपू अपने पिता की मदद करने तिरुवनमलाई न जा सकें। टीपू सुलतान जानते थे कि अगर हम रास्ते में खड़ी हुई अंग्रेज सेनाओं से युद्ध करने में ही समय गँवाते रहे तो पिता की रक्षा न हो सकेगी। इसी कारण टीपू कर्नल टॉड और मेजर फिजरॉल्ड के टकराव से बचना चाहते थे। वे सोचते थे कि पहले समय पर पहुँचकर पिता की जान बचाई जाए, उसके बाद इन दोनों अंग्रेज सैनिक अधिकारियों से निपट लिया जाएगा।

हैदरअली के प्राण उस समय सचमुच ही संकट में थे। टीपू सुलतान शीघ्रातिशीघ्र तिरुवनमलाई पहुँचना चाहते थे। काफी कुछ सोच-विचार करने के बाद टीपू सुलतान ने रास्ते में चलते-चलते अपने साथियों से कहा—"अंग्रेजों की सेनाएँ रास्ते में खड़ी हमारा इन्तजार कर रही हैं। वे हमसे युद्ध करके हमारा रास्ता रोके रखना चाहती हैं

ताकि हम अपने अब्बा हुजूर तक न पहुँच पाएँ। हमें अंग्रेज सेना को झाँसा देकर तूफानी वेग से तिरुवनमलाई पहुँचना है।''

सैनिकों ने टीपू और उनके योद्धा साथियों अर्थात् अपने कमाण्डरों के आदेश का पालन किया। रास्ते में अंग्रेजों की सेनाओं ने टीपू को युद्ध में उलझाने की कई चालें चलीं लेकिन अंग्रेजों की सारी चालें बेकार गईं। टीपू अंग्रेजों की आँखों के धूल झोंकते हुए, अन्य रास्ते से तिरुवनमलाई जा पहुँचे। रास्ते में उनका इन्तजार करती अंग्रेज सेना खड़ी की खड़ी रही गई।

अपनी सेना लेकर टीपू सुलतान अपने पिता हैदरअली के पास पहुँचे। हैदरअली ने जैसे ही अपने बेटे को सैनिकों सहित आते देखा, उनका साहस और उत्साह दूना हो गया। जब टीपू अपने पिता के सामने पहुँचे तो हैदरअली ने उनको प्रेमपूर्वक अपने गले से लगा लिया।

यद्यपि उस समय हैदरअली की सेना अंग्रेजों से हार चुकी थी लेकिन अपने बेटे के सही-सलामत वापिस लौट आने की खुशी में हैदरअली को अपनी हार, हार न लगी। उन्होंने टीपू से कहा—''बेटा, मुझे पता है कि तुमने मद्रास में अंग्रेजों को कितनी बुरी तरह खदेड़ा है। तुम्हारा साहस और मनोबल देख कर मैं अपनी पराजय का दुःख भूल गया हूँ। यदि तुम मेरे साथ हो तो हम दोनों मिल कर अंग्रेजों को दिखा देंगे कि भारत के वीर पुरुष अपने देश की धरती से दुश्मन का नामोनिशान कैसे मिटा डालते हैं।''

टीपू और उनके बहादुर सैनिकों को देख कर अंग्रेजों ने हैदरअली को ज्यादा तंग नहीं किया और उन्हें अपने पुत्र व सेना के साथ सही-सलामत मैसूर की ओर लौट जाने दिया।

16

सन् 1767 ई. में टीपू सुलतान ने अपने पिता के साथ मिलकर पहला युद्ध किया। यद्यपि टीपू ने इस युद्ध से पहले भी दुश्मनों के साथ कई संघर्ष या युद्ध किए थे लेकिन ऐसा पहला युद्ध था, जिसमें वे अपने पिता के साथ-साथ लड़ाई के मैदान में उतरे थे।

अब तक टीपू सुलतान और उनके बहादुर पिता, मैसूर के सम्राट हैदरअली

अलग-अलग मोर्चों पर लड़ाई करते रहे थे। हैदरअली यही चाहते थे कि टीपू बेटे को शत्रुओं के बड़े मुकाबले से कुछ बचाकर रखा जाए। कारण यह था कि उनकी उम्र अभी बड़ा युद्ध करने की नहीं है। लेकिन जब हैदरअली ने ग़ाज़ीख़ान के मुख से टीपू सुलतान की युद्धकला की प्रशंसा सुनी तो उन्हें विश्वास हो गया कि टीपू अब युद्ध कला-कौशल में पूरे माहिर हो चुके हैं। उनकी तरह साहस और वीरता उनके भी स्वभाव के गुण हो गए हैं।

टीपू सुलतान और उनके पिता ने साथ-साथ मिलकर दुश्मन के साथ एक वर्ष तक युद्ध किया। इस युद्ध में इन्होंने तिरुपटूर का किला और वनियमवाड़ी का किला जीता। ये दोनों युद्ध टीपू ने अंग्रेजों के विरुद्ध लड़े थे।

वनियमवाड़ी के युद्ध की एक घटना है कि हैदरअली कर्नल स्मिथ की सेना के साथ युद्ध करते-करते दुश्मन से चारों तरफ से घिर गए थे। हैदलअली का कर्नल स्मिथ की सेना के घेरे से जिन्दा बचकर निकलना बड़ा मुश्किल था। टीपू सुलतान अंग्रेज सेना की दूसरी टुकड़ी को परास्त करने में लगे हुए थे। जब उनको पता चला कि उनके पिता की जान खतरे में है तो वह अपने साथी योद्धाओं को साथ लेकर कर्नल की सेना के ऊपर टूट पड़े। कुछ ही समय में टीपू सुलतान ने अंग्रेज दुश्मनों की लाशें बिछा दीं। इसके बाद वे तीर की तरह अपने पिता के पास पहुँचे और दुश्मन के घेरे से उनको सुरक्षित निकाल लाए।

चूँकि टीपू सुलतान ने यह काम साहस भरा किया था, इस कारण उनके पिता हैदरअली ने उनकी खूब प्रशंसा की। कई महीनों तक टीपू सुलतान और हैदरअली अंग्रेजों को मात देते रहे। हैदराबाद का निजाम अंग्रेजों से मिल चुका था। उसने अपनी सेना भी अंग्रेजों की सहायता के लिए भेज दी थी।

जब यह बात टीपू सुलतान को मालूम हुई तो वे निजाम की सेना को रोकने की रणनीति तैयार करने लगे। टीपू ने निजाम की सेना को खाड़ी इलाके में ही रोक दिया। अपनी रणनीति के जरिये टीपू कर्नल स्मिथ की सेना में यह डर फैलाने में भी सफल हो गए कि टीपू सुलतान के पास बड़ी विशाल सेना है, इसलिए उनको हरा पाना असम्भव है।

टीपू सुलतान की विशाल सेना की खबर सुनकर अंग्रेज सेना का सरदार कर्नल स्मिथ भी डर गया। उसने अपनी सेना सहित टीपू के सामने अपनी हार मान ली। इसी तरह से जनरल गेविन और जनरल वॉटसन ने भी अपनी-अपनी सेना के साथ टीपू के सामने अपनी हार स्वीकार कर ली।

शनैः-शनैः वीर योद्धा टीपू सुलतान ने युद्धक्षेत्र में सफलताएँ प्राप्त कीं। उन्होंने

सारे मालाबार क्षेत्र पर अधिकार कर लिया। मद्रास के बाहरी इलाकों पर हमला करके उन्होंने उन इलाकों पर भी अधिकार कर लिया।

टीपू सुलतान और उनके पिता की सामरिक स्थिति अब काफी मजबूत हो चुकी थी। टीपू सुलतान तीन बार ब्रिटिश फौजों को हरा चुके थे।

हैदरअली काफी समय ये युद्ध में व्यस्त रहे थे। उन्होंने युद्ध के हानि और लाभ के पक्षों पर गहराई के साथ विचार किया था और इस निष्कर्ष पर पहुँचे थे कि सदैव युद्ध करते रहने से राजा और प्रजा को कोई लाभ नहीं है। युद्धों के माहौल में हलचल और अस्थिरता की स्थिति बनती है और प्रजा को भी बेचैनी के कारण स्थायी सुख-शान्ति नसीब नहीं हो पाती। इसलिए जहाँ तक हो सके, युद्ध करने से बचना चाहिए। अंग्रेजों को युद्ध में कई बार हराने के बाद हैदरअली को अपनी ताकत का अन्दाजा हो गया था। और वे समझते थे कि मैसूर की सेना अब अंग्रेजों की बड़ी फौज का मुकाबला करने में सक्षम हो चुकी है।

हैदरअली सोचते थे कि जब अंग्रेजों ने कई बार उनके सम्मुख अपनी पराजय या हार स्वीकार कर ली है तो उनसे सदैव युद्ध करते रहने में हमारा और हमारी प्रजा का कोई हित नहीं है। जब कोई राजा अपने शत्रु से युद्ध करता है तो उसकी प्रजा की चिन्ता और परेशानी बढ़ जाती है। सदैव युद्धों में व्यस्त रहने वाला शासक कभी भी अपनी प्रजा को स्थायी शासन और प्रशासन प्रदान नहीं कर पाता। युद्धों के कारण प्रजा को आर्थिक और राजनैतिक समस्याओं का सामना करना पड़ता है। यही कारण था कि हैदरअली अब अंग्रेजों से ज्यादा युद्ध करने के बजाय शान्ति चाहते थे। वे कुछ समय तक युद्ध से दूर रहकर अपनी सामरिक, आर्थिक, राजनैतिक तथा प्रशासनिक स्थिति को मजबूत बनाना चाहते थे। काफी कुछ सोचने-विचारने के बाद उन्होंने अंग्रेजों के सामने संधि का प्रस्ताव रखा ताकि मैसूर के लोग भी चैन से रहें और अंग्रेजों को भी चैन मिले।

इधर अंग्रेज लोग भी अब मैसूर राज्य से या हैदरअली से युद्ध नहीं करना चाहते थे। हैदरअली के साथ अंग्रेज सेनानायकों ने कई युद्ध किए थे और अधिकांश युद्धों में उन्हें अपनी हार का ही मुँह देखना पड़ा था, इसलिए अंग्रेज कमाण्डर सोचते थे कि हैदरअली से लम्बे समय तक युद्ध करते रहने में उनकी कोई भलाई नहीं है। वे युद्धों से इतने परेशान हो चुके थे कि कुछ समय के लिए विश्राम की जरूरत महसूस करने लगे थे। यही कारण था कि हैदरअली की सन्धि की शर्तें अंग्रेज सैनिक अधिकारियों ने तुरन्त ही स्वीकार कर लीं।

सन् 1769 ई. के मार्च महीने में अंग्रेजों के साथ हैदरअली की संधि हो गई।

यद्यपि ऊपरी तौर पर अंग्रेजों ने हैदरअली से संधि कर ली थी, लेकिन मन-ही-मन वे हैदरअली से शत्रुता रखते थे। अगर हैदरअली के साथ युद्ध करते हुए अंग्रेजों की लगातार तीन बार हार न होती तो शायद हैदरअली की शर्तों पर वे उनसे संधि या मित्रता करने के लिए कभी तैयार नहीं होते।

अंग्रेज भारत में इसलिए नहीं आए थे कि वे भारतीय राजाओं से हार मान कर चुप बैठ जाएँ। वे तो भारत के राजाओं को परास्त करके उन्हें अपना गुलाम बनाने के लिए आए थे। भारतीय राजाओं के विरुद्ध वे नई-नई चालें चलते रहते थे। रोज-रोज नए षड्यंत्र करते थे। अगर उनकी एक चाल बेकार हो जाती तो अपनी हार मानकर दूसरी चाल चलने लगते थे।

अंग्रेजों का हैदरअली के साथ लगभग दो वर्षों तक युद्ध चला। इन युद्धों में विजय प्राप्त करने के लिए टीपू सुलतान ने ही नई-नई रणनीतियाँ तैयार की थीं, जिसके कारण अंग्रेजों ने टीपू व उनके पिता हैदरअली के सामने अपनी हार खानी पड़ी। थक-हारकर अंग्रेजों ने मैसूर से सीधा युद्ध करने की बात दिमाग से निकाल दी और मैसूर पर कब्जा करने के लिए टेढ़ी चाल चलने लगे।

अंग्रेज सोचते थे कि हैदरअली के नौजवान बेटे टीपू सुलतान के बढ़ते हुए प्रभाव को देखकर हैदराबाद का निजाम कहीं टीपू सुलतान के पक्ष में न हो जाए। इसी प्रकार मराठा लोग कहीं साहसी योद्धा टीपू सुलतान का साथ न देने लगें। यह सोचकर अंग्रेजों ने हैदराबाद के निजाम और मराठा वीरों को टीपू सुलतान का भय दिखाना शुरू कर दिया। उन्होंने मराठा राजाओं से और निजाम से कहा कि टीपू सुलतान एक खतरनाक और चालाक आदमी है। वह मराठों के राज्य पर और हैदराबाद की निजामी पर अधिकार करना चाहता है। इस तरह हैदराबाद और मराठावाड़ा प्रदेश को अपने कब्जे में लेकर वह मैसूर राज्य का विस्तार करना चाहता है। यदि आप सब चुपचाप बैठे रहे तो टीपू सुलतान एक दिन तुम्हें समाप्त कर डालेगा और तुम्हारी प्रजा से पास पछताने के सिवाय और कोई चारा नहीं रहेगा।

अंग्रेजों ने मैसूर के पड़ोसी राजाओं के कानों में भी इस तरह की बातें डालकर उन्हें भी मैसूर राज्य के खिलाफ कर डाला।

इन सबकी वजह से हैदरअली और टीपू सुलतान की कठिनाइयाँ बढ़ गईं। उनके विरुद्ध कई भारतीय राजा युद्ध करने के लिए तैयार हो गए। यद्यपि अंग्रेजों ने इन युद्धों में सीधे तौर पर भाग नहीं लिया था लेकिन युद्ध उन्हीं की प्रेरणा के कारण हो रहे थे।

जब मराठा वीरों ने टीपू सुलतान और हैदरअली की विशाल फौज तथा उनके बुलन्द इरादों को देखा तो उनको बड़ा डर लगा। अपनी रक्षा के लिए उन्होंने मैसूर

राज्य की सरहद पर छोटे-मोटे आक्रमण करने प्रारम्भ कर दिए।

हैदराबाद का निजाम भी हैदरअली और टीपू सुलतान से डरा हुआ था। वह भी मैसूर की ताकत को कम करना चाहता था। उसने मराठों का साथ दिया। अंग्रेजों ने निजाम का उत्साह देकर उसकी भावनाओं को और भड़काया। इसका परिणाम यह हुआ कि पहले हैदरअली तथा टीपू सुलतान को अंग्रेजों के साथ लम्बे समय तक युद्ध करना पड़ा था, अब युद्ध का सिलसिला भारतीय राजाओं के साथ चलने लगा और अंग्रेज लोग दूर खड़े होकर भारतीय नरेशों को आपस में टकराते तथा नष्ट होते देखने लगे। उनकी तो नीति ही 'फूट डालो शासन करो' की थी। अभी वे मराठा, निजाम और मैसूर के राजाओं के बीच फूट डालकर आपस में युद्ध करवा रहे थे। उनका विचार था कि जब इन राजाओं की शक्ति आपस में लड़ते-लड़ते क्षीण हो जाएगी, तब मौका देखकर इनके राज्यों पर कब्जा कर लिया जाएगा।

हैदरअली ने अंग्रेजों से लम्बे समय के युद्ध के बाद शान्ति चाही थी लेकिन अंग्रजों ने अपनी कूटनीतियों की वजह से उनको चैन से नहीं बैठने दिया। मैसूर राज्य से मराठा राज्यों की सीमाएँ लगी थीं। मराठों के आक्रमण का मुकाबला करने के लिए टीपू सुलतान को भी पुनः युद्ध के क्षेत्र में उतरना पड़ा। निजाम और मराठों के खिलाफ उन्हें मोर्चे साधने पड़ते। उन्नीस वर्ष की उम्र में टीपू सुलतान का जीवन युद्ध के क्षेत्र के बीच उलझकर रह गया। एक के बाद एक उन्होंने कई युद्ध लड़े और प्रायः हर युद्ध में उनकी विजय होती रही।

हैदरअली अंग्रेजों की कुटिल चाल को समझते थे। वे जानते थे कि अंग्रेज किसी भी कीमत पर मैसूर की ताकत को दबाना चाहते हैं। इसलिए उन्होंने मराठा और निजाम को हमारे खिलाफ युद्ध के लिए भड़काया है और खुद दूर खड़े होकर भारतीय राजाओं की बर्बादी का तमाशा देख रहे हैं।

यह बात सच भी थी। अंग्रेज जानते थे कि जब तक मैसूर में हैदरअली और टीपू सुलतान का राज्य है, तब तक उनकी दाल नहीं गल सकती। तब तक वे दक्षिणी भारत में आसानी से अपने साम्राज्य का विस्तार नहीं कर सकते। इसलिए अगर हमें दक्षिण भारत को अपनी मुट्ठी में करना है तो किसी भी तरह से हैदरअली और उसके बेटे, टीपू सुलतान की शान्ति को खत्म करना होगा।

एक के बाद एक मैसूर राज्य के खिलाफ कई युद्ध होते रहे। मराठा राजाओं ने और हैदराबाद के निजाम ने मैसूर की सत्ता को हाथ में लेने की तथा हैदरअली एवं उसके बहादुर पुत्र टीपू को हराने की बहुत कोशिश की लेकिन वे लोग अपनी कोशिशों में सफल नहीं हो पाए। अपने पिता की तरह टीपू सुलतान बहुत बहादुर थे। उनको

परास्त करना इतना आसान काम नहीं था।

हैदरअली और टीपू सुलतान वीरतापूर्वक दुश्मनों से टक्कर लेते रहे और अपनी कुशल रणनीतियों से उनको मात देते रहे। टीपू सुलतान और उनके पिता का मराठा राजाओं से तथा हैदराबाद के निजाम की सेना से लगभग चार वर्षों तक युद्ध होता रहा। इन चार वर्षों में न तो हैदरअली व टीपू सुलतान को चैन मिला और न मराठा शासकों एवं निजाम को। सबके दिमाग में चार वर्षों तक बेचैनी, चिन्ता, परेशानी तथा हलचल छाई रही। अंग्रेज भारतीयों को आपस में लड़ाने की कूटनीति में सफल होते रहे। आपस में लड़ते हुए ये भारतीय नरेश भूल चुके थे कि हमारे असली शत्रु तो अंग्रेज लोग हैं जिन्होंने हमको एक-दूसरे के खिलाफ युद्ध के लिए भड़काया है।

हैदरअली को जब भारतीय राजाओं से युद्ध करना पड़ता था तो उनको एक तरह से दुःख होता था। वे नहीं चाहते थे कि एक ही भारत देश की धरती पर जन्मे और पलकर बड़े हुए हम भारतीय राजा लोग आपस में लड़ते हुए एक-दूसरे का खून बहाएँ। हमारे असली दुश्मन तो अंग्रेज लोग हैं जो हम लोगों को अपना गुलाम बनाने के लिए इंग्लैण्ड देश की धरती से आए हैं। वही हमें आपस में लड़ाकर, हमारे बीच फूट डालकर राजनैतिक और आर्थिक फायदा उठाना चाहते हैं। भारतीय नरेशों को चाहिए कि वे आपस में एक-दूसरे का खून बहाने के बजाय अंग्रेजों का मुकाबला करें तथा भारत देश की धरती से अंग्रेजों का नामोनिशान मिटा डालें।

सदैव युद्धों में व्यस्त रहने के बाद हैदरअली को अपने बेटे से मिलने का मौका बहुत कम मिल पाता था। एक दिन हैदरअली को जब युद्ध से कुछ फुर्सत मिली तो उन्होंने अपने पुत्र टीपू सुलतान को अपने पास बुलाया। हैदरअली अपने वीर पुत्र को समय की सच्चाई समझाना चाहते थे।

पिता के द्वारा बुलाने पर टीपू सुलतान तुरन्त अपने अब्बा हुजूर के पास आए और झुककर उन्हें सलाम किया। हैदरअली ने उनको अपना आशीर्वाद देकर कहा—"खुश रहो बेटा! आओ, मेरे पास बैठो।"

इतना कहकर हैदरअली ने टीपू सुलतान का हाथ पकड़कर उन्हें अपने पास बिठाया और टीपू को समझाते हुए बोले, "बेटा! मुझे खुशी है कि तुम अब एक बहादुर योद्धा बन गए हो। केवल पन्द्रह वर्ष की छोटी आयु से ही तुमने युद्धों में भाग लेना शुरू कर दिया है। आज तुम तेईस वर्ष के युवा हो चुके हो। पूरे आठ वर्षों तक तुम लगातार युद्धों में व्यस्त रहे हो। आज मैं तुमसे समय की सच्चाई से सम्बन्धित एक महत्त्वपूर्ण बात कहना चाहता हूँ।"

"कहिए, अब्बा हुजूर! मैं आपकी हर बात को मानूँगा।" टीपू सुलतान ने नम्रता

पूर्वक जवाब दिया।

इसके बाद हैदरअली अपने पुत्र को समझाते हुए कहने लगे—"बेटा! मुझे इस बात का दुःख है कि युद्ध और राजनीति में व्यस्त रहने के कारण मैं तुम्हारी खातिर बहुत कम समय दे पाया हूँ।"

"आप ऐसा मत सोचिए। ऐसा सोचकर आप दुःखी क्यों होते हैं अब्बा जान! आपसे जितना हो सकता है, आपने हमें उतना समय दिया। आपकी परवरिश में कभी कोई कमी नहीं रही।"

"फिर भी टीपू बेटा! बचपन से लेकर अब तक तुमने सिवाय दुःख, कष्ट, खतरे और चुनौतियों के और देखा ही क्या है? इतनी कम उम्र में युद्ध और मुसीबतों के दिन तुमने झेले, शायद ही भारत के किसी और शहजादे ने झेले होंगे।"

"तो क्या हुआ अब्बा हुजूर! आप ही ने तो कहा है कि प्रतिकूल परिस्थितियाँ और मुसीबतें आदमी को मजबूत बनाती हैं। अगर छोटी उम्र से ही मुझे युद्ध और संकटों का सामना न करना पड़ता तो शायद मैं उतना मजबूत नहीं बन पाता जितना कि आज हूँ।"

"तुम्हारा कहना सही है बेटे लेकिन एक संघर्षशील पिता की सन्तान होने के कारण ही तुम्हें अब तक यह सब कुछ सहन करना पड़ा है।"

"यह तो मेरा सौभाग्य है अब्बा जान!"

"बेटा! अगर मैं एक संघर्षशील साधारण व्यक्ति न होकर किसी शाही घराने का उत्तराधिकारी होता तो शायद तुमको कष्टों भरे ये दिन न देखने पड़ते।"

"दुःख-सुख, कष्ट और सुविधाएँ, जीवन और मरण—यह सब तो अल्लाह की मर्जी से होता है अब्बा जान। खुदा जिसको सुखी रखना चाहता है, वह संसार में सुख से रहता है।"

"लेकिन खुदा उसी को सुख से रखना चाहता है, जिसके दिल में किसी के प्रति छल-कपट, ईर्ष्या-द्वेष तथा दुश्मनी का भाव नहीं होता। जिसके इरादे नेक होते हैं···इरादे तो मेरे और तुम्हारे भी नेक हैं बेटा···फिर···?"

"छोड़िये अब्बा जान इस बात को। कष्ट और दुःखों का क्या रोना? मुसीबत और परेशानियाँ किस पर नहीं आतीं? लेकिन जो हँसते-हँसते परेशानियों को सह लेता है, वही इन्सान महान कहलाता है।"

कुछ क्षण मौन रहने के बाद हैदरअली ने अपने पुत्र से आगे कहना शुरू किया—"बेटा! मैंने अपना जीवन एक सामान्य सैनिक से शुरू किया था, लेकिन सत्ता और युद्ध के संघर्ष करते-करते मैं आज मैसूर का राजा बन गया हूँ। मैं चाहता हूँ कि तुम मेरे बाद मैसूर की राजगद्दी पर बैठो। लेकिन इसके लिए तुम्हें अंग्रेजों

से हमेशा सावधान रहना होगा। अंग्रेज हम भारतवासियों के सबसे बड़े दुश्मन हैं। वे भारतवासियों के बीच फूट डालकर आपस में उन्हें लड़ाना चाहते हैं तथा खुद उनकी लड़ाई का फायदा प्राप्त करना चाहते हैं। तुम्हें अंग्रेजों की चालों को कभी कामयाब नहीं होने देना चाहिए, बेटा।"

"इसके लिए मैं पूरी कोशिश करूँगा अब्बा जान। आप मुझ पर भरोसा रखिए।" टीपू सुलतान ने अपने पिता को यकीन दिलाते हुए कहा।

हैदरअली मुस्कुराते हुए कहने लगे, "मुझे तुम्हारे ऊपर पूरा भरोसा है बेटे! आज मैं तुम्हें वह महत्त्वपूर्ण सत्य बताना चाहता हूँ, जिसे जानना तुम्हारे लिए बेहद जरूरी है।"

"आप बताइए अब्बा जान!"

"बेटा! अंग्रेज लोग पहले-पहल हमारे देश में व्यापारी बनकर आए थे। मुगलों के समय से ही इन्होंने हमारे देश की पावन धरती के ऊपर अपने नापाक पैर जमाने शुरू कर दिए थे। जब तक भारतवर्ष के अधिकांश भागों पर मुगलों का अधिकार रहा, अंग्रेज पूरी तरह से भारत में अपने पैर नहीं पसार सके। लेकिन मुगलों की शक्ति कमजोर पड़ते ही अंग्रेज लोगों ने भारतीयों को अपने अधीन बनाना शुरू कर दिया। वे इस देश की पाक जमीन को अपने पैरों तले रौंदने लगे।...आज भारत देश छोटे-छोटे राज्यों में बँटा हुआ है। यहाँ के सभी राजा और नवाब लोग एक-दूसरे के दुश्मन बने हुए हैं। अंग्रेज लोग उन्हें एक-दूसरे के विरुद्ध लड़ाकर उनकी ताकत को कमजोर बना रहे हैं और इस मौके की तलाश में हैं जब पूरे देश पर उन्हीं का ही एकछत्र साम्राज्य हो जाएगा।...बेटा! इस देश के अन्दर विभिन्न राज्यों और राजाओं के बीच एकता स्थापित करने का कोई रास्ता दिखाई नहीं देता। जब तक भारत के सभी राजा लोग मिलकर एक नहीं होंगे, तब तक अंग्रेज उनकी कमजोरियों का इसी तरह फायदा उठाकर उन्हें आपस में लड़ाते रहेंगे और तब तक अंग्रेजों को सम्पूर्ण भारतवर्ष से बाहर खदेड़ पाना मुश्किल है।"

कुछ क्षण चुप रहने के बाद हैदरअली ने अपने बहादुर पुत्र टीपू सुलतान से कहा, "बेटा! भारतीय राजाओं की हालत यह है कि वे एक-दूसरे पर भरोसा करने के बजाय अंग्रेजों के ऊपर विश्वास करना ज्यादा अच्छा समझते हैं। यद्यपि इन नरेशों को पता है कि अंग्रेज लोग धोखेबाज हैं और भारतीय राजाओं को आपस में लड़ाकर उनको नष्ट करना चाहते हैं तथा शीघ्र ही सारे भारत पर राज्य करना चाहते हैं। यह सब जानते हुए भी भारत के हिन्दू और मुस्लिम राजा अंग्रेजों का साथ दे रहे हैं। अंग्रेज लोग अपनी कुटिल नीति, कूटनीति और षड्यंत्रों में सफल हो रहे हैं। अंग्रेजों की कुटिल

चाल को नाकाम करने की कोशिश भारत का कोई भी राजा नहीं कर रहा है।"

अपने पिता की बात का मतलब समझते हुए टीपू ने अपने पिता को विश्वास दिलाया, "अब्बा जान! मैं आपके दिल के दर्द को समझता हूँ। आप विश्वास रखें कि अंग्रेजों को जड़ से मिटाने के लिए मैं अपनी पूरी ताकत और जान की बाजी तक लगा दूँगा।"

टीपू की बात सुनकर हैदरअली मन-ही-मन प्रसन्न हो उठे। उन्होंने टीपू सुलतान को अपने गले से लगाते हुए कहा, "शाबाश बेटा! मुझे तुमसे यही उम्मीद थी। मैं जानता हूँ कि तुम अपने अब्बा जान के हुक्म पर अपना सबकुछ दाँव पर लगा सकते हो। मेरी तो यही इच्छा है कि सफलता हर समय तुम्हारे कदमों को चूमे।...बेटा! भारतीय राजाओं की जड़ता देखकर मुझे दुःख होता है। कभी-कभी अंग्रेजों की कपट बुद्धि को देखकर डर लगता है। वे भारतीय राजाओं को एक-एक करके मिटाने पर लगे हुए हैं। अंग्रेजों की कूटनीतियाँ, षड्यंत्रों को देखकर और भारतीय नरेशों की बुद्धि की जड़ता को देखकर मुझे ऐसा लगता है कि इस देश की सम्पूर्ण धरती एक दिन अंग्रेजों की गुलाम बन जाएगी।"

"ऐसा नहीं होगा अब्बा जान!"

"हालात को देखकर तो यही लगता है बेटा! जिस देश की रक्षा करने में राजपूतों के वंश मिट गए और मुस्लिम शासकों ने अपनी कुर्बानियाँ दीं; उस देश की धरती भारतीय राजाओं की मूर्खता अथवा बुद्धि की जड़ता के कारण अंग्रेजों की गुलाम होती जा रही है। मेरी समझ में नहीं आता बेटा, मुसीबत के इन क्षणों में मैं क्या करूँ?"

इतना कहकर हैदरअली चुप हो गए। टीपू सुलतान ने अपने पिता को मौन और गम्भीर देखकर कहना शुरू किया, "अब्बा जान! आप निराश न होइए! आप भारतीय राजाओं को अंग्रेजों की सच्चाई समझाइए और मुझे अंग्रेजों की सेना को सबक सिखाने की आज्ञा दीजिए। अगर भारत के लोगों के दिमाग में यह बात आ गई कि अंग्रेज हमारे देश के बड़े दुश्मन हैं तो भारत देश के लोग अपनी धरती की रक्षा करने के लिए अंग्रेजों को भारत से खदेड़ने के लिए तैयार हो जाएँगे। भारतीय नरेश और जनता के लोग कन्धे से कन्धा मिलाकर अंग्रेजों से टक्कर लेंगे। आप देखना अब्बा हुजूर! फिर हम इन अंग्रेजों को मिनटों में भारत से बाहर निकाल फेंकेंगे। अगर भारतीय राजाओं ने हमारा साथ नहीं दिया तो हम फ्रांसीसी लोगों से मदद लेंगे और अंग्रेजी सेनाओं को परास्त करके ही रहेंगे। अगर भारतीय राजाओं ने हमारी सेना का साथ नहीं दिया तो मैं अकेला ही अंग्रेजों को मार-मार कर भगा दूँगा। अगर भारतीय राजाओं ने अंग्रेजों के बहकावे में आकर या किसी गलतफहमी का शिकार होकर हमसे युद्ध किया तो हमें उनसे भी युद्ध करना पड़ेगा। अब्बा जान, मैं आपके सामने कसम खाता

हूँ कि मैं जान देकर भी अपनी मातृभूमि की रक्षा करूँगा और किसी भी हालत में अंग्रेजों को इस देश की धरती पर टिकने नहीं दूँगा।"

टीपू सुलतान की वीरतापूर्ण बातों को सुनकर हैदरअली ने टीपू की पीठ थपथपाते हुए कहा, "बहुत अच्छे मेरे बेटे! मुझे फख्र है तुम्हारे ऊपर। अंग्रेजों की सत्ता मिटाने का जो जज्बा तुम्हारे अन्दर है, उस जज्बे का जोश कभी ठण्डा न हो। बेटा, मैं तुझे कामयाब होने का आशीर्वाद देता हूँ। तू देख लेना बेटा, एक दिन तेरा नाम भारत के बड़े-बड़े बहादुर पुरुषों में बड़ी शान के साथ लिया जाएगा। आगे आने वाली पीढ़ी के बच्चे अब इतिहास की किताबों के अन्दर तुम्हारा नाम पढ़ेंगे और तुम्हारी वीरता के किस्से सुनेंगे तो वे तुम्हारे ऊपर गर्व किया करेंगे!"

"आपकी इच्छा पूरी हो अब्बा हुजूर!" इतना कहकर टीपू ने अपना सिर अपने पिता के चरणों में झुका दिया।

हैरदअली ने टीपू सुलतान को समझाते हुए कहा—"बेटा, अब हमको योजना बनाकर काम करना होगा वर्ना हम अपने मकसद में कभी कामयाब नहीं हो पाएँगे।"

टीपू सुलतान ने अपनी गर्दन झुकाकर विनम्रतापूर्वक अपने पिता से कहा, "आप जैसा कहेंगे, मैं वैसा ही करूँगा अब्बा जान। मैं आपके द्वारा कहे गए एक-एक शब्द पर अमल करूँगा।"

हैदरअली ने अपनी रणनीति टीपू को बताई, "बेटा! शीघ्र ही हम तुम्हारा विवाह करना चाहते हैं ताकि हमारी एक जिम्मेदारी पूरी हो सके। इसके बाद तुम अपनी फौजी ताकत को ज्यादा से ज्यादा बढ़ाना शुरू कर दो। मैं तुम्हारे साथ कन्धे से कन्धा मिलाकर लड़ने के लिए तैयार हूँ। इसके साथ ही मैं अंग्रेजों की कुटिल चालों और षड्यंत्रों के बारे में भारतीय लोगों को भी चेताना शुरू कर दूँगा ताकि भारत के लोग अंग्रेजों के बहकावे में न आएँ और उनकी चालों के प्रति सावधान रहें। हम दोनों अपनी सेना के साथ अंग्रेजों से खुद भी मुकाबला करेंगे और भारतीय राजाओं व आम नागरिकों को भी अंग्रेजों की सच्चाई से अवगत करकर उन्हें अंग्रेजों के खिलाफ लड़ने के लिए तैयार करेंगे। तभी हम सम्पूर्ण भारतवर्ष को अंग्रेजों से मुक्त करा पाएँगे।"

17

टीपू सुलतान अब तेईस वर्ष की आयु के युवक थे। उनके पिता हैदरअली तथा माता फ़ख़रुन्निसां की इच्छा थी कि शीघ्र ही उनका विवाह कर दिया जाए ताकि घर

के अन्दर एक नई दुल्हन आए और वह टीपू की खास देखभाल किया करे। हैदरअली सोचते थे कि अगर टीपू का विवाह कर दिया जाए तो मैसूर राज्य की सत्ता सँभालने वाला एक नया उत्तराधिकारी उनके पोते के रूप में प्राप्त होगा।

चूँकि शीघ्र ही टीपू सुलतान की शादी करनी थी, इसलिए उनके लिए सुन्दर एवं योग्य लड़की की तलाश की जाने लगी। कई लड़कियाँ टीपू की पसन्द के लिए दिखाई जाने लगीं लेकिन इस मामले में टीपू शर्मीले इन्सान थे। युद्ध कला में यद्यपि वे बेहद प्रवीण थे लेकिन लड़कियों के मामले में शर्मीले स्वभाव थे। किसी भी लड़की से वे न तो खुलकर बात कर पाते थे और न ही उससे कुछ पूछ पाते थे। टीपू कभी किसी लड़की के प्रेम में दीवाने या पागल न हुए। उनको सबसे ज्यादा प्रेम अपने माता-पिता, राज्य और मानवता से था। इसके बाद ही वे किसी लड़की से प्रेम करने के बारे में सोच सकते थे।

जब तक घर में टीपू के विवाह की बातें होतीं तो टीपू के दिमाग में लालमियाँ की पुत्री रुकैया की बात कौंध जाती थी। उन्हें लगता कि रुकैया अभी भी उनकी आँखों के सामने खड़ी है। टीपू रुकैया से मन-ही-मन प्रेम करने लगे थे। लेकिन अपने दिल की बात न तो रुकैया से कह पाते थे और न अपने माँ-बाप के सामने रुकैया का नाम ले पाते थे।

टीपू सुलतान ने करीब पन्द्रह वर्षों से रुकैया को नहीं देखा था। आज से पन्द्रह वर्ष पूर्व जब वे कुल दस वर्ष के बालक थे, तब नदी के किनारे पड़ी टूटी नाव के पास रुकैया उनसे मिलने के लिए आई थी। उस समय रुकैया केवल आठ वर्ष की बालिका थी। वह उनके तथा छोटे भाई के खाने के लिए भोजन लेकर आई थी। उस दिन रुकैया ने खुद अपने हाथों से बड़े प्यार से उनको भोजन खिलाया था। इसके बाद रुकैया उसी रात उन्हीं के साथ नाव के अन्दर सो गई थी।

टीपू सोचते थे, 'कितनी मासूम सी सुन्दर बालिका थी रुकैया। उसके दिल में परेशान और मजबूर लोगों के लिए बड़ा प्रेम और दया की भावना थी। अब तो वह बड़ी हो गई होगी। करीब बीस वर्ष की युवती हो गई होगी।'

रुकैया आज भी मन-ही-मन टीपू से प्रेम किया करती थी। उसके घर में जब भी शादी की बात चलती थी, वह अपनी शादी करने से मना कर देती थी। टीपू सुलतान की मोहक छवि अभी भी रुकैया की आँखों में बसी हुई थी। रुकैया को याद था कि जब वह टीपू को घर लेकर आई थी तो टीपू ने उससे खूब होली खेली थी तथा उसके गालों पर गुलाबी रंग लगाया था।

आज रुकैया की उम्र बीस वर्ष हो चुकी थी। उसके दिल में बस एक ही तमन्ना

है कि अगर उसकी शादी हो तो केवल टीपू के साथ ही हो।

सन् 1771 ई. में एक युद्ध के दौरान रुकैया के बहादुर पिता जनरल लालमियाँ ने मैसूर राज्य की रक्षा के लिए दुश्मन के साथ युद्ध करते हुए प्राणों का बलिदान कर दिया था। रुकैया के बड़े भाई का नाम बुरहानुद्दीन था। जब युद्ध में उसके पिता की मृत्यु हो गई तो उसे उसके पिता के स्थान पर फौज में भर्ती कर लिया गया। रुकैया के घर में उसकी माँ तथा बड़े भाई ही थे। रुकैया का बड़ा भाई रुकैया और उसकी माँ का खास ध्यान रखता था। वह उनको किसी बात की तकलीफ या किसी चीज की कमी नहीं होने देता था।

मैसूर सम्राट हैदरअली के दिमाग में अपने पुत्र टीपू सुलतान की शादी की बात पहले-पहल तब आई, जब टीपू की उम्र सत्रह साल की थी। हैदरअली चाहते थे कि टीपू सुलतान की शादी हैदराबाद के निजाम के भाई की पुत्री के साथ कर दी जाए ताकि निजाम हमारा रिश्तेदार बन जाए और निजाम से मैसूर सल्तनत को कोई खतरा न रहे। यही कारण था कि हैदरअली ने कुछ सैनिकों के साथ अपने पुत्र को अपना दूत बनाकर निज़ाम के पास भेजा था। निजाम ने पहले-पहल इस रिश्ते के लिए अपनी स्वीकृति भी दे दी थी। लेकिन बाद में निजाम का मन बदल गया और अंग्रेजों के बहकावे में आकर निजाम ने हैदरअली से सम्बन्ध जोड़ने से मना कर दिया।

अब हैदरअली चाहते थे कि टीपू सुलतान अर्थात् उनके बड़े पुत्र की शादी अर्काट के इमाम की बेटी, रोशन बेगम के साथ हो जाए। हैदरअली की धर्मपत्नी, बेगम फ़ख़रुन्निसां की भी यही राय थी। बेगम फ़ख़रुन्निसां भी रोशन बेगम को अपने बेटे की बहू बनाना चाहती थीं।

एक दिन हैदरअली ने अपने पुत्र, टीपू सुलतान से कहा कि वे उनकी शादी अर्काट के इमाम की पुत्री रोशन बेगम के साथ करना चाहते हैं। टीपू सुलतान मन ही मन रुकैया को चाहते थे और उसी के साथ विवाह भी करना चाहते थे लेकिन यह बात उन्होंने अपने पिता से नहीं कही। उन्होंने सोचा था अगर मैं अब्बाजान की बात नहीं मानूँगा तो उनको दुःख होगा। यह सोचकर टीपू सुलतान ने इमाम की पुत्री के साथ विवाह करने की स्वीकृति अपने पिता को दे दी और प्रायः चिन्तित से रहने लगे। जल्दी ही उनके पिता को उनकी चिन्ता के कारण का भी पता लग गया। जब हैदरअली को मालूम हुआ कि उनका पुत्र टीपू, दिवंगत जनरल लालमियाँ की पुत्री रुकैया से स्नेह करता है तो उन्होंने रुकैया की माँ से बातचीत की। रुकैया की माँ टीपू सुलतान के साथ अपनी पुत्री का विवाह करने के लिए भला कब मना करतीं? टीपू सुलतान मैसूर के भावी सम्राट थे। मैसूर की राजसत्ता अपने पिता के बाद उन्हीं

को सँभालनी थी। किसी भी माँ के लिए अपनी पुत्री की शादी उनके साथ करना फख्र की बात थी।

सन् 1774 ई. में टीपू सुलतान का विवाह रोशन बेगम और रुकैया के साथ कर दिया गया। टीपू की शादी के बाद टीपू सुलतान और उनके पिता के जीवन का केवल एक ही मकसद था—भारत की धरती से अंग्रेजों की सत्ता को उखाड़ फेंकना। हैदरअली ने हैदराबाद के निजाम, मराठा तथा देश के कई राजाओं के पास अपने दूत भेजे। उसका सभी राजाओं से कहना यही था कि वे अंग्रेजों की चालों के प्रति सावधान हो जाएँ। प्रत्येक भारतीय राजा के लिए अंग्रेज ही सबसे बड़ा दुश्मन हैं। अंग्रेज लोग भारतीय नरेशों को आपस में लड़ाकर उनका अस्तित्व मिटा डालना चाहते हैं तथा इस देश की धरती पर खुद अपना राज्य करना चाहते हैं। अंग्रेजों की मंशा यही है कि सभी भारतीय नागरिकों तथा भारतीय राजाओं को अपना गुलाम बना लें। वे कभी भारतीय लोगों के हित के बारे में नहीं सोच सकते।

टीपू सुलतान ने भारतीय राजाओं को भेजे गए अपने सन्देश में लिखा, "अंग्रेज कुटिल चाल चलकर भारतीय राजाओं और नवाब लोगों को आपस में लड़ाकर खत्म कर देना चाहते हैं। इसके बाद वे सारे भारत की सत्ता को अपने कब्जे में करना चाहते हैं। अंग्रेजों की मंशा यह है कि भारत देश पर ब्रिटिश राज को थोप दिया जाए। इसलिए हम सभी भारतीय शासकों की भलाई इसी में है कि हम आपस के भेदभाव भुलाकर एक हो जाएँ और भारतवर्ष के एकमात्र दुश्मन बने अंग्रेजों से लड़ें, उनका मुकाबला करें तथा उनकी सत्ता को इस देश की धरती से समूल नष्ट कर डालें।"हम सभी लोग भारत माता की सन्तानें हैं। हमें अपने देश का अहित नहीं होने देना चाहिए। अगर भारत देश की धरती पर अंग्रेजों का शासन हो गया तो भारत हमेशा के लिए अंग्रेजों का गुलाम हो जाएगा और भारत को अपना गुलाम बनाकर अंग्रेज लोग इस देश की सभ्यता और संस्कृति को हमेशा के लिए नष्ट कर डालेंगे।"

भारत के अनेक राजाओं ने हैदरअली द्वारा भेजे गए सन्देश तथा उनके दूतों का सम्मान किया। प्रायः सभी राजाओं ने यही कहा कि मैसूर के सम्राट हैदरअली की बात से हम सहमत हैं। अंग्रेज लोग सचमुच पूरे भारतवर्ष के दुश्मन हैं। हम लोग नहीं चाहते कि भारत के ऊपर अंग्रेजों का अधिकार हो जाए। हम कपटी और चालाक अंग्रेजों को भारत की पुण्य धरती से निकाल बाहर करना चाहते हैं।

हैदरअली द्वारा समझाये जाने पर भारत के अनेक राजा इस बात को मान गए थे कि अंग्रेज भारतवर्ष के लिए शुभ नहीं हैं, इसलिए सभी भारतीय नरेशों को चाहिए कि वे सब मिलकर अंग्रेजों का मुकाबला करें। भारत में अंग्रेजों का आतंक

तथा साम्राज्य न फैलने दें।

यद्यपि भारत के अधिकांश राजा अंग्रेजों को भारत से बाहर निकालने की तमन्ना रखते थे लेकिन इस काम को वे किसी अन्य राजा के अधीन न होकर या उसके नेतृत्व में रहकर नहीं करना चाहते थे। हर कोई भारतीय राजा अपने आपको ही बड़ा योग्य, बुद्धिमान तथा ताकतवर समझता था। अन्य राजाओं की शक्ति के ऊपर उनको भरोसा नहीं था। यही कारण था कि किसी एक राजा के नेतृत्व में भारतीय राजाओं की आस्था नहीं थी।

जब हैदरअली के नेतृत्व को स्वीकार करने की बात आई तो भारत के हिन्दू अधिकांश राजाओं ने हैदरअली को अपना नेता मानने से मना कर दिया। इसका पहला कारण तो हैदरअली का मुसलमान होना था और दूसरा कारण यह था कि हैदरअली भारत के कोई बड़े सम्राट नहीं थे। भारत में मैसूर रियासत से भी कई बड़ी रियासतें थीं।

लेकिन हैदरअली के अलावा भारत के अन्य किसी राजा में इतने बड़े कार्य का बीड़ा उठाने की हिम्मत नहीं थी। यद्यपि कुछ छोटे राजा हैदरअली के नेतृत्व में अंग्रेजों से युद्ध करने के लिए तैयार हो गए लेकिन सभी भारतीय नरेशों ने हैदरअली के नेतृत्व को स्वीकार नहीं किया। जहाँ तक मराठा राजाओं की बात थी, वे इस विषय पर हैदरअली के पक्ष में थे और हैदराबाद के निजाम ने भी हैदरअली से वायदा किया था कि वह अंग्रेजों को हराने में मैसूर सम्राट की मदद करेगा। भारत के कई अन्य राजाओं ने भी हैदरअली को अपनी मदद देने का वचन दिया।

यद्यपि हैदरअली के आह्वान करने पर भारत के सभी राजा तो उनके साथ खड़े नहीं हो सके लेकिन कई रजवाड़े अंग्रेजों के विरुद्ध टीपू सुलतान का साथ देने के लिए तैयार हो गए। हैदरअली को फ्रांस से काफी सैनिक सहायता मिलने की उम्मीद थी लेकिन उतनी मदद हैदरअली को प्राप्त नहीं हो सकी। इसका कारण फ्रांस देश में होने वाली क्रान्ति थी। यद्यपि अंग्रेजों को भारत से बाहर निकालने में फ्रांस की रुचि थी लेकिन अपने क्रान्तिकारी आन्दोलनों की व्यस्तता की वजह से फ्रांस देश खुलकर टीपू सुलतान का साथ नहीं दे पा रहा था।

टीपू सुलतान का विवाह हो चुका था। विवाह के पश्चात टीपू ने कई दिन अपनी पत्नियों के साथ सुख से बिताए। टीपू सुलतान को रुकैया से बड़ा प्रेम था। रुकैया भी टीपू को जी-जान से प्यार किया करती थी। इधर टीपू अपनी पत्नियों के प्यार में डूबे रहे, उधर हैदरअली भारतीय नरेशों को अंग्रेजों के खिलाफ एकत्रित करते रहे।

अंग्रेजों ने मराठा राजाओं और हैदराबाद के निजाम को हैदरअली के खिलाफ भड़काना शुरू कर दिया। हैदरअली को लगने लगा कि अब अंग्रेजों से युद्ध किए

बिना काम नहीं चलेगा। उन्हें अपने वीर पुत्र की जरूरत महसूस होने लगी लेकिन उनके पुत्र टीपू सुलतान वैवाहिक जीवन का सुख लेने में व्यस्त थे। यह देखकर हैदरअली ने टीपू सुलतान के सुख में बाधा डालने या उन्हें छेड़ने का प्रयत्न नहीं किया और वे टीपू सुलतान की जगह ग़ाज़ीख़ान जैसे कुशल योद्धा से सलाह करके अंग्रेजों से मुकाबला करने लगे। ग़ाज़ीख़ान अंग्रेजों के खिलाफ लड़े जाने वाले युद्ध में हैदरअली के साथ जाते थे।

टीपू सुलतान यद्यपि अपनी बेगम रुकैया से बेहद प्यार किया करते थे लेकिन वे अपने मैसूर राज्य के प्रति निजी कर्तव्य को भूले नहीं थे। वे जानते थे कि वे मैसूर के राजसिंहासन का उत्तराधिकारी हैं और उन्हें हर कीमत पर अपने राज्य की रक्षा करनी है।

एक दिन टीपू सुलतान ने अपनी पत्नी रुकैया से कहा, "बेगम! यह बात सच है कि हम आपको बेहद प्यार करते हैं लेकिन हमारे प्यार का दूसरा हिस्सा अपने देश हिन्दुस्तान के नाम, अपनी मातृभूमि मैसूर के नाम है। हम अपनी जान देकर भी अपनी मातृभूमि की और देश की रक्षा करना चाहते हैं।"

टीपू सुलतान की बात सुनकर रुकैया खुश होकर कहने लगी, "यह बात मैं जानती हूँ। आप अपने पिता की तरह एक बहादुर सिपाही हैं। प्रेम आपका फर्ज है और युद्ध आपका ईमान है।"

"हाँ, तुमने बिलकुल ठीक कहा, रुकैया!"

"मेरी बात भी सुन लीजिए मेरे प्राणाधार!"

"कहो, रुकैया!"

"जिस तरह मैसूर और हिन्दुस्तान आपकी जिन्दगी का एक हिस्सा है, उसी तरह मैं भी आपकी रूह का, आपकी अंतरात्मा का एक हिस्सा हूँ। आप मुझे अपने आपसे कभी अलग मत कीजिएगा। मैं आपको युद्ध में जाने से नहीं मना करूँगी। मैं कभी आपके फर्ज में रुकावट नहीं बनूँगी।"

"सच रुकैया! मुझे तुमसे यही उम्मीद थी," इसके बाद टीपू सुलतान ने भावुक होकर रुकैया को अपने हृदय से लगा लिया और दार्शनिक के अन्दाज में कहने लगे, "रुकैया! जिस देश की धरती में हमने जन्म लिया, जिस देश में पलकर हम बड़े हुए, उस देश की तन, मन, धन सब प्रकार से रक्षा करना हमारा धर्म है। राजपूतों ने इस देश की रक्षा की खातिर कई कुर्बानियाँ दी हैं। आज अंग्रेज लोग इस देश को हड़पना चाहते हैं, भारतीय लोगों को अपना गुलाम बनाना चाहते हैं। उनकी इच्छा यही है कि भारतवर्ष के छोटे-छोटे राजाओं को आपस में लड़ाकर उनको कमजोर बना दें। इसके बाद उन राजाओं को एक-एक कर खत्म करके सारे भारत पर अपना अधिकार

कर लें। लेकिन हमने भी अपने अब्बा जान के साथ मिलकर कसम खाई है कि हम भारत की जमीन पर अपने जीते जी अंग्रेजों का अधिकार नहीं होने देंगे।"

"इस नेक कार्य में मैं भी आपके साथ हूँ मेरे स्वामी! आपके मुख से राष्ट्रप्रेम की बातें सुनकर मेरा सिर गर्व से ऊँचा हो गया है। मैं आपसे वायदा करती हूँ कि आप वतन के लिए मुझसे जो कुछ भी माँगोगी, मैं हर कीमत पर उसे पेश करूँगी।"

रुकैया का ऐसा समर्पण भाव देखकर टीपू सुलतान की खुशी की सीमा न रही। वे गम्भीर स्वर में रुकैया से कहने लगे, "मेरे अब्बा जान एक ओर तो अंग्रेज सेनाओं के खिलाफ युद्ध लड़े रहे हैं और दूसरी ओर वे भारत के राजाओं को यह समझाने में लगे हैं कि अंग्रेज लोग हम सभी राजाओं के और भारत के सबसे बड़े दुश्मन हैं। इसलिए उनकी कुटिल चालों को आप अच्छी तरह पहचान लो। आपमें से कोई भी अंग्रेजों की चिकनी-चुपड़ी बातों या उनके बहलाने-फुसलाने में न आओ। अंग्रेजों की सत्ता को भारत से तभी समाप्त किया जा सकता है, जब सभी राजा और नवाव कन्धे से कन्धा मिलाकर अंग्रेजों के विरुद्ध खड़े हो जाएँ। इस समय अब्बा हुजूर को मेरी सख्त जरूरत है इसलिए मैं तुम्हारी इजाजत लेकर अपने पिता के साथ युद्ध में शामिल होना चाहता हूँ रुकैया।"

टीपू सुलतान के शब्द सुनकर रुकैया गर्वपूर्वक कहने लगी, "मुझे इस बात का फख्र है कि मैं आप जैसे बहादुर योद्धा और मातृभूमि के सच्चे सेवक की पत्नी हूँ। आप अंग्रेजों के खिलाफ लड़े जाने वाले युद्ध में शामिल होने अवश्य जाएँ। आपको अपने फर्ज और ईमान पर अमल जरूर करना चाहिए। मैं अल्लाह से दुआ करूँगी कि आप यह जंग जरूर जीतें।"

टीपू सुलतान कई दिनों से इसी बात पर विचार कर रहे थे कि उनको अपने पिता के साथ युद्ध में भाग अवश्य लेना चाहिए लेकिन नई-नई शादी होने की वजह से वे अपनी दोनों पत्नियों के मोह में पड़े हुए थे। काफी कुछ सोचने-विचारने के बाद उन्होंने युद्ध क्षेत्र में जाने का निर्णय लिया। इसके लिए टीपू सुलतान ने पहली प्रिय पत्नी रुकैया से इजाजत ली और फिर दूसरी पत्नी रोशन बेगम को भी समझा-बुझाकर इस बात के लिए मना लिया।

हैदरअली उस समय अंग्रेजों के खिलाफ जंग के मैदान में थे। टीपू सुलतान ने भी अपनी बेगमों से विदा लेकर अपनी हाथ में तलवार लेकर अपने कवच आदि पहनकर अपने घोड़े को थामा और युद्ध भूमि की ओर चल दिए। मैसूर के कई बहादुर सिपाही भी उनके साथ थे।

टीपू सुलतान अपनी पत्नियों से युद्ध के लिए अनुमति ले चुके थे इसलिए वे

अपने पिता के साथ एक के बाद एक अंग्रेजों के खिलाफ युद्ध लड़ने लगे। कई मोर्चों पर टीपू ने अंग्रेजों के छक्के छुड़ा दिए।

मैसूर की सीमा के कई इलाकों पर दुश्मनों ने अधिकार कर लिया था। टीपू ने सेना लेकर उन शत्रुओं के साथ वीरतापूर्वक युद्ध किया और मैसूर के कई इलाके वापिस जीत लिये। टीपू सुलतान ने चीतल दुर्ग, कुठली, बेलरी, हस्कोट, सीरा, माडगिरी और चैनाया आदि सभी दुर्गों पर अपना कब्जा कर लिया था। तुंगभद्रा नदी तक फैले सारे इलाके पर टीपू सुलतान का अधिकार हो चुका था। इसके बाद टीपू ने तुंगभद्रा और कृष्णा नदी के बीच के इलाकों पर भी हमला करके उन इलाकों को अपने अधिकार में ले लिया।

अपने राज्य की सीमाओं का विस्तार करके टीपू ने पड़ोसी शत्रुओं को उनकी धूर्तता का करारा सबक सिखाया। ये शत्रु टीपू से इतनी बुरी तरह हारे कि काफी समय तक उनकी सिर उठाने की हिम्मत नहीं हुई।

अंग्रेज लोग बड़े चालाक किस्म के थे। टीपू सुलतान और उनके पिता हैदरअली से युद्ध में हारकर भी वे शान्तिपूर्वक नहीं बैठ पाए। वे किसी-न-किसी तरीके से दोनों पिता-पुत्र को युद्धों में उलझाए रखना चाहते थे। कभी-कभी अंग्रेज कमाण्डर अपने सैनिकों के साथ मैसूर की सीमा पर लूटमार करके धन इकट्ठा करते थे। वे जानते थे कि आगे चलकर हमको मैसूर के खिलाफ बड़ी लड़ाई लड़नी पड़ेगी। यही कारण था कि वे शक्ति और साधनों का संचय करने में लगे हुए थे।

जब हैदरअली अंग्रेजों के खिलाफ भारतीय राजाओं को इकट्ठा करने लगे तो अंग्रेजों को चिन्ता होने लगी। अंग्रेजों की छल कपट की नीति की पूरी पोल-पट्टी हैदरअली ने भारत की जनता के सामने खोल दी थी और जगह-जगह अंग्रेजों की बनाई कुटिल नीतियों की चर्चा होने लगी थी।

इस सबकी वजह से अंग्रेज लोग बड़े परेशान हुए। वे किसी भी प्रकार से टीपू सुलतान की आदर्शवादी छवि पर चोट करना चाहते थे।

18

अंग्रेज लोग खुद तो अपनी सैनिक शक्ति को बढ़ाने में लगे हुए थे और हैदरअली व उनके पुत्र टीपू सुलतान को युद्धों में उलझाकर उनकी शक्ति का ह्रास करने में लगे

हुए थे। वे मैसूर की सैन्य शक्ति और नैतिक बल दोनों के ही ऊपर आक्रमण कर रहे थे।

सन् 1780 ई. के अगस्त महीने में अंग्रेजों ने मैसूर के चारों ओर घेराव डाला। अंग्रेज सेनापति सर हैक्टर मुनरो ने कांजीवरम में अपनी बड़ी सेना के साथ आक्रमण किया। कर्नल विनियम बेल्ली भी अपनी बड़ी फौज लेकर गुण्टूर से उसकी मदद के लिए आया। कर्नल बेल्ली छह हजार सैनिकों को लेकर कोर्टलेयर नदी के तट पर पहुँचा। यद्यपि उसे अपनी युद्ध कला के ऊपर पूर्ण विश्वास था लेकिन टीपू सुलतान की बहादुरी के भी कई किस्से उसने सुने थे। इसी कारण टीपू और उनके सैनिकों से युद्ध करने की बड़ी इच्छा उसके मन में थी। कोर्टलेयर नदी के दूसरी तरफ मैसूर राज्य था। कर्नल बेल्ली ने रात्रि के समय में ही अचानक मैसूर पर आक्रमण करने का विचार बनाया। लेकिन रात्रि के समय उसे मैसूर सैनिकों में हलचल दिखाई दी। चूँकि वह रात अँधेरी थी तथा बादल आसमान में घिरे हुए थे इसलिए कर्नल बेल्ली ने उस रात जोखिम उठाना जरूरी नहीं समझा। उसने नदी किनारे ही अपना डेरा डाल दिया। जब सुबह हुई तो नदी में बाढ़ आ चुकी थी। बेल्ली ने बाढ़ का पानी उतरने का इन्तजार किया। इस वजह से वह एक सप्ताह नदी किनारे अपने सैनिकों के साथ डेरा डाले रहा।

अब तक टीपू सुलतान को कर्नल बेल्ली की सेना के आने का समाचार मिल चुका इसलिए वे भी अपनी सेना लेकर नदी के दूसरे किनारे पर आ गए। मैसूर की सेना और अंग्रेजों की सेना अब आमने-सामने थी। टीपू सुलतान के पास सैनिकों की संख्या अधिक नहीं थी। केवल डेढ़ हजार सैनिक उनके साथ थे। जबकि अंग्रेज सेना में उनके मुकाबले चार गुणा ज्यादा सैनिक थे। हेक्टर मुनरो भी अपनी सेना लेकर कर्नल बेल्ली की मदद के लिए आ गया। उधर कर्नल हेक्टर भी अपने एक हजार सैनिकों के साथ कर्नल बेल्ली की सहायता के लिए चला आया। इस तरह बेल्ली के पास काफी विशाल सेना हो गई। उसे पूरा भरोसा था कि हमारे सैनिक जरा सी देर में टीपू सुलतान के सैनिकों को गाजर-मूली की तरह काट देंगे।

जब युद्ध शुरू होने वाला था तो हैदरअली ने मैसूर के तीन हजार सैनिक टीपू सुलतान की मदद के लिए भेज दिए।

दोनों ओर से युद्ध की पूरी तैयारियाँ थीं लेकिन युद्ध अभी प्रारम्भ नहीं हुआ था। टीपू सुलतान इस बात पर विचार कर रहे थे कि अंग्रेज अपनी रसद और गोला-बारूद का प्रबन्ध कैसे करते हैं। उन्हें इस बात का पता लग चुका था कि अंग्रेजों ने अपना गोला और बारूद नदी के उस पार वाली घाटी में छिपाया है।

हैदरअली ने अपने जांबाज पुत्र टीपू सुलतान के पास संदेश भेजा कि वह अभी

अंग्रेज सेना के ऊपर हमला न करें। कारण यह है कि अंग्रेजों की फौज उसके मुकाबले कई गुना ज्यादा है।

10 सितम्बर, सन् 1780 के दिन टीपू सुलतान ने स्थिति का निरीक्षण किया तथा अपनी तोपों का मुँह उधर करवा दिया, जहाँ अंग्रेजों का गोला-बारूद रखा था। उन्होंने तोपचियों को तोप चलाने का आदेश दिया। जब तोप चलने लगीं तो अंग्रेजों का बारूद भंडार में आग लग गई। इतना धमाका और शोर हुआ कि अंग्रेज सैनिकों और कमाण्डरों के कान फट गए।

अंग्रेजों का संगृहीत गोला-बारूद नष्ट करने के बाद टीपू ने अंग्रेज सेना पर आक्रमण कर दिया। टीपू और उनके सैनिकों का आक्रमण इतना तेज था कि अंग्रेज सेनापति कर्नल विलियम बेल्ली उनके इस हमले को देखकर एक बार को घबरा सा गया, फिर भी उसके सैनिकों की संख्या ज्यादा थी, यह सोचकर उसने टीपू सुलतान को सेना के साथ डटकर युद्ध किया। टीपू और उनके सैनिकों के लिए यह बड़ी बहादुरी का काम था कि वे नदी पार करके शत्रु से लड़ने गए थे तथा अपने से कई गुने ज्यादा दुश्मनों से लोहा ले रहे थे। अंग्रेज सेना को काटती और कुचलती हुई टीपू सुलतान की सेना आगे बढ़ने लगी।

चूँकि अंग्रेज सेना का काफी सारा गोला-बारूद टीपू की तोपों के कारण पहले ही नष्ट हो चुका था, इस कारण अंग्रेज कमाण्डर और उनके सैनिकों का मनोबल टूट गया था। गोला-बारूद के साथ-साथ अंग्रेजों का रसद भंडार भी नष्ट कर दिया गया था। रहा-सहा मनोबल टीपू के तेज तूफानी आक्रमण ने नष्ट कर दिया। अब तो अंग्रेज सैनिकों के बीच भगदड़ मच गई। भय और परेशानी की वजह से सबके सब इधर-उधर भागने लगे। यद्यपि अंग्रेज सेना के सिपाहियों ने टीपू की सेना के साथ संघर्ष भी किया, लेकिन उनको असफलता ही हाथ लगी।

टीपू सुलतान के सैनिक अंग्रेज सैनिकों की लाशें बिछा रहे थे और अंग्रेज सेना के योद्धा भय के मारे चिल्लाते हुए अपनी जान बचाने के लिए इधर-उधर भाग रहे थे।

अंग्रेजों की सेना के अधिक होते हुए भी यह साफ दिखाई दे रहा था कि अंग्रेज सेना की हार होने वाली है, फिर भी कर्नल बेल्ली किसी भी कीमत पर अपनी हार मानने के लिए तैयार नहीं था। वह अभी भी बहादुरी के साथ लड़ रहा था। भीषण युद्ध के कारण बेल्ली घायल भी हो चुका था। तभी टीपू सुलतान अपना घोड़ा लेकर बेल्ली के सामने आ पहुँचे। बेल्ली इतनी बुरी तरह से थक चुका था और घायल था कि युद्ध करने की और ताकत उसके अन्दर नहीं थी। उसने अपना हाथ उठाकर टीपू

सुलतान से युद्ध रोक देने की प्रार्थना की और अपनी पराजय का सूचक हरा झण्डा टीपू सुलतान को दिखा दिया। इससे टीपू ने समझ लिया कि कर्नल बेल्ली और उनकी सेना ने इस युद्ध में अपनी हार मान ली है। टीपू ने अपनी सेना से कहा कि वे युद्ध रोक दें"और युद्ध रोक दिया गया। इस युद्ध में टीपू सुलतान को विजय मिली। इस युद्ध में अंग्रेज सेना का जितना ज्यादा नुकसान हुआ था, उतना पहले कभी नहीं हुआ था। अंग्रेजों की सेना के करीब पाँच हजार सैनिक मारे गए और दो हजार सैनिकों को बन्दी बना लिया गया। भारतवर्ष में ब्रिटिश हुकूमत और उसकी सेना को यह बहुत बड़ा झटका लगा था।

इस युद्ध में कर्नल बेल्ली बुरी तरह घायल हो गया था। टीपू सुलतान से उसके घावों की पीड़ा देखी न गई। उन्होंने खुद बेल्ली के घावों की मरहम-पट्टी की। टीपू सुलतान को ऐसा दरियादिल देखकर कर्नल ने उनसे अपनी गलती के लिए क्षमा माँगी। तब टीपू ने कर्नल को समझाते हुए कहा, "माँफी माँगने की कोई आवश्यकता नहीं है कर्नल! तुम्हारे और मेरे खून का रंग एक सा है, हम दोनों एक ही परमपिता अल्लाह या खुदा की सन्तानें हैं—फिर इस तरह आपस में खून क्यों बहाना चाहिए? मैं तो खून-खराबा नहीं चाहता।"

टीपू सुलतान की बात सुनकर बेल्ली ने कुछ नहीं कहा। उसे ब्रिटिश सरकार की कुटिल नीतियों के बारे में सोचकर दुःख हो रहा था।

कर्नल बेल्ली के साथ-साथ उसकी सेना के घायल योद्धाओं की भी चिकित्सा की गई। बन्दी सैनिकों की सुविधा का भी ध्यान रखा गया। अंग्रेज लोग यदि शान्ति और प्रेम से काम लेते तो टीपू सुलतान कभी उन्हें अपना दुश्मन नहीं मानते। टीपू के मन में जो अंग्रेजों के प्रति किसी प्रकार की घृणा नहीं थी। वे तो केवल अंग्रेजों को सबक सिखाना चाहते थे। टीपू चाहते थे कि अंग्रेजों को यदि भारत के अन्दर रहना है तो सभ्य नागरिक बनकर, शान्ति और प्रेम के साथ रहें। अनाधिकृत रूप से कभी किसी को परेशान न करें। न किसी का दिल दुखाएँ और न किसी को लूटने की कोशिश करें। टीपू ने खुद भी अंग्रेजों के खिलाफ युद्ध की पहल नहीं की थी। जब अंग्रेज कमाण्डर अपनी-अपनी सेनाएँ लेकर युद्ध के लिए मैसूर के पास आ डटे तभी अपने राज्य की रक्षा के लिए तथा मैसूर की प्रजा की रक्षा के लिए टीपू ने अंग्रेजों के खिलाफ अपनी तलवार उठाई।

टीपू ने अंग्रेजों से युद्ध जीतने के पश्चात घायल कर्नल बेल्ली की प्राथमिक चिकित्सा स्वयं की थी तथा अंग्रेज सेना के घायल योद्धाओं का उपचार भी अपने जरिये करवाया था। इस बात का अंग्रेजों को शुक्रिया मानना था लेकिन अंग्रेज सरकार

के अधिकारी सेना की इस हार के कारण टीपू से इतनी बुरी तरह चिढ़े हुए थे कि उन्होंने टीपू को बदनाम करने का मन बना लिया। अंग्रेजों ने भारत के अन्दर यह बात प्रचारित कर दी कि अंग्रेज सेना द्वारा हार का झंडा दिखाए जाने के पश्चात भी टीपू सुलतान ने अंग्रेज सेना के ऊपर बर्बर तरीके से हमला किया और अंग्रेज सैनिकों की लाशें बिछा दीं। टीपू सुलतान ने अपनी कुटिल चाल चलकर और अंग्रेजों के विरुद्ध षड्यंत्र रचकर उनके साथ विश्वासघात तथा धोखा किया है।

इस तरह की अफवाहों से भारत के राजा लोग एक-दूसरे से टीपू सुलतान की बदनामी करने लगे। अंग्रेज लोगों की मंशा भी यही थी कि इस तरह की झूठी खबरों के जरिये टीपू को भारतीय राजाओं व भारत की प्रजा की नजरों में गिरा दिया जाए।

टीपू सुलतान ने जब अपने प्रति इस तरह की झूठी बातें सुनीं तो उनको दुःख हुआ। उन्होंने सोच लिया कि अंग्रेज लोग गिरे हुए हैं। उनके खुद के मन में पाप है और दूसरों को बदनाम करते फिरते हैं। ये इस प्रकार सुधरने वाले नहीं हैं।

टीपू सुलतान की युद्ध विजय की खबर सुनकर हैदरअली को बड़ी प्रसन्नता हुई। कांजीवरम में अंग्रेज सेनापति हैक्टर कुसरो अपनी सेना लेकर आ डटा था। हैदरअली ने तुरन्त कांजीवरम पर हमला करने का मन बना लिया।

19

अंग्रेज सेनापति सर हैक्टर मुनरो काफी बड़ी संख्या में अंग्रेज फौज लेकर कांजीवरम तक पहुँच चुका था। जब यह बात हैदरअली को पता लगी तो उन्होंने तुरन्त अपने सैनिकों को तैयार होकर कांजीवरम की ओर प्रस्थान करने का आदेश दिया। अपने पुत्र टीपू सुलतान की अंग्रेज विजय से वे इतने उत्साहित थे कि चन्द मिनटों में अंग्रेजों का नामोनिशान भारतवर्ष की धरती से मिटा डालना चाहते थे।

इधर जब मुनरो को यह मालूम हुआ कि मैसूर से हैदरअली बहुत बड़ी सेना लेकर कांजीवरम की ओर आ रहे हैं तो वह मन-ही-मन घबरा गया। उसने अपनी सेना के अनेक हथियार एक बड़े तालाब में फिंकवा दिए ताकि कांजीवरम से भागने में तकलीफ न हो। इसके बाद हैक्टर मुनरो अपनी सेना के साथ मद्रास की ओर भाग गया।

हैदरअली के साथ-साथ टीपू सुलतान भी अंग्रेज फौज को धूल चटाने के लिए

कांजीवरम आए थे। लेकिन जब हैदरअली और टीपू सुलतान कांजीवरम पहुँचे थे तो हैक्टर मुनरो वहाँ से सेना के साथ भाग चुका था। टीपू सुलतान को कांजीवरम के स्थानीय लोगों से पता चला कि तालाब के अन्दर बहुत सारे हथियार अंग्रेज सैनिकों ने फेंके हैं। टीपू ने सोचा कि वे हथियार हमारी सेना के बहुत काम के सिद्ध हो सकते हैं—यह सोचकर टीपू ने अपने सैनिकों और मजदूरों से कहा कि वे तालाब में घुसकर अंग्रेजों द्वारा फेंके गए हथियारों को बाहर निकाल लें और धूप में सुखा लें।

टीपू सुलतान के सैनिकों और मजदूरों ने वैसा ही किया। सारे हथियार पुनः चलने योग्य हो गए।

टीपू सुलतान ने अर्कोट किले पर आक्रमण करके अंग्रेज फौज को वहाँ से भगा दिया और अर्कोट पर अधिकार कर लिया। अर्कोट किले पर अधिकार करने में टीपू सुलतान को पूरे डेढ़ महीने का समय लग गया।

अर्कोट किले को फतह करने के बाद टीपू सुलतान ने संत नगर के किले को जीता। उनका इरादा टाइगर किले को भी जीतने का था। इस उद्देश्य से उन्होंने कैप्टन रॉबर्ट की सेना पर आक्रमण कर दिया। टीपू सुलतान का कैप्टन रॉबर्ट से एक महीने तक युद्ध चलता रहा। आखिरकार कैप्टन रॉबर्ट को अपनी हार माननी ही पड़ी।

इस तरह टीपू सुलतान अपने साहस और वीरता के बलबूते पर एक के बाद एक कई किलों को जीतते चले गए। कई दुश्मनों के सैनिकों को उन्होंने धूल चटाई, कइयों को बन्दी बनाया। इसके बाद वे अर्कोट में अपने पिता के पास आ पहुँचे।

अंग्रेज काफी समय से मैसूर को घेरने और मैसूर पर जोरदार हमला करके मैसूर को जीतने की ताक में थे लेकिन सन् 1785 ई. तक टीपू सुलतान ने कई अंग्रेज कमाण्डरों की फौजों को हराकर उनका काम तमाम कर दिया। कई कमाण्डरों को टीपू ने गिरफ्तार भी किया। शेरदिल टीपू के हमलों से अंग्रेज लोग इतने घबराए कि मैसूर से डरकर दूर भागने लगे। जो बचे-खुचे नामी-गिरामी अंग्रेज कमाण्डर थे, उन्होंने मैसूर को जीतने का खयाल अपने दिमाग से निकाल दिया।

हैदरअली उस समय टीपू सुलतान द्वारा जीते गए अर्कोट शहर में रह रहे थे। अर्कोट नगर को हैदरअली भला कैसे भूल सकते थे? जब टीपू सुलतान पैदा भी नहीं हुए थे, तब औलाद होने की दुआ माँगने वे बेगम फ़ख़रुन्निसां के साथ यहाँ आए थे। अर्कोट के प्रसिद्ध सूफी संत टीपू मस्तान औलिया के आशीर्वाद से उनके पुत्र टीपू का जन्म हुआ था। अर्कोट की पावन धरती को हैदरअली भला कैसे भूल सकते थे। एक दिन जब वे अर्कोट में थे, तो बेगम फ़ख़रुन्निसां के साथ प्रसिद्ध सूफी संत टीपू

मस्तान औलिया की मजार पर पुनः दर्शन करने के लिए गए। उन्होंने मजार पर अपने पुत्र टीपू के बेहतर स्वास्थ्य तथा सलामती की दुआ माँगी।

जब हैदरअली को पता चला कि उनका पुत्र टीपू सुलतान उनसे मिलने के लिए आया है तो वे अर्कोट के राजमहल से दौड़कर बाहर आए। उन्होंने स्नेहपूर्वक टीपू सुलतान को अपने गले से लगा लिया। इसके बाद टीपू का सिर चूमते हुए वे उन्हें महल के अन्दर ले गए।

महल के अन्दर टीपू सुलतान ने अपनी माँ के दर्शन किए तथा उनके पैर छूकर उनसे अपना आशीर्वाद लिया। हैदरअली ने खुश होकर अपने बहादुर बेटे से कहा, "बेटा! मैं किन शब्दों में तेरी तारीफ करूँ? अंग्रेजों को लगातार शिकस्त देकर तूने जो इतिहास रच दिया है, आगे आने वाले समय में मेरे बहादुर बेटे का नाम इतिहास के अन्दर सोने के अक्षरों में लिखा जाएगा। युद्ध में वीरता दिखाकर तुमने अपने बाप का सिर फख़्र से ऊँचा कर दिया, बेटा!"

टीपू ने उत्साहित होकर अपने पिता से कहा, "अब्बा जान, अब तो मैं भारत की धरती से अंग्रेजों को भगाकर ही दम लूँगा और आपका वर्षों का सपना पूरा करूँगा।"

हैदरअली, "बेटा एक दिन वह भी आएगा, जब अंग्रेज लोग भारत की धरती से दुम दबाकर भागेंगे। उस दिन की प्रतीक्षा करो पुत्र! हम लोग जो कुछ भी कर रहे हैं मनुष्यों की भलाई के लिए और मानवता की भलाई के लिए कर रहे हैं। हम सब मिलकर अंग्रेजों की भारत पर राज करने की बदनीयती को अपने पैरों तले कुचलकर रख देंगे। मुझे इस बात का पक्का भरोसा है बेटा कि एक न एक दिन हम अपने उद्देश्य में सफल अवश्य होंगे"बेटा, तुमने कई वर्षों से युद्धों के होने वाले खून-खराबे को देखा है, युद्ध भूमि में पड़े हुए कई घायल लोगों की चीख-पुकारें सुनी हैं। लाशों के ढेर तुमने देखे हैं। अब तुम्हें कुछ दिन इन्तजार करना चाहिए।"

टीपू सुलतान, "आप जैसा कहेंगे, मैं वैसा ही करूँगा अब्बा हुजूर! आराम तो अब आपको करना चाहिए क्योंकि आप अब वृद्ध हो चले हैं। यह उम्र आपकी युद्धभूमि में जाने की नहीं है। युद्ध का काम आप मुझ पर छोड़िए। मैं अकेला अपने सभी दुश्मनों से निपट लूँगा। फिर मैसूर की सभी सेना मेरी सहायता के लिए मेरे साथ है।"

"सो तो है ही बेटा! लेकिन मैं अंग्रेजों का काम तमाम करने के लिए घर से निकला हूँ। अब तो मैं दुश्मनों को ठिकाने लगाकर ही मैसूर जाऊँगा। मैं अपने जीवन को दाँव पर लगा चुका हूँ। बेटा! मेरी और तुम्हारी कोशिशों की वजह से भारत के अन्दर फैल रहा अंग्रेजों का आतंक अब धीरे-धीरे खत्म हो रहा है। भारत के राजा लोग हमारी तरफ अपना दोस्ती का हाथ बढ़ाने को व्याकुल हैं। अभी मेरा इस प्रकार विश्राम

हेतु मैसूर लौट पाना असम्भव है। अब तो मेरी आत्मा को तभी विश्राम मिलेगा जब अंग्रेजों को मैं अपने देश की धरती से बाहर खदेड़ दूँगा।"

"इसके लिए आपके बेटे टीपू सुलतान की तलवार ही काफी है अब्बा हुजूर! आपको इसके लिए परेशान होने की जरूरत नहीं है।"

अपने बेटे के शब्दों से हैदरअली को बड़ा ही सन्तोष मिला। उसने पुत्र को समझाते हुए कहा, "बेटा! मैं तुम्हें हमेशा के लिए युद्ध से अलग होने के लिए थोड़े ही कह रहा हूँ? मैं तो केवल इतना ही कह रहा हूँ कि इतने वर्षों से युद्धों में व्यस्त रहने के कारण तुम थक गए होंगे। इस समय तुम्हारी बीवियाँ तुमसे मिलने के लिए बेताब होंगी। इसलिए तुम्हें अपने घर मैसूर लौट जाना चाहिए। तुम मेरी चिन्ता मत करो। मैं यहाँ अर्काट में आराम से रह रहा हूँ। भले ही मैं बूढ़ा हो चला हूँ लेकिन हमारे किसी दुश्मन में इतनी हिम्मत नहीं कि मुझे चोट पहुँचा सके। मैं आज भी मैसूर का शेर हूँ। मैंने भारत की धरती पर जन्म लिया है। विदेशी शत्रु के गन्दे पैर मेरे देश की धरती की जमीन को मैला करें, यह मुझसे सहन नहीं होगा। अबकी बार मुझे आर-पार की लड़ाई लड़नी है दुश्मनों से। या तो इस देश में अंग्रेज रहेंगे या मैं जीवित रहूँगा। हम नेकी की राह में अपनी कुर्बानी देने वाले लोग हैं बेटा। देख लेना, जीत आखिर हमारी ही होगी।"

अपने वीर पिता हैदरअली की बात सुनकर टीपू सुलतान की चिन्ता दूर हुई। उसके पिता ने अपने मजबूत इरादों को दिखाकर उनका उत्साह और भी ज्यादा बढ़ा दिया था। उनकी माँ फ़ख़रुन्निसां ने भी उनसे यही कहा कि उन्हें घर से बाहर निकले बहुत दिन हो गए इसलिए अब उनको अपने घर श्रीरंगपट्टन लौट जाना चाहिए।

अपने माँ-बाप की बातों का मान रखते हुए टीपू सुलतान ने श्रीरंगपट्टन जाने का फैसला कर लिया। उन्होंने अपने माता और पिता के पैर छूकर उनसे आशीर्वाद लिया। इसके बाद भोजन और विश्राम इत्यादि करके अपने सैनिकों के साथ श्रीरंग-पट्टन की ओर कदम बढ़ाया।

जब टीपू सुलतान श्रीरंगपट्टन पहुँचे, तो सबसे पहले वे अपने महल के अन्दर गए। उनकी बेगमों ने खुश होकर उनकी आरती उतारी। सर्वप्रथम रुकैया ने टीपू की आरती उतारकर टीपू का स्वागत किया। इसके बाद रोशन बेगम ने टीपू की आरती उतारी।

टीपू सुलतान तीन दिन और तीन रातों तक अपनी दोनों पत्नियों के साथ रहे। उनकी बेगमों ने उनकी युद्ध वीरता की कहानियाँ पहले ही सुन रखी थीं। राजमहल की दासियाँ अपनी मालकिनों को टीपू सुलतान की वीरता की खबरें रोज सुनाती रहती

थीं। रुकैया अब किसी के मुख से अपने पति की वीरता के किस्से सुनती तो वह गर्व और खुशी से फूली नहीं समाती। टीपू की वीरता के चर्चे सुनकर रुकैया को ज्यादा आश्चर्य नहीं होता था। रुकैया जानती थी उसके पति से ज्यादा बहादुर इन्सान पूरे भारतवर्ष में नहीं है।

एक दिन टीपू सुलतान ने अपने महल की खिड़की से उगते हुए सूरज को देखा तो वे उदास हो गए। रुकैया ने जब अपने पति का इस तरह उदास चेहरा देखा तो सोच में पड़ गई, 'कुछ दिनों से तो मेरे पति बड़े खुश थे। अचानक इनको क्या हुआ?'

"क्या हुआ मेरे स्वामी? उगते हुए सूरज को देखकर अचानक आपका चेहरा उदास कैसे हो गया?" रुकैया ने टीपू सुलतान से पूछा।

टीपू कहने लगे, "यह तो मुझे भी नहीं मालूम बेगम! पता नहीं क्यों आज मन बड़ा उदास और भारी सा है।"

रुकैया, "ऐसा न कहिए सुलतान, आप तो महावीर हैं। आपने अंग्रेजों को भारत से निकालने की कसम खाई है। आप इस प्रकार उदास कैसे हो सकते हैं? आपके अंग्रेज भगाओ आन्दोलन में हम सब भी आपके साथ हैं। अब तो दिन पर दिन सफलता आपके चरणों को चूमती जा रही है, फिर आपके चेहरे पर इस प्रकार की उदासी कैसी?"

टीपू सुलतान, "तुम्हारा कहना ठीक है बेगम! मुझे किसी भी हालत में उदास नहीं होना चाहिए। भारत के राजे-रजवाड़े हमारी ओर दोस्ती का हाथ बढ़ा रहे हैं; लेकिन मेरे दिमाग में अब्बा जान के शब्द इस तरह बैठ गए हैं कि..." इतना कहते-कहते टीपू सुलतान रुक गए।

रुकैया ने पूछा, "आपके वालिद ने आपसे क्या कहा है सुलतान, बताइए न!"

हैदरअली कहने लगे, "जब मैं अब्बा हुजूर से मिलने अर्कोट गया था, तब उन्होंने मुझसे कहा था कि या तो अंग्रेज लोग भारत की धरती से हटेंगे या उनको हटाते-हटाते हैदरअली खुद मिट जाएगा।"

अपने ससुर के इन शब्दों पर विचार करती हुई रुकैया कहने लगी, "आप अपने वालिद की बात सोचकर परेशान न हों सुलतान। यकीन मानिए, उनका कोई बाल भी बाँका नहीं कर पाएगा। भारत के सभी राजा-महाराजा और अंग्रेज कमाण्डर उनसे भय खाते हैं। वे मैसूर के शेर हैं।...इस तरह की वीरता की बातें तो वे हमेशा से ही करते आए हैं। वे जिधर भी युद्ध करने जाएँगे, उनको सब जगह विजय ही विजय मिलेगी। देख लेना, एक दिन आपके पिता और मेरे ससुर अपना सपना पूरा करके सलामत श्रीरंगपट्टन आएँगे।"

रुकैया के शब्दों से टीपू सुलतान के दिल को बड़ी तसल्ली मिली। वे रुकैया से कहने लगे, "तुमने मेरे मन की उलझन दूर कर दी है रुकैया। तुम सचमुच कितनी अच्छी हो। मैं तो डर गया था कि अंग्रेजों से लड़ने के चक्कर में अब्बाजान कहीं किसी मुसीबत में न पड़ जाएँ। अब मुझे विश्वास हो गया है कि मेरे अब्बा हुजूर का कोई बाल भी बाँका नहीं कर सकेगा। वे बूढ़े हैं तो क्या हुआ? ग़ाज़ीख़ान जैसे वफ़ादार और बहादुर योद्धा उनके साथ हैं। मैसूर की सारी सेना उनके साथ है। उनकी जीवन रक्षा में हमारे सैनिक अपने प्राणों का बलिदान करने से नहीं हिचकिचाते। अब मैं अपना मन कभी छोटा नहीं करूँगा, रुकैया।"

कुछ समय बाद ग़ाज़ीख़ान मैसूर के कुछ सैनिकों के साथ टीपू सुलतान से मिलने के लिए आए। टीपू ने उनको मेहमान कक्ष में बिठाया और स्वयं तैयार होकर उनके पास जा पहुँचे। ग़ाज़ीख़ान उनके गुरु थे। उनसे टीपू सुलतान ने अस्त्र-शस्त्र की शिक्षा ली थी। टीपू ने मुस्कराकर ग़ाज़ीख़ान का स्वागत किया। ग़ाज़ीख़ान ने अपने मालिक हैदरअली का एक पत्र टीपू को दिया। उस पत्र में टीपू के पिता ने टीपू के लिए संदेश लिखा था, 'बेटा! हमें शीघ्र ही मालाबार चलना है। वहाँ अंग्रेज कमाण्डर अपनी फौज लेकर हमारे फौजी कमाण्डर अरशद बेग को युद्ध के लिए ललकार रहा है।'

यह संदेश मिलते ही टीपू सुलतान ने ग़ाज़ीख़ान से कहा कि मैं अभी आपके साथ मालाबार चलता हूँ और अन्तःपुर में सबसे विदा लेकर आता हूँ।

इतना कहकर टीपू सुलतान महल के अन्दर चले गए। उन्होंने अपनी दोनों बेगमों से मालाबार जाने की इजाजत ली। रुकैया और रोशन बेगम ने खुशी-खुशी अपने पति को युद्ध में जाने की अनुमति दी।

इसके बाद टीपू सुलतान ग़ाज़ीख़ान के पास आए और मैसूर से बड़ी सेना लेकर मालाबार की ओर चल दिए।

.मालाबार प्रदेश, मैसूर की राजधानी श्रीरंगपट्टन से काफी दूर था। टीपू सुलतान और उनके सैनिकों को मालाबार तक पहुँचते-पहुँचते दो महीने का समय लग गया।

अंग्रेज सेनापति टीपू सुलतान से युद्ध में कई बार हार खा चुके थे। इसलिए उनको टीपू सुलतान का नाम सुनकर भय सा लगता था। उन्होंने सोचा कि मालाबार में मैसूर का फौजी सेनापति अर्शदबेग है। हम आसानी से उससे युद्ध करके हरा डालेंगे। हमारे इस प्रयास से मैसूर राज्य को क्षति ही पहुँचेगी, लेकिन अंग्रेजों को यह नहीं मालूम था कि हैदरअली और उनके वीर पुत्र टीपू सुलतान अपने सैनिकों और सेनानायकों की रक्षा के लिए अपने प्राणों की बाजी भी लगा सकते हैं। अंग्रेज कमाण्डर

यह भी नहीं जानते थे कि मालाबार चाहे मैसूर से कितना दूर क्यों न हो लेकिन मैसूर नरेश हैदरअली अपने बहादुर पुत्र टीपू सुलतान को अरशद बेग की मदद के लिए जरूर भेजेंगे।

अब तो टीपू सुलतान अपने फौजी कमाण्डर अरशद बेग की रक्षा के लिए विशाल सेना लेकर मालाबार आ ही पहुँचे थे। उनकी सेना के सभी झंडे चीते के निशान वाले थे। उन चीते के निशान वाले पीले झंडों को देखते ही अंग्रेज सेनानायकों के होश उड़ गए। उन्होंने सोचा कि अब तो खुद टीपू सुलतान मैसूर से विशाल फौज लेकर आ चुके हैं, अब उनकी सेना की खैरियत नहीं।

इतना सोचकर अंग्रेज कमाण्डरों ने अपनी सेना को पीछे हटाने का निश्चय कर लिया। वे किसी भी हालत में टीपू सुलतान के आक्रामक हमले से बचना चाहते थे। इसलिए उन्होंने मालाबार के समुद्री तट पर बसे पुनाती नगर की ओर जाने का मन बनाया। फलस्वरूप अंग्रेज सेना पुनाती शहर की ओर चली गई।

टीपू सुलतान को जब मालूम हुआ कि अंग्रेज सेना पुनाती शहर की ओर गई है तो उन्होंने भी पुनाती नगर की ओर चलने का आदेश अपने सैनिकों को दिया। परिणाम यह हुआ कि टीपू सुलतान की सेना भी पुनाती शहर के पास जा पहुँची। पुनाती से एक मील की दूरी पर टीपू सुलतान ने अपना सैनिक शिविर स्थापित किया। सारी रात टीपू सुलतान दुश्मन की टोह लेते रहे। उनके शिविर में मशालें जलती रहीं और सैनिकों की हलचल होती रही।

टीपू सुलतान के शिविर में जलती हुई मशालें तथा सैनिकों की हलचल को देखकर अंग्रेज कमाण्डरों ने समझा कि टीपू युद्ध की तैयारी कर रहे हैं। ऐसे में अगर टीपू सुलतान से युद्ध छेड़ा जाएगा तो हमारा जीतना बड़ा मुश्किल हो जाएगा। हमें टीपू को हराने के लिए किसी और मौके की तलाश करनी होगी।

यह ख्याल करके अंग्रेज कमाण्डर अपनी सेना को लेकर और पीछे हट गए। इधर टीपू सुलतान ने अपने सैनिकों को आदेश दिया कि मालाबार और इसके आसपास के इलाके में अंग्रेज सेना की कोई टुकड़ी रहने न पाए।

इस तरह टीपू ने युद्ध लड़े बिना ही मालाबार सहित मैसूर के सारे इलाके अंग्रेजों से खाली करा लिए। इसके बाद टीपू सुलतान ने अंग्रेजों की किसी भी सेना से मुकाबला करने के लिए अपने अनेक सैनिकों को मैसूर की सीमा पर तैनात कर दिया।

सन् 1782 ई. में हैदरअली अंग्रेजों की सेना के विरुद्ध आक्रमण की तैयारी कर रहे थे कि 7 दिसम्बर को उनकी मृत्यु हो गई। हैदरअली की मृत्यु का कारण उनकी काफी समय से चली आ रही बीमारी थी। अपनी मृत्यु से एक दिन पहले तक

हैदरअली ने अंग्रेजों को इस बात का पता नहीं चलने दिया था कि वे बीमार हैं। उन्हें पता था कि अगर अंग्रेजों को इस बात का पता चल जाएगा तो वे उनके बीमार होने की खबर सारे भारत में फैला देंगे और मेरी बीमारी का फायदा उठाकर कभी भी मेरे ऊपर घातक हमला करवा देंगे। हैदरअली कितने बहादुर और युद्धप्रेमी थे, इस बात का पता उनकी इस बात से चलता है कि बीमार होते हुए भी उन्होंने बिस्तर नहीं पकड़ा और लगातार युद्ध की तैयारियाँ करते रहे ताकि अंग्रेजों को लगे कि वे युद्ध के प्रति सक्रिय व संवेदनशील हैं और अंग्रेजों के हर हमले का सामना करने के लिए तैयार हैं।

हैदरअली की मृत्यु प्राकृतिक थी। मृत्यु के दौरान हैदरअली को एक ही अफसोस था कि वे अपने जीते जी भारत देश की धरती से अंग्रेजों को पूर्णतः बाहर नहीं निकाल पाए। लेकिन उन्हें विश्वास था कि उनका बहादुर पुत्र टीपू सुलतान एक दिन अंग्रेजों को जरूर इस देश से खदेड़कर बाहर भगा देगा।

हैदरअली आखिरी बार अंग्रेजों के विरुद्ध अपने जीवन का दाँव लगाना चाहते थे। उनको भारतीय राजाओं से बड़ी उम्मीदें थीं। कई राजाओं ने उनको अपना सहयोग देने का वायदा किया था लेकिन ऐन मौके पर वे अपने वायदे से मुकर गए और हैदरअली का साथ देने के बजाय वे अंग्रेजों के साथ हो गए। हैदरअली को फ्रांसीसी सेना से भी मदद की उम्मीद थी लेकिन वह मदद भी उनको नहीं मिल पाई। तीन हजार सैनिकों की एक टुकड़ी उनकी सहायता के लिए अवश्य आई थी लेकिन अंग्रेजों की विशाल फौज का मुकाबला करने के लिए इतनी सेना कम थी। असल में फ्रांस देश अपनी ही राष्ट्रीय समस्याओं में इतना बुरी तरह से उलझा हुआ था कि वह ठीक तरह से हैदरअली की मदद नहीं कर पाया।

उस समय वारेन हेस्टिंग्स ईस्ट इंडिया कम्पनी का गवर्नर जनरल था, जोकि कलकत्ता में रहता था। उसे पता था कि हैदरअली और टीपू सुलतान से युद्ध लड़ते हुए अंग्रेज सेनाओं को बड़ा नुकसान पहुँचा है।

वारेन हेस्टिंग्स ने सोचा था कि अब ऐसा कोई कदम नहीं उठाया जाए जिससे अंग्रेज कौम को किसी तरह की तकलीफ या नुकसान पहुँचे।

इसलिए हैदरअली ने जिन नवाबों और राजाओं को अपने पक्ष में, विश्वास में लेकर उन्हें अंग्रेजों के विरुद्ध लड़ने के लिए तैयार कर लिया था, वारेन हेस्टिंग्स ने बड़ी चतुराई से उन राजाओं और नवाबों को हैदरअली से अलग कर दिया। हैदरअली के प्रति नफरत और शत्रुता की भावना वारेन हेस्टिंग्स ने उनके अन्दर बिठा दी। कई मराठा राजा और हैदराबाद के निजाम भी वारेन हेस्टिंग्स के बहकावे में आकर अंग्रेज

सेनानायकों के पक्ष में हो गए। इन सबको लगने लगा कि हैदरअली हमारे राज्य को हड़पना चाहता है तथा हमारी रक्षा और सुरक्षा केवल अंग्रेजों के साथ रहने और उनकी शरण पकड़ने में ही है।

अंग्रेज मैसूर की ताकत को कम करना चाहते थे। उन्होंने सोचा कि अगर मालाबार तट पर बड़ी सैनिक छावनी बना दी जाए, अपनी एक फौज को मालाबार में तथा दूसरी फौज को मैसूर की सीमा पर युद्ध करने के लिए भेजा जाए तो टीपू सुलतान को एक मोर्चा सँभालना पड़ेगा तथा एक मोर्चे पर उनका पिता हैदरअली अकेला पड़ जाएगा।

अंग्रेजों की इस तरह की युद्धनीतियों से हैदरअली को लगने लगा कि अंग्रेज तो दिन-प्रतिदिन भारत देश की धरती पर अपना पैर और भी गहरे जमाते जा रहे हैं। इनको भारत से बाहर निकालना बड़ा ही मुश्किल काम होता जा रहा है। एक अकेला मेरा बेटा टीपू सुलतान इतने सारे अंग्रेज सेनापतियों और उनकी विशाल फौजों से भला कैसे टक्कर ले पाएगा?

इस प्रकार के सोच-विचार से हैदरअली अपने मन में बड़े निराश हो चले थे। एक तो लगातार युद्धों में व्यस्त रहने के कारण, वृद्धावस्था की कमजोरी की वजह से; दूसरे अंग्रेजों की मैसूर के खिलाफ दो मोर्चे खोलने की नई नीति की बात सोचकर हैदरअली का दिल टूट सा गया था। ऊपर से बीमारी ने भी उनके तन और मन को अन्दर से खोखला कर दिया था।

20

मैसूर के ऊपर लगातार संकट के बादल छाते जा रहे थे। यद्यपि टीपू सुलतान की सेना अपने राज्य की सीमा पर हर परिस्थिति का मुकाबला करने को तैयार थी लेकिन अंग्रेज कमाण्डर बड़े चालाक थे। उनकी कुटिल नीतियों का किसी को कोई भरोसा नहीं था। अचानक वे मैसूर पर कब कैसे और कहाँ से आक्रमण कर दें—यह किसी को पता नहीं था। टीपू सुलतान और उनके पिता से युद्ध में हारने के बाद अंग्रेज सेनापति काफी समय तक अपनी शक्ति और सेना की वृद्धि करने में लगे रहे थे। भारतीय राजा और नवाबों को भड़काकर उनकी सैन्यशक्ति का सहयोग भी अंग्रेजों ने प्राप्त कर लिया था।

ऐसे संकट के समय मैसूर सम्राट हैदरअली की मृत्यु हो जाना सचमुच दुःखद घटना थी। जब हैदरअली ने अपनी मृत्यु-शय्या पर पड़े हुए अन्तिम साँस ली तो उनके वफादार प्रमुख मंत्री और सलाहकार पूर्णिया भी उनके साथ थे। साथ ही वित्त मंत्री मीर सादिक भी हैदरअली के पास बैठे थे। बड़े इत्मीनान के साथ हैदरअली ने अपने मित्र एवं शुभचिन्तकों के बीच अन्तिम साँस ली।

पूर्णिया ने सबसे कहा कि अभी महाराज की मृत्यु की खबर को गुप्त रखा जाएगा। अगर अंग्रेजों को इस खबर का पता लग गया तो वे इसका लाभ उठाकर मैसूर पर आक्रमण कर देंगे और पिता की मृत्यु के शोक में डूबे सुलतान अंग्रेज फौज की पूरी शक्ति से मुकाबला नहीं कर पाएँगे। इस तरह मैसूर पर अंग्रेजों का आसानी से कब्जा हो सकता है।

पूर्णिया ब्राह्मण ने अपने छह सैनिकों को अलग-अलग संदेश देकर टीपू सुलतान के पास भेजा। ये छह सैनिक एक-दूसरे से लगभग अपरिचित थे। पूर्णिया ने इन सैनिकों को संदेश लिखकर दिया था वह कूट भाषा में लिखा गया था। उस कूट भाषा को केवल समझदार टीपू सुलतान ही समझ सकते थे। पूर्णिया पंडित ने छहों घुड़सवार सैनिकों अथवा अपने संदेशवाहकों को मालाबार जाने का रास्ता बताया था। उनमें से पाँच सैनिकों ने उनके बताए हुए मार्ग का ही अनुसरण किया, लेकिन पूर्णिया का एक सैनिक उस रास्ते से होकर मालाबार नहीं गया। उस सैनिक का नाम गुलाम मोहम्मद था। उसके दिल में खोट आ गया था। गुलाम मोहम्मद ने सोचा कि मैसूर सम्राट हैदरअली की तो मृत्यु हो चुकी है और उनके पुत्र टीपू सुलतान अभी मालाबार में अंग्रेज फौज का मुकाबला करने गए हैं। अगर मैं बेदनूर के गवर्नर शेख अय्याज को हैदरअली की मृत्यु की खबर सुना दूँ तो वे बड़े खुश होंगे और मुझे बेदनूर की सत्ता में बड़ा ओहदा प्रदान करेंगे।

इतना सोचकर हैदरअली के संदेशवाहक सैनिक गुलाम मोहम्मद ने अपना घोड़ा बेदनूर की तरफ मोड़ दिया।

बेदनूर का गवर्नर शेख अय्याज हैदरअली का विश्वासपात्र अफसर था। हैदरअली इस गवर्नर के ऊपर बड़ा भरोसा किया करते थे। लेकिन यह बात सच थी कि शेख अय्याज के दिल में छल-कपट था। वह मन-ही-मन टीपू सुलतान से काफी डरता था। टीपू को उसकी बेईमानी और मक्कारियों का पता था। यही कारण था कि टीपू बेदनूर के गवर्नर शेख अय्याज को जरा भी पसन्द नहीं करते थे।

शेख अय्याज जानता था कि अगर हैदरअली की मृत्यु हो गई और टीपू सुलतान मैसूर के राजा बने तो वे सबसे पहले उसे ही बेदनूर की गवर्नरी से हटा देंगे। यह

सोचकर बेईमान शेख अय्याज ने तय कर लिया था कि अगर हैदरअली की मृत्यु हो जाएगी तो वह टीपू सुलतान के छोटे भाई अब्दुल करीम को मैसूर का सम्राट घोषित करके मैसूर को अपनी मुट्ठी में कर लेगा।

इस प्रकार के खयालात लिए हुए शेख अय्याज खाँ अंग्रेजों से जा मिला। हैदरअली का संदेशवाहक गुलाम मोहम्मद शेख अय्याज खाँ का ही खास आदमी था।

इनाम तथा पद पाने के लालच में गुलाम मोहम्मद बेदनूर चला गया। पंडित पूर्णिया उस पर बहुत विश्वास किया करते थे लेकिन उनका विश्वास भी गुलाम मोहम्मद ने तोड़ डाला था। शेख अय्याज के पास पहुँचकर गुलाम मोहम्मद ने उसे बताया कि हैदरअली की मृत्यु हो चुकी है। शेख अय्याज इसी मौके के इन्तजार में था। वह जानता था कि हैदरअली काफी समय से बीमार चल रहे हैं। उनकी मृत्यु कभी भी हो सकती है।

हैदरअली की मृत्यु की खबर सुनकर शेख अय्याज बड़ा खुश हुआ। उसने स्नेहपूर्वक गुलाम मोहम्मद को अतिथिकक्ष में एक विशेष कुर्सी पर बैठा दिया और शराब को लाने के लिए अन्दर चला गया। अन्दर से शराब से भरे हुए दो प्याले लेकर वह पुनः अतिथि कक्ष में आया। उसने एक प्याला गुलाम मोहम्मद को दिया और दूसरे प्याले को वह खुद अपने होंठों से लगाकर पीने लगा। शेख अय्याज खाँ ने गुलाम मोहम्मद के प्याले में जहर मिला दिया था। प्याले का एक घूँट लेते ही गुलाम मोहम्मद एक ओर लुढ़क गया।

अपने सेवकों को बुलाकर शेख अय्याज ने गुलाम मोहम्मद का शव ठिकाने लगाया। इसके बाद गुलाम मोहम्मद द्वारा लाए गए पत्र को पढ़ने लगा। पूर्णिया ने वह पत्र टीपू सुलतान के लिए कूट भाषा में लिखा था। शेख अय्याज की समझ में पत्र की कूट भाषा नहीं आई। वह कूट भाषा भी संस्कृत में थी।

शेख अय्याज जानता था कि हैदरअली की मृत्यु हो गई है तथा पूर्णिया पंडित टीपू सुलतान को जल्दी ही मैसूर बुलाना चाहते हैं। इस समय टीपू सुलतान मालाबार में है। अगर वे मैसूर आ गए तो उनको मैसूर का सम्राट घोषित कर दिया जाएगा।

शेख अय्याज खाँ ने हैदरअली के भतीजे मोहम्मद एरामिन को अपने पास बुलाया। उसको उसके चाचा हैदरअली की मृत्यु का समाचार सुनाकर उसे शम्सुद्दीन बख्शी तथा कुछ सैनिकों के साथ हैदरअली के सैनिक शिविर में भेजा। शेख अय्याज ने मोहम्मद एरामिन और शम्सुद्दीन बख्शी से कहा कि उनका काम हैदरअली के शिविर में हैदरअली की मृत्यु का समाचार सुनाना है। इससे हैदरअली के सैनिकों में हलचल मच जाएगी, वे दुःखी और परेशान हो जाएँगे। तब तुम दोनों पंडित पूर्णिया और मीर

सादिक को हैदरअली की हत्या करने के अपराध में गिरफ्तार कर लेना। उसी समय मैं टीपू सुलतान के छोटे भाई अब्दुल करीम को मैसूर का सुलतान घोषित करके मैसूर का राज्य अपने हाथ में ले लूँगा।

शेख अय्याज ने सोच रखा था कि वह अब्दुल करीम को मैसूर का राजा बनाकर खुद मैसूर की धन-दौलत पर ऐश करेगा।

मोहम्मद एरामिन और शम्सुद्दीन बख्शी मुस्लिम होने की वजह से पूर्णिया ब्राह्मण से मन-ही-मन जलते थे जबकि टीपू सुलतान अपने पिता की तरह हिन्दू लोगों के प्रति काफी उदार थे। यह बात इन दोनों को अच्छी नहीं लगती थी। यही कारण था कि वे पंडित पूर्णिया को हमेशा के लिए मैसूर की राजनीति से हटाना चाहते थे और मैसूर का राज्य टीपू सुलतान के बजाय उनके छोटे भाई अब्दुल करीम को देने के पक्ष में थे।

अब्दुल करीम एक सीधे-सादे व्यक्ति थे। उनको दुश्मन की चालों का पता नहीं था। शेख अय्याज मोहम्मद एरामिन और शम्सुद्दीन बख्शी सोचते थे कि अगर मैसूर का राज्य अब्दुल करीम के हाथ में आ जाएगा तो अब्दुल करीम को अपने हाथों की कठपुतली बनाकर जैसे चाहें वैसे नचा सकते हैं। मैसूर की सत्ता के असली सुख का उपभोग तो हम लोग ही करेंगे। मैसूर का खजाना हमारे अधिकार में होगा और हम जिन्दगी भर ऐशो-आराम करते रहेंगे।

करीब चार हजार घुड़सवार सैनिकों को लेकर मोहम्मद एरामिन हैदरअली के शिविर में पहुँचा। उसने अपने सैनिकों के जरिए सारे शिविर में यह बात फैला दी कि हैदरअली की मृत्यु हो गई है। जब पंडित पूर्णिया ने मोहम्मद एरामिन की इस बात का विरोध किया तो एरामिन ने पंडित पूर्णिया पर यह आरोप लगा दिया कि इसी पंडित ने मैसूर सम्राट हैदरअली की हत्या की है तथा अपने आपको बचाने के लिए सम्राट की मृत्यु की खबर को छिपा रहा है। इसके बाद मोहम्मद एरामिन ने पंडित पूर्णिया पर हैदरअली की हत्या का झूठा इलजाम लगाकर उनको गिरफ्तार करना चाहा। पूर्णिया बड़े चतुर और समझदार थे। उन्होंने समझ लिया कि मोहम्मद एरामिन बगावत पर उतर आया है। उन्होंने अपने सैनिकों को मोहम्मद एरामिन और शम्सुद्दीन बख्शी को तुरन्त गिरफ्तार करने का आदेश दिया। मैसूर के सैनिक पंडित पूर्णिया की बात की कद्र किया करते थे तथा उनके महत्त्व को समझते थे। वे जानते थे कि पंडित पूर्णिया ने अपनी बुद्धिमानी से कई बार सम्राट हैदरअली और टीपू सुलतान के प्राणों की रक्षा की है और मैसूर के सिंहासन को शत्रु के हाथों में जाने से बचाया है।

मैसूर सैनिकों ने पंडित पूर्णिया के आदेश पर अमल करते हुए मोहम्मद एरामिन तथा शम्सुद्दीन बख्शी को बन्दी बना लिया।

टीपू सुलतान मालाबार में अंग्रेज सेना का मुकाबला करने की तैयारी कर रहे थे। शिविर में चहलकदमी करते हुए टीपू सुलतान बड़े बेचैन दिखाई दे रहे थे। उन्हें मन-ही-मन ऐसा लग रहा था जैसे कहीं कोई अनहोनी घटना घट गई है। एक उदासी भरी तरंग उनके अन्दर से उठती थी और पूरे हृदय पर छा जाती थी। वे अपने मन को बहुत समझाते थे लेकिन उनके मन की उदासी दूर नहीं होती थी।

शाम का समय था। टीपू सुलतान मालाबार के समुद्री तट पर लगे अपने शिविर के बाहर टहलते हुए लाल-लाल सूरज को समुद्र के दूसरे छोर पर अथवा क्षितिज पर अस्त होता हुआ देख रहे थे। तभी पूर्णिया पंडित जी द्वारा भेजा गया घुड़सवार संदेशवाहक सैनिक उनके पास आया। उस सैनिक ने अपने घोड़े से नीचे उतरकर अदब से सिर झुकाकर टीपू सुलतान को सलाम किया।

उस संदेशवाहक घुड़सवार का नाम साधुराम था। वह हैदरअली और पूर्णिया पंडित जी का विश्वासपात्र सेवक था। साधुराम ने पूर्णिया जी का भेजा हुआ संदेश पत्र टीपू सुलतान के हाथों में थमाया। पत्र संस्कृत की संक्षिप्त भाषा या कूट भाषा में था। टीपू सुलतान ने साधुराम को आराम करने के लिए अपने शिविर में भेजा और पत्र खोलकर पढ़ने लगे। वह पत्र पढ़ते-पढ़ते टीपू सुलतान बुरी तरह से घबरा गए। उस पत्र के अन्दर उनके पिता की मृत्यु की खबर लिखी हुई थी और लिखा था कि तुम शीघ्र मैसूर चले आओ। हम लोग मैसूर में तुम्हारी प्रतीक्षा कर रहे हैं।

अपने प्राणों से प्यारे अब्बा हुजूर की मृत्यु की खबर पढ़कर टीपू सुलतान की आँखों में आँसू आ गए। वे किसी से कुछ कहे बिना ही काफी देर तक शिविर के बाहर एक शिला पर बैठकर रोते रहे। तभी अचानक वहाँ संदेशवाहक साधुराम आ गया। उसे पता था कि इस पत्र में टीपू सुलतान के अब्बाजान की मृत्यु की खबर लिखी है और इस खबर को पढ़कर टीपू सहनशक्ति खो बैठेंगे तथा घबरा जाएँगे। यह सोचकर साधुराम, टीपू सुलतान के बगल में जाकर खड़ा हो गया। साधुराम एक अधेड़ उम्र का व्यक्ति था। उसने टीपू को बालक से युवा होते हुए देखा था। टीपू सुलतान भी साधुराम को अच्छी तरह से जानते-पहचानते तथा उसका हृदय से सम्मान किया करते थे।

जब टीपू सुलतान अपने पिता की मृत्यु के शोक में फूट-फूट कर रोने लगे तो साधुराम ने सांत्वना भरे शब्दों में उनको समझाया तथा उनके टूटते हुए दुःखी दिल को तसल्ली दिलाई। साधुराम ने टीपू सुलतान से कहा, "आप धीरज रखें शाहजादे साहब!

आपके अब्बा हुजूर का निधन हो गया है। उनके बाद आपको ही मैसूर की सत्ता सँभालनी है। दुश्मन हमारे सिर पर खड़ा हुआ है। अगर आप इस प्रकार होश खो बैठेंगे तो शत्रु हमारी कमजोरी का फायदा उठाकर कभी भी हमारे ऊपर या हमारे मैसूर के ऊपर हमला कर देगा। इसलिए सब्र से काम लीजिए।''

टीपू सुलतान ने सिसकते हुए साधुराम से कहा, ''साधुराम! मैं कितना अभागा हूँ कि अपने अब्बा जान के आखिरी वक्त में उनकी आँखों के सामने न रहा।''

''ऐसा मत कहिए मेरे मालिक। चुप हो जाइए। अपने आँसू पोंछ डालिए। यह वक्त रोने का नहीं, परिस्थिति को सँभालने का है।''

''मुझे जाना होगा साधूराम! अपने अब्बाजान की पार्थिव देह के अन्तिम दर्शन करने मुझे मैसूर जाना होगा।''

इसके बाद टीपू सुलतान ने भारी मन से अपनी सेना के जनरलों और अफसरों को अपने पास बुलाया और उनसे कहने लगे, ''अब्बाजान हमें छोड़कर चले गए हैं। मैं मैसूर जा रहा हूँ। आप सभी यहाँ की जिम्मेदारी सँभाल लें। दुश्मन हमारे सिर पर खड़ा है, फिर भी आप अपनी हिम्मत मत हारना। आप लोग हर चुनौती का बहादुरी के साथ, डटकर मुकाबला करना। शीघ्र ही अगली रणनीति की सूचना मैं आप लोगों के पास भिजवा दूँगा।''

मैसूर सेना के जनरल ने अपनी सैनिक जिम्मेवारी सँभालने का वचन दिया। इसके बाद टीपू सुलतान ने अपना दिलखुश घोड़ा मँगवाया और कुछ सैनिकों को साथ लेकर मैसूर की ओर रवाना हो गए।

21

हैदरअली के शव को उनके सैनिक शिविर से श्रीरंगपट्टन पहुँचाया जा चुका था। काफी लम्बी दूरी की यात्रा करते हुए टीपू सुलतान अपनी सेना के साथ श्रीरंगपट्टन पहुँच गए। श्रीरंगपट्टन में हैदरअली के शव को जनता के दर्शनार्थ रखा गया था तथा दिवंगत सम्राट के बड़े पुत्र टीपू सुलतान के आने की प्रतीक्षा की जा रही थी ताकि शव का अन्तिम क्रिया कर्म किया जा सके।

जब टीपू सुलतान अपने मृत पिता के शव के पास आए तो उन्होंने देखा कि सभी की आँखों में आँसू हैं तथा सभी रो रहे हैं। टीपू सुलतान की माँ, उनकी दोनों

बेगमें और राज परिवार की अन्य स्त्रियाँ फूट-फूट कर रो रही थीं, मानो सुलतान के गुजर जाने से वे सब अनाथ हो गई हों तथा उनका सब कुछ चला गया हो। पंडित पूर्णिया और ग़ाज़ीख़ान यद्यपि बुद्धिमान, साहसी और दिलेर थे। वे अपने जीवन में कभी किसी मौके पर न रोये थे लेकिन वे अब बच्चों की तरह फूट-फूटकर रो रहे थे। उनके लिए मैसूर का सूरज अब हमेशा के लिए अस्त हो चुका था। कपटी फिरंगियों के आगे निर्भयतापूर्वक दहाड़ करने वाला शेर हमेशा-हमेशा के लिए गहरी नींद में सो गया था।

टीपू सुलतान ने अपनी माँ के गले लगकर उनको धीरज बँधाते हुए कहा, "मत रोओ माँ। धीरज धारण करो। आप तो सारे मैसूर की माता हो। अगर आप इस तरह रोकर अपना होश खो बैठेंगी तो मैसूर के दुःखी लोगों को सब्र कौन दिलाएगा? अब्बा हुजूर पर हम सभी को फख्र है। वे एक वीर पुरुष थे। सारी जिन्दगी वे अपनी मातृभूमि मैसूर के लिए, अपने देश भारत के लिए लड़ते रहे। हमें रोना नहीं है। अब्बा जान जिन नेक कार्यों को अधूरा छोड़ गए हैं, हम सबको मिलकर उन्हें पूरा करना है।"

टीपू की बातों से बेगम फ़ख़रुन्निसां को कुछ तसल्ली मिली। वे पुनः टीपू को अपने हृदय से लगाकर कहने लगीं, "हाँ बेटा! तू ठीक कहता है। तेरे अब्बाजान देश के लिए पैदा हुए, देश के लिए जिए और अपने देश के हित के लिए मरे। हम तेरे अब्बाजान के अधूरे कार्यों को जरूर पूरा करेंगे मेरे लाल!"

इसके बाद टीपू की माँ ने टीपू सुलतान को अपना आशीर्वाद दिया। टीपू सुलतान ने पंडित पूर्णिया और ग़ाज़ीख़ान को समझाते हुए कहा, "आप दोनों हमारे अब्बा हुजूर के सबसे वफादार सेवक, सलाहकार और साथी हैं। आपने ईमानदारी से आज तक हमारे अब्बाजान की खिदमत की है। हमें आप जैसे बुजुर्गों पर गर्व है। कृपया आप मत रोइए। आप तो रोते हुए लोगों के आँसू पोंछने वाले हैं। अगर आप जैसे समझदार और बहादुर व्यक्ति अपना दिल तोड़ बैठेंगे तो मैसूर की जनता के टूटे हुए दिलों को सहारा तथा धीरज कौन बँधाएगा?"

इस तरह टीपू सुलतान ने अपने पिता की मृत्यु पर स्वयं धीरज धारण करके समस्त परिजनों और शुभचिन्तकों को धीरज बँधाया। फिर हैदरअली के शव को दफनाने की कार्यवाही की जाने लगी। श्रीरंगपट्टन में दिवंगत सुलतान हैदरअली की शवयात्रा शाही तरीके से निकाली गई। मैसूर के हजारों-लाखों लोग अपने प्रिय सम्राट के शव के पीछे-पीछे भूमि की ओर चले। श्मशान भूमि में सब तरफ इतने लोग जमा हुए कि वहाँ अन्य किसी के पैर रखने की जगह नहीं थी।

दिवगंत सम्राट हैदरअली के शव को कब्र में दफनाकर तीन-चार दिनों तक

राजकीय शोक मनाया गया। मैसूर का चीते के निशान वाला राजकीय ध्वज तीन-चार दिनों तक लगातार झुका रहा। इस बीच सारे मैसूर में कहीं नाच-गाना या अन्य किसी प्रकार का उत्सव कार्यक्रम नहीं हुआ। सम्राट हैदरअली की मृत्यु के शोक में मैसूर के लोग प्रायः मौन रहे।

कुछ दिनों बाद जब टीपू सुलतान अपने कक्ष में विचार-मग्न होकर टहल रहे थे तो पंडित पूर्णिया उनसे इजाजत लेकर अन्दर आए। उन्होंने टीपू सुलतान से आग्रह किया कि महाराज को परलोक सिधार गए। इस समय मैसूर का राज सिंहासन खाली है, इसलिए आप मैसूर की राजसत्ता सँभाल लीजिए। वैसे भी इतने बड़े राज्य का सम्राट के बिना होना खतरे से खाली नहीं है। चारों तरफ दुश्मन घात लगाए बैठे हैं। आप मैसूर के सम्राट बन जाएँगे तो दुश्मनों के हौसले टूट जाएँगे तथा मैसूर की ओर कोई आँख उठाकर भी नहीं देखेगा।

पंडित पूर्णिया के काफी समझाने-बुझाने के बाद टीपू सुलतान मैसूर का राजा बनने के लिए तैयार हुए। पूर्णिया की इच्छा थी कि शीघ्र ही उनका राजतिलक कर दिया जाए। टीपू सुलतान ने राजतिलक का कार्यक्रम सम्पन्न करने के लिए अपनी अनुमति दे दी, लेकिन राजतिलक समारोह को उत्सव की तरह मनाने के लिए उन्होंने मना कर दिया। टीपू सुलतान ने पूर्णिया पंडित से कहा कि अभी-अभी हमारे अब्बा हुजूर का इंतकाल हुआ है, इसलिए इस कार्यक्रम को शान्तिपूर्वक और सीधे-सादे ढंग से सम्पन्न करना चाहिए। किसी प्रकार की तड़क-भड़क, राग-रंग, नृत्य-संगीत और रौशनी का माहौल इस कार्यक्रम में नहीं होना चाहिए।

पूर्णिया पंडित ने टीपू सुलतान की बात मान ली। इसके बाद पंडित और मौलवियों से पूछकर टीपू सुलतान के राजतिलक की तिथि निश्चित कर दी गई।

एक साधारण से समारोह का आयोजन करके टीपू सुलतान की ताजपोशी की गई। उन्हें मैसूर सम्राट का मुकुट पहनाया गया। इस प्रकार टीपू सुलतान मैसूर के नए सम्राट बन गए।

जब टीपू सुलतान का राजतिलक हो चुका तो पूर्णिया पंडित और मीर सादिक ने उनके सम्मुख विद्रोही लोगों की एक सूची पेश की। यह सूची उन लोगों की थी जिन्होंने हैदरअली की मृत्यु के बाद मैसूर की राजगद्दी पर कब्जा करने की साजिश रची थी। इस सूची में अय्याज खाँ, मोहम्मद एरामिन, शम्सुद्दीन बख़्शी और ग़ाज़ीख़ान के पुत्रों के नाम लिखे हुए थे।

टीपू सुलतान ने विद्रोहियों के नामों वाला सूचीपत्र पढ़ा और कुछ क्षण गम्भीर रूप से विचार करने के बाद उन्होंने उस सूचीपत्र को फाड़ दिया। पूर्णिया और मीर

सादिक यह देखकर हैरान रह गए। टीपू सुलतान कहने लगे, "जो हो चुका, उसे भूल जाइए। इस समय हमें आपस में वैर और घृणा न रखकर अंग्रेजों के खिलाफ मिलकर मोर्चा सँभालना चाहिए। मैसूर के और सारे भारतवर्ष के सबसे बड़े दुश्मन आज अंग्रेज लोग ही हैं। अपनी ताजपोशी के शुभदिन पर आज मैं सभी विद्रोहियों को माफ करता हूँ। लेकिन उन्हें यह प्रण करना होगा कि वे भारत से अंग्रेजों का नामोनिशान मिटाने के लिए हमारे साथ कन्धे से कन्धा मिलाकर चलेंगे। अगर फिर उन्होंने हमारे साथ गद्दारी करने की कोशिश की तो उनकी खाल उतारकर खाल में भूसा भरवा दिया जाएगा।" इसके बाद टीपू सुलतान बाहर से आए हुए जासूसों से मुलाकात करने गुप्त मंत्रणा कक्ष की ओर चले गए।

सभी विद्रोही अपने अपने हाथ बाँधे वहाँ खड़े थे। उन सबने मन-ही-मन मैसूर के नए बने सम्राट टीपू सुलतान का साथ देने की प्रतिज्ञा की।

22

हैदरअली की मृत्यु के पश्चात मैसूर की जनता शोक में डूबी हुई थी। टीपू सुलतान भी मैसूर के नए सम्राट बनने के पश्चात अभी किसी से लड़ने के मूड में नहीं थे। वे सोचते थे कि अमन, प्रेम और शान्ति से जितना काम चलाया जा सकता है, उतना काम चलाया जाना चाहिए।

अंग्रेज लोग दिखने में ऊपर से उजले और गोरे थे, लेकिन अन्दर से वे दिल के काले थे। वे जानते थे कि भारतवर्ष में धन-धान्य की कोई कमी नहीं है। भारतीय राजाओं की कमजोरियों का उनको पता था। वे सोचते थे कि अगर भारत के राजाओं के बीच फूट डालकर उनको कमजोर बना दिया जाए तो भारतवर्ष पर आसानी से राज किया जा सकता है। अपना स्वार्थ सिद्ध करने के लिए भारत की जनता पर मनमाने सितम ढहाए जा सकते हैं।

दुनिया की नजर में अंग्रेज जाति एक बहादुर जाति थी, लेकिन अंग्रेजों के जीवन में बहादुरी की कोई बात नहीं थी। वे लोग भारतीय लोगों को सताने के लिए और जनता के अधिकार छीनने के लिए अपने हाथ में तलवार उठाते थे जबकि टीपू सुलतान हमेशा दूसरों की रक्षा के लिए और दूसरों को न्याय दिलाने के लिए ही अपने हाथ में तलवार उठाते थे।

इधर हैदरअली की मृत्यु हुई, उधर अंग्रेज कमाण्डर मैसूर पर आक्रमण करके मैसूर को हड़पने की योजना बनाने लगे। उन्होंने यह भी नहीं सोचा कि मैसूर के राजकुल

और प्रजा के लोग अपने दिवंगत सम्राट के शोक में डूबे हुए हैं इसलिए कुछ दिन तो इनको चैन से सोने दिया जाए।

अंग्रेज इतने चालाक किस्म के थे कि अपने पिता के गम में डूबे हुए टीपू सुलतान को सँभलने का वे एक भी मौका नहीं देना चाहते थे। अंग्रेज सेनापतियों ने चौतरफा मैसूर के ऊपर आक्रमण करने का मन बना लिया। एक ओर मद्रास के अंग्रेज कमाण्डर इन चीफ जनरल स्टेवार्ट ने वंडीवाश इलाके में टीपू की सेना पर धावा बोलने का निश्चय कर लिया। दूसरी तरफ बम्बई के कमाण्डर इन चीफ जनरल मैथ्यु ने बेदनूर गवर्नर शेख अय्याज के साथ षड्यंत्र करके बेदनूर को अपने अधिकार में ले लिया। टीपू सुलतान द्वारा ताजपोशी के दिन क्षमा कर दिए जाने के बावजूद शेख अय्याज ने टीपू सुलतान के खिलाफ गद्दारी करना नहीं छोड़ा। उसने बड़ी आसानी से जनरल मैथ्यु की अधीनता स्वीकार कर ली।

यह हैदरअली की ही उदारता थी कि उन्होंने शेख अय्याज पर तरस खाकर उसे धूल से उठाकर सम्माननीय पद पर बिठाया तथा उसकी वफादारी पर विश्वास किया। अब उसी शेख अय्याज ने हैदरअली के सपनों को चकनाचूर करने की ठान ली थी। हैदरअली की इच्छा थी कि अंग्रेज कमाण्डरों की अधीनता किसी भी हालत में स्वीकार नहीं की जानी चाहिए लेकिन शेख अय्याज ने उल्टा ही किया। उसे अंग्रेजों के सामने सिर झुकाने में कोई शर्म महसूस नहीं हुई।

शेख अय्याज मैसूर राज्य के प्रति इतना दगाबाज निकला कि उसने बम्बई में खुद अपना दूत जनरल मैथ्यु के पास यह संदेश देकर भेजा कि शीघ्र ही आप अपनी सेना लेकर बेदनूर आएँ। मैं तुरन्त बेदनूर का राज्य आपको सौंप दूँगा।

मैसूर राज्य का नमक खाने वाला शेख अय्याज अंग्रेजों का खास आदमी था। अंग्रेज जनरल उसकी बातों पर आसानी से विश्वास कर लेते थे। अपने गवर्नरी काल में शेख अय्याज ने अंग्रेज अधिकारियों को काफी आर्थिक लाभ भी पहुँचाया था।

शेख अय्याज का संदेश प्राप्त होते ही जनरल मैथ्यु ने अपनी फौज तैयार की और बेदनूर आ पहुँचा। शेख अय्याज ने उससे बिना युद्ध लड़े ही बेदनूर की सत्ता उसके हवाले कर दी। शेख अय्याज कई दिनों से इस कार्य के लिए मानसिक रूप से तैयार था। वह तो बस समय की प्रतीक्षा कर रहा था कि कब हैदरअली प्राण छोड़ें और कब वह मैसूर के इलाकों पर नियंत्रण करने के लिए अंग्रेज जनरलों को न्यौता दे।

बेदनूर के अनंतपुर क्षेत्र पर हैदरअली के सेना कमाण्डर नारायणराव का अधिकार था। अनन्तपुर का सारा इलाका नारायणराव की देख-रेख में ही आता था। शेख अय्याज ने खुद अंग्रेज कमाण्डर के आगे समर्पण कर दिया था। उसने अनन्तपुर के कमाण्डर

नारायणराव के ऊपर भी दवाब डाला कि वह भी जनरल मैथ्यु की अधीनता स्वीकार कर ले। लेकिन नारायणराव हैदरअली और मैसूर राज्य के प्रति पूर्णतः वफादार था। उसने षड्यंत्रकारी शेख अय्याज की बात मानने से मना कर दिया। अनन्तपुर किले की रक्षा के लिए नारायणराव ने अपने प्राणों का बलिदान करने की मन में ठान ली। उसने अपना एक दूत टीपू सुलतान के पास भेजा। दूत के जरिये नारायणराव ने टीपू सुलतान को बताया कि बेदनूर शेख अय्याज गवर्नर गद्दार निकला। उसने अंग्रेज जनरल के सामने अपनी अधीनता स्वीकार कर ली है तथा उसने मुझे भी अंग्रेज जनरल के सामने हथियार डालने के लिए कहा है। लेकिन मैं अपने जीते जी अनन्तपुर पर अंग्रेजों का अधिकार कभी नहीं होने दूँगा।

उस समय बहादुर सेना कमाण्डर नारायणराव के पास केवल पाँच सौ ही सैनिक थे।

जब जनरल मैथ्यु को पता लगा कि नारायणराव कमाण्डर झुकने को तैयार नहीं है तो उसने अपनी बड़ी फौज के साथ अनन्तपुर किले को चारों तरफ से घेर लिया। चौदह फरवरी, सन् 1783 ई. को जनरल मैथ्यु की विशाल फौज और नारायणराव कमाण्डर की सेना के बीच जमकर युद्ध हुआ। लेकिन मैसूर के थोड़े से सैनिक अंग्रेजों के कई गुणा सैनिकों के साथ आगे भला कितनी देर तक टिक पाते? यद्यपि वे सैनिक पूरी बहादुरी के साथ लड़े लेकिन अन्ततः अंग्रेज फौज के सैनिकों के जरिये वे दबोच लिए गए। नारायणराव के पाँच सौ सैनिकों में से लगभग साढ़े चार सौ सैनिक युद्ध में मारे गए। नारायणराव भी अंग्रेज सैनिकों से लड़ते-लड़ते बुरी तरह घायल हो गया। उसकी छाती में कई गहरे घाव हो गए थे, इस कारण वह बेहोशी की सी हालत में जमीन पर गिर गया।

इतने में जनरल मैथ्यु अपना घोड़ा लेकर वहाँ आ गया। उसने अपनी फौज के सिपाहियों को आदेश दिया, "मैसूर के घायल कमाण्डर को किले की दीवार पर लटका दो। इससे यह तड़प-तड़प कर अपनी जान देगा। इससे भारत के लोगों को यह सीखने को मिलेगा कि अंग्रेज सेना के ललकारने का नतीजा क्या होता है?"

जनरल मैथ्यु के सैनिकों ने ऐसा करने का प्रयत्न किया। इससे पहले कि वे नारायण राव को पकड़ने की कोशिश करते, नारायण राव ने अपनी पूरी शक्ति लगाकर जनरल मैथ्यु को फटकारा, "जनरल! मुझे पता था कि तू इतना कमीना और कायर है। थूकता हूँ मैं तेरी बहादुरी पर!"

इतना कहकर नारायण राव ने जनरल मैथ्यु के मुँह पर थूक दिया। अब तो जनरल मैथ्यु गुस्से के मारे आगबबूला हो गया। उसने अपने सैनिकों को आदेश दिया

कि वे मैसूर सेना के कमाण्डर को तुरन्त खत्म कर दें।

जनरल मैथ्यु का आदेश पाते ही उसके सैनिक अपने-अपने हथियार लेकर नारायण राव पर टूट पड़े। नारायण राव उस समय निहत्था था। अनन्तपुर किले की रक्षा करते हुए उसने वीरगति प्राप्त की।

यद्यपि वीर नारायणराव अब मर चुका था, लेकिन जरनल मैथ्यु का क्रोध अभी भी शान्त नहीं हुआ था। उसने अपने सैनिकों से कहा कि तुम अनंतपुर शहर के लोगों को लूटमार कर खा जाओ। कोई विरोध करे तो उसे गोलियों से भून डालो।

जनरल मैथ्यु के सैनिकों ने अपने कमाण्डर के आदेश का पालन किया। वे सारे दिन अनंतपुर शहर में लूटपाट करते रहे। जो भी सामने आ जाता, उसका सिर काट डालते, अनेकों को गोलियों से भून डालते। सेना के इस कहर के कारण अनंतपुर के सैकड़ों निर्दोष लोगों की जानें गईं। जनरल मैथ्यु के सैनिकों ने पुरुषों के साथ-साथ स्त्रियों को भी नहीं छोड़ा। औरतों के गहनों को लूटा और सरेआम उनकी इज्जत लूटी।

अंग्रेज जनरल मैथ्यु बड़ा ही गुस्सेबाज, कमीना और दरिन्दा किस्म का इन्सान था। उसने अनंतपुर की कई भारतीय स्त्रियों की इज्जत के साथ खिलवाड़ किया।

अनंतपुर में यास्मीन नाम की एक युवती रहती थी। वह टीपू सुलतान की सेना के कप्तान इकराम उल्ला की धर्मपत्नी थी। कुछ दिनों से वह अपने पिता के घर अनंतपुर आई हुई थी।

सारे अनंतपुर शहर में जनरल मैथ्यु के सैनिक लूटमार कर रहे थे। ये सैनिक लोगों के घर लूटते हुए यास्मीन के घर भी पहुँचे। यास्मीन की शादी को हुए अभी केवल डेढ़ साल ही हुआ था। उसने कुछ ही दिन पहले एक नवजात शिशु को जन्म दिया था। जिस समय जनरल मैथ्यु के सैनिक यास्मीन के घर पहुँचे, वह अपने बच्चे को गोदी में खिला रही थी। यास्मीन का पिता भी घर के अन्दर था। जब वह सैनिकों के आगे आया तो सैनिकों ने उसे अपने बूटों से कुचल कर मार डाला। अपने पिता की हत्या होते देख यास्मीन रोने लगी। तभी जनरल मैथ्यु वहाँ आ गया। उसने जब सुन्दर युवती यास्मीन की ओर देखा तो उसके दिल में यास्मीन की इज्जत से खेलने की इच्छा हुई। उसने अपने सैनिकों को कहा कि इस घर से लूटा हुआ सारा माल इस औरत को वापिस कर दो और शाम के समय इसे हमारे शिविर में लेकर आओ।

शाम के समय जनरल मैथ्यु के आदेश का पालन करते हुए उसके सैनिक यास्मीन को उसके शिविर में लेकर आए। जनरल ने सैनिकों को चले जाने को कहा। इसके बाद उसने यास्मीन के साथ जोर-जबदस्ती करके उसे धरती पर पटक दिया। एक पत्थर का टुकड़ा यास्मीन के हाथ में आ गया। उसने अपनी इज्जत बचाने के

लिए वह पत्थर जनरल मैथ्यु के माथे पर दे मारा। इससे जनरल को चोट लगी। यास्मीन का नवजात शिशु पलंग पर पड़ा था। जनरल मैथ्यु ने क्रोध में आकर बच्चे को उठाया और धरती पर पटक दिया। नवजात बच्चा कोमल शरीर होने के कारण यह आघात सह न सका और मर गया।

अपने मरे हुए बच्चे को देखकर यास्मीन बेहोश सी हो गई लेकिन जनरल मैथ्यु ने यास्मीन की बेहोशी की हालत में भी उसका पीछा नहीं छोड़ा। बेहोश यास्मीन के वस्त्र फाड़कर उसने यास्मीन के अचेत शरीर के साथ बलात्कार किया।

अनंतपुर से आए नारायण राव के दूतों के जरिये टीपू सुलतान को जब शेख अय्याज की गद्दारी और जनरल मैथ्यु द्वारा बेदनूर पर किए गए क़ब्ज़े का पता चला तो उन्हें शेख अय्याज पर बड़ा गुस्सा आया। अपने पिता की मृत्यु का शोक भूलकर उन्होंने अपनी सेना को शीघ्र ही बेदनूर की ओर कूच करने का आदेश दिया। एक दिन उनके पिता ने दिलखुश नामक एक वफादार और साहसी घोड़ा उनको उपहार में दिया था। उसी घोड़े पर बैठकर टीपू सुलतान अपने सैनिकों के साथ बेदनूर की ओर रवाना हुए।

टीपू को यह तो पता चल चुका था कि बेदनूर को जनरल मैथ्यु ने अपने कब्जे में कर लिया है। उन्होंने अपनी बड़ी फौज के साथ बेदनूर इलाके में प्रवेश किया और जनरल मैथ्यु की सेना पर आक्रमण कर दिया। टीपू सुलतान ने देखते ही देखते कई अंग्रेज सैनिकों की लाशें बिछा दीं। कुछ ही घंटों तक चले इस युद्ध में जनरल मैथ्यु की सेना ने टीपू सुलतान की सेना के सामने अपनी हार मान ली। जनरल मैथ्यु को बंदी बना लिया गया।

उस समय मैसूर की सेना का कप्तान इकराम उल्ला टीपू सुलतान के साथ था। उसे इतना मालूम नहीं था कि उसकी पत्नी यास्मीन की इज्जत जनरल मैथ्यु द्वारा लूटी जा चुकी है तथा उसके नवजात शिशु को जनरल मैथ्यु ने मार डाला है।

अब बेदनूर पर टीपू सुलतान की सेना का अधिकार हो चुका था। बेदनूर को अंग्रेजों के कब्जे से छुड़ाने के बाद इकराम उल्ला अपनी बीबी और बच्चे से मिलने अपने ससुर के घर गया। उसने वहाँ अपने ससुर और बच्चे को मृत पाया। घर के एक कोने में खड़ी हुई यास्मीन पागलों की तरह चीख रही थी। उसके कपड़े फटे हुए थे। पड़ोसी स्त्रियाँ यास्मीन को सँभालने की कोशिश कर रही थीं लेकिन यास्मीन बुरी तरह चीखती और रोती हुई काँप रही थी। जब इकराम उल्ला अपनी पत्नी यास्मीन के सामने पहुँचा तो यास्मीन उसे पहचान नहीं पाई। यास्मीन के पड़ोसियों ने इकराम उल्ला को बताया कि जनरल मैथ्यु ने ही उसकी बीवी की ऐसी बुरी हालत की है।

उसके बच्चे और ससुर को भी जनरल मैथ्यु ने ही मार डाला है।

यह बात सुनकर इकराम उल्ला की आँखों में आँसू आ गए। उसने अपनी बीवी को अपने गले से लगाकर उसे तसल्ली देने का प्रयत्न किया। इसके बाद इकराम उल्ला जनरल मैथ्यु का नाम ले लेकर गुस्से से चीखता हुए टीपू सुलतान के शिविर में पहुँचा। टीपू सुलतान के सैनिक उस समय जनरल मैथ्यु को पालकी में बिठाकर ले जा रहे थे। कारण यह था कि युद्ध करते-करते जनरल मैथ्यु बहुत घायल हो चुका था। टीपू सुलतान का उसूल था कि वे युद्ध में घायल हुए सैनिकों और कमाण्डर की भी चिकित्सा तथा उपचार का प्रबन्ध किया करते थे।

इकराम उल्ला बदले की आग दिल में दबाए जनरल मैथ्यु की पालकी के पास पहुँचा। अपनी म्यान से तलवार निकालकर उसने जनरल मैथ्यु की छाती में घुसेड़ दी। जनरल मैथ्यु जोर से चीखता हुआ पालकी से नीचे लुढ़क पड़ा और मर गया। इकराम उल्ला अभी भी जोर-जोर से चीखता हुआ कह रहा था, "अरे दुष्ट! हत्यारे! तूने मेरे बूढ़े ससुर और मासूम बच्चे की जान ली है। मेरी बीवी की इज्जत के साथ खिलवाड़ किया है। खुदा तुझे नरक में भी जगह न देगा। मैं तेरी बोटी-बोटी कर डालूँगा।"

टीपू सुलतान की नजर में इकराम उल्ला ने गुनाह किया था। उसने मैसूर राज्य के कानून को अपने हाथ में लिया था और अपराधी को खुद सजा दी थी। जबकि मैसूर राज्य का नियम यह था कि छोटे और बड़े सभी प्रकार के अपराधियों को सजा देने का अधिकार केवल मैसूर सम्राट को ही था। इकराम उल्ला भले ही फौज का कमाण्डर था लेकिन उसका फर्ज यह था कि अपनी शिकायत मैसूर के सम्राट टीपू सुलतान को सुनाता। टीपू सुलतान उसकी तथा उसकी पत्नी की शिकायत सुनकर जनरल मैथ्यु को खुद सजा देते।

जब टीपू सुलतान को यह पता चला कि उनके फौजी कमाण्डर इकराम उल्ला ने जनरल मैथ्यु को मार डाला है तो उन्होंने तुरन्त अपने सैनिकों को भेजकर इकराम उल्ला को पकड़वाया।

टीपू सुलतान की नजर में इकराम उल्ला एक अपराधी था। जब इकराम उल्ला को पकड़कर टीपू सुलतान के आगे पेश किया गया तो टीपू सुलतान ने उससे पूछा, "तुमने जनरल मैथ्यु की हत्या क्यों की?"

इकराम उल्ला ने अपनी सफाई देते हुए कहा, "सुलतान! जनरल मैथ्यु ने मेरे नवजात बच्चे को मार डाला, मेरे बूढ़े ससुर को भी बिना कसूर के मार डाला। उस नीच ने मेरी बीवी की इज्जत...।"

"बस बस!...आगे कुछ कहने की जरूरत नहीं। तुमने अंग्रेज जनरल को मारकर

मैसूर का कानून तोड़ा है। अगर उसने अपराध किया था, तो तुम्हारा फर्ज था कि तुम उसकी शिकायत हमसे यहाँ आकर करते। फिर हम उसे उसके जुर्म के मुताबिक सजा देते। तुम्हें तो पता ही है कि हम अंग्रेजों के प्रति वैसे भी नरम नहीं हैं। लेकिन कानून आखिर कानून होता है। तुम्हारी तरह यदि हर कोई कमाण्डर कानून को अपने हाथ में लेने लगेगा तो अव्यवस्था फैल जाएगी। अपराधी को छोटी या बड़ी सजा कानून के आधार पर दी जाती है, न कि किसी आदमी की भावनाओं या इच्छा के आधार पर।" टीपू सुलतान ने पक्षपात रहित होकर कहा।

सेना कमाण्डर इकराम उल्ला टीपू से अपनी सफाई के बारे में और कुछ कहना चाहता था लेकिन टीपू सुलतान उस समय व्यस्त थे। उन्हें और भी कई मोर्चों की युद्ध सूचना मालूम कर सेना कमाण्डरों को अपना आदेश देना था तथा युद्ध नीतियाँ तय करनी थीं। अंग्रेजों ने बेदनूर की हालत इतनी खराब कर दी थी कि टीपू परेशान हो उठे थे।

इकराम उल्ला ने सोचा था कि जनरल मैथ्यु का काम तमाम करके उसने एक बहादुरी का काम किया है। इसके लिए टीपू सुलतान उसको शाबाशी देंगे तथा उससे सहानुभूति के कुछ शब्द कहेंगे। लेकिन टीपू सुलतान ने इकराम उल्ला के इस कारनामे पर न तो उसे शाबाशी दी और न उससे सहानुभूति के कुछ शब्द कहे। इससे इकराम का दिल टूट गया। उसकी तो पूरी दुनिया ही उजड़ गई थी। पहले वृद्ध ससुर को मारा गया। फिर बच्चे की जान ली गई और पत्नी की इज्जत लूटी गई। ऊपर से सम्राट टीपू सुलतान भी उससे नाराज हैं।

अपराधी के रूप में इकराम उल्ला को बन्दीगृह ले जाया गया। बन्दीगृह में ही एक दिन दुःखी होकर इकराम उल्ला ने आत्महत्या कर ली। जब टीपू सुलतान को उसकी आत्महत्या की खबर मिली तो उन्हें दुःख हुआ। उन्होंने इकराम की आत्मा की शान्ति के लिए सिर झुकाकर खुदा से प्रार्थना की।

इसके बाद टीपू सुलतान ने जोश में आकर अपनी तलवार को म्यान से बाहर निकाल लिया और तलवार को हवा में लहराते हुए कहा, "अरे दुष्ट अंग्रेजो! तुमने नीचता की हदों को पार कर दिया है। तुम्हारे कारण बेदनूर के सैकड़ों मासूम बच्चों और स्त्रियों की जानें गईं। अब तुम्हें भारत की जमीन पर रहने का कोई अधिकार नहीं है। तुम्हारे पापों की सजा देने के लिए मेरी तलवार अब म्यान से बाहर आ गई है। जब तक इस देश में टीपू सुलतान जैसे बहादुर लोग जिन्दा हैं, तब तक यहाँ तुम्हारे नापाक इरादे कामयाब नहीं हो सकते।"

23

हैदरअली के गुजर जाने के बाद टीपू सुलतान के ऊपर मैसूर राज्य की रक्षा और खुशहाली की पूरी जिम्मेवारी आ गई थी। टीपू सुलतान तीन प्रकार के पुरुषार्थों में व्यस्त रहने लगे थे। उनका पहला पुरुषार्थ था अंग्रेजों के साथ कई इलाकों में एक साथ युद्ध करना। उनका दूसरा पुरुषार्थ था—मैसूर में छिपे तथा मैसूर के बाहरी इलाकों में छिपे हुए गद्दारों एवं विश्वासघाती लोगों को पकड़कर उन्हें सख्त सजा देना। टीपू सुलतान का तीसरा काम मैसूर की प्रजा के बीच खुशहाली एवं उन्नति को बहाल करना था।

टीपू सुलतान इन तीनों प्रकार के पुरुषार्थों या दायित्वों का निर्वाह ठीक प्रकार से कर रहे थे। टीपू के जीवन का मुख्य लक्ष्य अंग्रेजों के साथ युद्ध एवं संघर्ष करके उन्हें भारत देश की धरती से बाहर निकालना था। उनके पिता हैदरअली की भी शुरू से यही इच्छा थी और टीपू सुलतान ने अपने पिता के जीवन की मुख्य इच्छा को पूरी करने की कसम खा ली थी।

अपने पिता की मौत के बाद टीपू सुलतान मन-ही-मन बुरी तरह टूट गए थे। उन्होंने अपनी जिन्दगी में युद्ध और संघर्ष करने का इरादा छोड़ दिया था, फिर पंडित पूर्णिया ने उन्हें समझाया कि वे अपनी मर्जी के लिए युद्ध का त्याग न करें। अगर वे युद्धों से इस कदर मुँह मोड़ लेंगे तो अंग्रेज लोग उनकी इस कमजोरी का फायदा उठाकर कभी भी मैसूर पर आक्रमण करके मैसूर को अपने अधीन बना लेंगे।

पूर्णिया पंडित के इस प्रकार समझाने पर टीपू सुलतान ने मैसूर की रक्षा के लिए फिर से युद्धों में भाग लेने का निर्णय किया।

अंग्रेजों ने तय किया कि वे किसी भी कीमत पर टीपू सुलतान को मैसूर में टिकने नहीं देंगे। ऐसा सोचकर अंग्रेजों ने एक के बाद एक मैसूर पर कई हमले किए और टीपू सुलतान ने वीरतापूर्वक उन सभी हमलों का जवाब दिया। अंग्रेजों ने मैसूर के कुछ महत्त्वपूर्ण लोगों को टीपू के खिलाफ भड़काकर उन्हें विद्रोही बना दिया। लेकिन टीपू को किसी भी बात की चिन्ता और परवाह नहीं थी। वे धैर्य, संयम और बहादुरी के साथ हर मोर्चे पर अंग्रेजों को मात देते रहे तथा अंग्रेजों की हर कुटिल चाल को विफल करते रहे।

अपने पिता हैदरअली की मृत्यु के बाद टीपू सुलतान ने बेदनूर पर आक्रमण करके अंग्रेजों को वहाँ से भगाया। मंगलौर और कद्दाफ में भी उन्हें अपनी सेना के साथ अंग्रेजों के विरुद्ध युद्ध लड़ना पड़ा।

अंग्रेज सेनापति हैरान थे कि बेदनूर, मंगलौर और कद्दाफ के इलाके एक-दूसरे से सैकड़ों मील दूर थे। फिर भी टीपू सुलतान को इन तीनों युद्ध के मोर्चों पर सेना को आदेश देते हुए पाया जाता है। वे सोचते थे कि टीपू सुलतान कोई हवा है, बिजली है या तूफान है।

काफी कुछ सोचने-विचारने के पश्चात भी अंग्रेज सेनानायकों की समझ में यह रहस्य नहीं आ पाता था। टीपू सुलतान के वेग और ताकत को देखकर अंग्रेजों की सेना बुरी तरह भयभीत थी। अंग्रेज फौज के सैनिक जानते थे कि टीपू वायुवेग से, तूफानी वेग से अपना घोड़ा दौड़ाता हुआ हमारे पास भी आ सकता है तथा कभी भी हमारा काम तमाम कर सकता है। जबकि टीपू सुलतान की इस बहादुरी, मुस्तैदी और निर्भयता से मैसूर के सैनिक सदैव युद्ध के लिए उत्साहित रहते थे।

टीपू सुलतान ने मंगलौर इलाके में अंग्रेज सेनापति केंपवेल को मात दी। गद्दाफ इलाके में उन्होंने जनरल मोंटगूमरी की सेना को बुरी तरह पछाड़ा। टीपू सुलतान ने सैयद मुहम्मद को गद्दाफ विजय के दौरान बंदी बना लिया। इसका कारण यह था कि सैयद मोहम्मद ने अंग्रेज जनरल की सहायता की थी।

जनरल स्टेवार्ट को मैसूर के शेर टीपू सुलतान पहले ही मात दे चुके थे। टीपू सुलतान के जोरदार हमले के कारण जनरल स्टेवार्ट और उसकी सेना के होश उड़ गए। अंग्रेज सेना के सारे फौजी अपनी अपनी जान बचाकर भाग खड़े हुए। जनरल स्टेवार्ट को भी भागकर अपनी जान बचानी पड़ी।

जनरल स्टेवार्ट युद्ध के मैदान छोड़ कर भाग गया और जीवित बच गया, लेकिन उसने हिम्मत नहीं हारी। वह पुनः अपनी सेना इकट्ठी कर कंडलौर जा पहुँचा और टीपू सुलतान को युद्ध के लिए ललकारने लगा। टीपू भला उसकी ललकार को सुनकर कहाँ चुप बैठने वाले थे? अपनी सेना सजाकर वे तुरन्त कंडलौर जा पहुँचे और जनरल स्टेवार्ट की सेना के साथ जमकर युद्ध किया। देखते ही देखते स्टेवार्ट के एक हजार सैनिकों को टीपू और उनके बहादुर योद्धाओं ने मार गिराया। जब जनरल स्टेवार्ट ने देखा कि उसकी सेना बुरी तरह से हार होने वाली है तथा वह युद्ध के मैदान में डटा रहा तो टीपू सुलतान उसे अवश्य मार डालेगा। अतः जनरल स्टेवार्ट अपनी जान बचाने के लिए फिर से युद्ध के मैदान से भाग गया।

फ्रांसीसी सैनिक बैप्टिस्ट जूल्स बरनाडोट टीपू सुलतान की ओर से कंडलौर के युद्ध में वीरतापूर्वक लड़ता रहा। जब अंग्रेज फौज कंडलौर का मैदान छोड़कर भाग रही थी तो कुछ अंग्रेज सैनिकों ने जीन बैप्टिस्ट को बंदी बना लिया। जब यह बात टीपू सुलतान को मालूम हुई तो उन्होंने किसी भी कीमत पर अपने प्रिय फ्रांसीसी सैनिक

को अंग्रेजों की कैद से आजाद करने की ठान ली। हारी हुई अंग्रेज फौज ने जीन बैप्टिस्ट के बदले कुछ धन की माँग की। टीपू ने तुरन्त धन का इन्तजाम करके अपने संदेशवाहक को अंग्रेज फौज के शिविर की ओर भेजा और फ्रांसीसी सैनिक जीन बैप्टिस्ट को मुक्त करा लिया। इस तरह टीपू सुलतान अपनी सेना के योद्धाओं से बेहद प्यार किया करते थे तथा एक योद्धा की जान के बदले अपनी जान देने के लिए तैयार रहते थे।

जब फ्रांसीसी सैनिक जीन बैप्टिस्ट टीपू सुलतान के पास लौट आया तो टीपू सुलतान ने उसे अपनी सेना का जनरल बना दिया। डैजिरी वह महिला थी, जो नेपोलियन बोनापार्ट की बचपन की प्रेमिका थी। इसी डैजिरी के साथ जीन बैप्टिस्ट का विवाह हुआ। आगे चलकर यही जीन बैप्टिस्ट नेपोलियन की सेना में मार्शल पद पर नियुक्त हुआ।

फ्रांसीसी सैनिक जीन बैप्टिस्ट की किस्मत बड़ी अच्छी थी। यह आगे चलकर फ्रांस के चार्ल्स तेरहवें राजा का उत्तराधिकारी बना और चार्ल चौदहवें राजा के रूप में स्वीडन का शासक बना।

24

काफी समय से इंग्लैण्ड और फ्रांस के बीच शीत युद्ध चल रहा था। ये दोनों देश एक-दूसरे को अपना विरोधी तथा दुश्मन मानते आए थे। भारत के अन्दर दोनों देशों की सेनाएँ थीं और कभी-कभी इन सेनाओं के बीच युद्ध भी हो जाते थे।

9 फरवरी सन् 1783 ई. के दिन इंग्लैण्ड और फ्रांस की सरकारों के बीच एक समझौता हुआ। इस समझौते के अन्तर्गत फ्रांस और इंग्लैण्ड देश ने एक-दूसरे के विरुद्ध युद्ध न करने तथा शान्तिपूर्ण सहयोग करने का निर्णय लिया।

इस समझौते के आधार पर फ्रांस देश ने भारत भेजे गए अपने वे सभी सैनिक वापिस बुला लिए जो अब तक टीपू सुलतान के पक्ष में लड़ रहे थे। अंग्रेजों की सेना से उनका संघर्ष होता था। अंग्रेज जनरल फ्रांस के इन सैनिकों से बड़े परेशान थे। कारण यह था कि फ्रांसीसी सैनिक नई युद्ध कला में माहिर थे तथा इनकी बहादुरी और सूझ-बूझ की वजह से अंग्रेज सेना अक्सर टीपू की सेना से हारती रही थी।

जब फ्रांस देश ने अपने इन सैनिकों को अपने पास वापिस बुला लिया तो

अंग्रेजों को इससे बड़ी खुशी हुई। उन्हें लगा, जैसे उनके सिर से कोई बहुत बड़ा बोझ उतर गया हो। फ्रांसीसी सैनिकों को टीपू सुलतान की सेना में देखते ही अंग्रेज कमाण्डरों का माथा दर्द करने लगता था। असल में बरसाइल की यह संधि हुई ही इसलिए थी कि टीपू सुलतान की ताकत को कम किया जा सके।

फ्रांसीसी सैनिकों के निज देश चले जाने पर अंग्रेज जनरलों को लगने लगा कि अब टीपू सुलतान अधिक समय तक हमारी सेना के आगे टिक नहीं पाएगा, लेकिन टीपू तो बहादुरी तथा निर्भयता के प्रतीक थे। अंग्रेजों की बड़ी सेवकों की फौज से भी वे कहाँ डरने वाले थे?

फ्रांसीसी सैनिकों के फ्रांस लौटने की खुशी में अंग्रेज सेना के जनरलों ने आपस में जश्न मनाए और मिठाइयाँ बाँटीं लेकिन टीपू सुलमान के ऊपर इस सबका कोई प्रभाव नहीं पड़ा। उनके लिए तो अभी भी मैसूर का एक-एक बहादुर सैनिक अंग्रेज सेना के दस-दस सैनिकों से ज्यादा ताकतवर था।

फ्रांसीसी सेनाओं के भारत से लौट जाने के बाद अंग्रेजों ने मद्रास, बम्बई तथा बंगाल में टीपू सुलतान के विरुद्ध एकसाथ युद्ध मोर्चे शुरू कर दिए। अंग्रेज सोचते थे कि फ्रांसीसी सेना के अभाव में अचानक इतने मोर्चों को देखकर टीपू सुलतान घबरा जाएगा तथा अंग्रेजों से माफी माँगकर अपनी पराधीनता को स्वीकार कर लेगा।

टीपू सुलतान ने प्रत्येक मोर्चे पर अंग्रेजों से लोहा लिया। न केवल बहादुरी के साथ अंग्रेज फौज का सामना किया बल्कि अंग्रेजों को करारी शिकस्त दी। युद्ध के प्रारम्भ में विशाल सेना के कारण लगता था कि अंग्रेजों की सेना जीत जाएगी लेकिन मैसूर के सैनिकों के हौसले बुलन्द थे। उनकी युद्ध-वीरता को देखकर अंग्रेज सैनिकों के होश उड़ जाते।

अंग्रेजों की सेना टीपू सुलतान का नाम सुनते ही काँप उठती थी। टीपू सुलतान की सेना से पिटते-हारते अंग्रेज जनरल इतने भयभीत और परेशान हो चुके थे कि उन्होंने टीपू से संधि करने का फैसला कर लिया।

एक दिन अंग्रेज जनरलों ने मिलकर टीपू सुलतान के पास अपना यह संदेश भेजा—'अब हमको युद्ध नहीं, शान्ति चाहिए। कृपया युद्ध बन्द कर दें और हमें शान्ति से रहने दें।'

इस पर टीपू सुलतान ने उत्तर दिया, 'हम भारतीय लोग तो हमेशा से ही शान्ति पसन्द करते आए हैं लेकिन तुम लोग हमारी जमीन पर कब्जा किए हो। अगर तुम हमारी जमीन खाली कर दोगे तो शान्ति अपने आप हो जाएगी। शान्ति और खुशहाली दूसरों का अधिकार छीनने में नहीं, दूसरों को उसका हक वापिस देने में है।''

अंग्रेज लोग टीपू सुलतान से संधि तो करना ही चाहते थे। एक दिन इसी लक्ष्य की पूर्ति के लिए तीन अंग्रेज कमिश्नर टीपू सुलतान के दरबार में आए। इन कमिश्नरों में एन्थनी सैडलियर, जार्ज स्टॉटन तथा जार्ज इडस्टन आदि थे। अंग्रेज कमिश्नरों ने संधि के विषय को लेकर टीपू सुलतान से लम्बी बातचीत की। 11 मार्च, सन् 1784 ई. को अंग्रेज़ कमिश्नर और टीपू सुलतान के बीच संधि हो गई। संधि की शर्तों के अनुसार अंग्रेजों ने टीपू सुलतान के जीते हुए क्षेत्रों को वापिस कर दिया। इससे मैसूर की स्थिति पूर्व की भाँति मजबूत हो गई।

इस संधि में टीपू सुलतान के बजाय अंग्रेजों को ही दबना पड़ा था इसलिए इस संधि से अंग्रेजी राज्य और अंग्रेज प्रतिष्ठा को बड़ी ठेस पहुँची। अंग्रेजों ने मैसूर पर कब्जा करने का जो इरादा बनाया था, फिलहाल अपने इरादे को उन्हें बदलना पड़ा। अंग्रेजों ने अब मौका देखकर टीपू सुलतान को सबक सिखाने की बात अपने मन के अन्दर ठान ली।

अंग्रेजों के साथ संधि करके टीपू सुलतान मैसूर राज्य की ओर से निश्चिन्त हो गए। काफी समय के बाद उन्होंने चैन की साँस ली। टीपू ने सोचा कि जब अंग्रेजों से सन्धि हो गई है तो अंग्रेज लोग संधि की शर्तों का अवश्य पालन करेंगे और इस प्रकार मैसूर के ऊपर कोई आक्रमण नहीं होने पाएगा।

अंग्रेजों से बेफिक्र होकर टीपू सुलतान ने अपने राज्य की खुशहाली की ओर ध्यान देना शुरू कर दिया। अपने परिवार के लिए भी वे पर्याप्त समय देने लगे।

टीपू सुलतान काफी प्रभावशाली व्यक्तित्व वाले थे। उनका शरीर हृष्ट-पुष्ट था, सीना चौड़ा था और शरीर की मांसपेशियाँ मजबूत थीं। रंग गोरा था, चेहरे पर पतली और नुकीली मूँछें थीं। दुश्मन के लिए वे चट्टान की तरह थे और अपनी प्रजा के लिए अत्यन्त कोमल हृदय वाले राजा थे।

सोने के पाँच-छह घण्टे के अलावा शेष समय वे अपने कार्यों में व्यस्त रहते थे। श्रीरंगपट्टन की बालकनी से प्रातःकाल जनता को दर्शन देना तथा उनकी दुःख-तकलीफ सुनना उनका रोज का नियम था। इसके बाद वे किले के भीतर जाते थे। रोजाना सुबह नमाज पढ़ते थे। अपने कमाण्डरों की वे रोजाना बैठक लेते थे और उनकी कार्यप्रणालियों तथा दुश्मन की गतिविधियों के बारे में जानकर अपना निर्णय देते थे।

ज्योतिष शास्त्र में टीपू सुलतान को विश्वास था। जब वे अपनी दाढ़ी बनवाते थे तो ज्योतिषियों और भविष्यवाणी करने वालों को बुलवा लेते थे। इसके बाद उनकी सलाह सुनते थे। वे दाएँ हाथ की अँगुलियों में कीमती पत्थर से जड़ी अँगूठियाँ पहनते

थे। ग्रह-नक्षत्रों की चाल को देखकर वे जीवन के अहम फैसले लेते थे। कोई भी बड़ा फैसला लेने से पूर्व वे ज्योतिषों की सलाह जरूर ले लिया करते थे।

मैसूर सम्राट टीपू सुलतान की दिनचर्या यह थी कि प्रातःकाल शीघ्र उठकर वे पहले नमाज पठते थे और स्नानादि करने के बाद वे अपनी प्रजा को दर्शन देते थे। तत्पश्चात शाही पोशाक पहनकर अपने परिवार के साथ नाश्ता किया करते। नाश्ता करते समय वे अपने परिवार की समस्याओं को सुनकर उन समस्याओं का हल निकालते और नाते-रिश्तेदारों की भी खैर-खबर पूछते।

नाश्ते के दौरान टीपू सुलतान युद्ध आदि विषयों पर भी चर्चा किया करते थे। इसके बाद टीपू सुलतान अपने दरबार में जाते और अपने शासन तथा सैन्य अधिकारियों के साथ महत्त्वपूर्ण बातचीत किया करते। एक सेवक सम्राट के नाम आए पत्रों को पढ़ कर सुनाता था। टीपू सुलतान उन पत्रों के उत्तर अपने सचिव तथा सहायकों से लिखवाते। कन्नड़, मराठी, फारसी, तेलुगू तथा अंग्रेजी भाषाओं के जानकार सचिव टीपू सुलतान के दरबार में होते थे।

दोपहर के समय टीपू सुलतान भोजन किया करते। उसके पश्चात् वे नमाज पढ़ते। शाम तीन बजे तक पुनः अपने दरबार में बैठते। इसके बाद वे विश्राम के लिए अपने महल के विश्राम कक्ष की ओर चले जाते थे। विश्राम करने के बाद पाँच बजे शाम को टीपू सुलतान महल से बाहर निकलते और अपनी सेना का निरीक्षण करते। सेना की तैयारियों को वे बड़े ध्यान से देखते थे तथा सेना की तैयारी में जो कमी दिखाई देती, उसको सुधारने के लिए दिशा-निर्देश देते थे।

सूर्यास्त के बाद टीपू सुलतान पुनः अपने महल के अन्दर लौट आते थे। उनके सचिव शाम के समय उन्हें सारे दिन की रिपोर्ट सुनाते थे। उन रिपोर्टों को सुन कर टीपू अपने सचिवों को कुछ जरूरी दिशा-निर्देश देते थे।

अब तक टीपू सुलतान तीन पुत्रों के पिता बन चुके थे। रात्रि के समय वे अपने पुत्रों तथा विशिष्ट मंत्रियों के साथ भोजन किया करते थे। भोजन के समय सारा कमरा मोमबत्तियों की रोशनी से जगमगाता रहता था। भोजन के दौरान टीपू सुलतान दार्शनिक तथा धार्मिक विषयों पर तथा सामयिक मामलों से संबंधित वार्तालाप करना उचित समझते थे।

जब रात्रि को टीपू सुलतान भोजन कर चुके होते तो वे एकांत कक्ष में चले जाते। उन्हें एकांत में लिखने-पढ़ने और सोचने का शौक था। उनके निजी पुस्तकालय में अंग्रेजी, फ्रांसीसी और कन्नड़ भाषा की करीब दे हजार से भी ज्यादा किताबें थीं। उनके पुस्तकालय में एक पुस्तकालय अध्यक्ष तथा एक अनुवादक भी नौकरी किया

करते थे। एकांत में पुस्तक पढ़ते-पढ़ते वे शयन कक्ष की ओर सोने चले आते।

दीन-दुखियों के प्रति टीपू सुलतान के मन में बड़ी सहानुभूति थी। वे हमेशा अपनी प्रजा का दुःख-दर्द दूर करने के लिए तैयार रहते थे। वे अपने समाज में सुधार लाना चाहते थे। गरीबों की स्थिति को सुधारने के लिए टीपू सुलतान अपने प्रशासनिक अधिकारियों को हमेशा दिशा-निर्देश देते रहते थे। अपने समाज की कुप्रथाओं, अंधविश्वासों और रूढ़िवादी परम्पराओं को वे समाप्त करना चाहते थे और उनकी जगह नई परम्परा, नया विश्वास और नए नीति-निगम स्थापित करना चाहते थे।

उनकी यही कोशिश रहती थी कि जनता की भलाई के लिए मैसूर राज्य में नए-नए उद्योग-धंधे खोले जाएँ तथा खेती में सुधार किया जाए। कुटीर उद्योगों के कार्यों में प्रजा भी खूब रुचि लेती थी।

टीपू सुलतान मुस्लिम जरूर थे लेकिन अन्य मुस्लिम राजाओं की तरह वे अपने धर्म के प्रति कट्टर नहीं थे। धर्म के सम्बन्ध में टीपू सुलतान बड़े ही उदार किस्म के थे। मुसलमान होते हुए भी वे हिन्दू और मुस्लिम धर्म के लोगों को बराबर स्नेह और आदर-सम्मान दिया करते थे। किसी के प्रति पक्षपात और ईर्ष्या-द्वेष की भावना उनके अन्दर नहीं थी।

टीपू सुलतान धार्मिक कट्टरता के विरोधी थे। मुस्लिम होकर भी वे हिन्दू, बौद्ध, जैन और पारसी आदि सभी धर्मों का आदर किया करते थे।

यह सच था कि टीपू सुलतान के शासन से उनकी प्रजा पूरी तरह सन्तुष्ट तथा प्रसन्नचित थी। टीपू की उदारता, दरियादिली और स्नेह भाव के कारण प्रजाजन हमेशा उनको अपने करीब ही समझते थे। वे हर कीमत पर अपनी प्रजा के दुःख-दर्द मिटाना चाहते थे और उनकी दुःख-तकलीफें दूर करने के लिए उनके घरों तक भी पहुँच जाया करते थे।

टीपू सुलतान प्रजा हितैषी थे, इसलिए मैसूर राज्य की जनता को उनके ऊपर गर्व था। बच्चे उनको अपना संरक्षक मानते थे और बुजुर्ग लोग टीपू को अपने पुत्र की भाँति प्यार किया करते थे। टीपू सुलतान स्त्रियों का काफी आदर किया करते थे। स्त्रियों को और मासूम बच्चों को कोई इंसान तकलीफ पहुँचाए, यह उनसे सहन नहीं होता था।

अंग्रेज जनरल और कमिश्नरों ने मजबूरी में टीपू सुलतान से संधि की थी, लेकिन वे मन-ही-मन टीपू सुलतान का अहित चाहते थे। इस संधि के पश्चात् अंग्रेजों को शान्ति से बैठ पाना कठिन हो गया। वे जान चुके थे कि टीपू सुलतान बड़े पराक्रमी और वीर हैं। उनको इतनी आसानी से नहीं हराया जा सकता।

टीपू सुलतान के अस्तित्व को समाप्त करने के लिए अंग्रेजों ने दो उपाय किए—एक तो मैसूर की सेना से युद्ध करने के लिए वे युद्ध की जबरदस्त तैयारियाँ करने लगे। दूसरा तरीका उन्होंने यह अपनाया कि मैसूर पड़ोसी राज्यों के मराठा राजाओं और हैदरअली निज़ाम को टीपू सुलतान के विरुद्ध भड़काना तथा उनसे लड़वाना ठीक समझा ताकि टीपू सुलतान की शक्ति को कम किया जा सके। इनके साथ ही टीपू को परास्त करने के लिए अंग्रेजों ने मैसूर राज्य में टीपू सुलतान के खिलाफ विद्रोही लोग भी पैदा किए।

अंग्रेजों ने हैदराबाद निज़ाम को बहुत सारी धन-दौलत और ब्रिटिश राज्य में ऊँचे मान-सम्मान तथा पद का लालच दिया और मराठों से उन्होंने यह कहा कि टीपू सुलतान मुसलमान है। अतः तुम्हारा हिन्दू होकर उसके साथ रहना या उसका साथ देना उचित नहीं है। टीपू तो मराठा शक्ति को हमेशा-हमेशा के लिए मिटा डालना चाहता है। उसने कसम खाई है कि वह मराठों का नामोनिशान मिटा कर ही दम लेगा। वह इस बार मराठों से युद्ध करेगा। इससे पहले कि टीपू सुलतान मराठों पर आक्रमण करके तुम्हारे राज्यों पर कब्जा कर ले, तुम्हें चाहिए कि तुम सब इकट्ठे होकर मैसूर पर हमला कर दो और मैसूर से टीपू सुलतान का नामोनिशान मिटा दो।

मराठे बेचारे अंग्रेजों की यह बात सुन कर डर गए और उनके कहने में आ गए। उन्होंने युद्ध की शीघ्र तैयारी करके मैसूर पर आक्रमण कर दिया।

टीपू सुलतान को मराठों द्वारा किए गए इस अचानक के हमले की आशंका या पूर्वानुमान नहीं था, फिर भी वे मराठों के इस हमले से डरे नहीं। उन्होंने बहादुरी के साथ अपनी सेना लेकर मराठों का मुकाबला करना शुरू कर दिया। टीपू सुलतान जानते थे कि मराठा लोग अंग्रेजों के बहकावे में आकर हमसे दुश्मनी मोल ले रहे हैं जबकि इन्हें पता नहीं है कि अंग्रेज लोग किसी भी भारतीय के प्रति शुभचिन्तक नहीं हैं।

जब हैदराबाद के निजाम ने देखा कि मराठों ने मिल कर प्रबलता के साथ मैसूर पर आक्रमण कर दिया है और यही मौका है टीपू सुलतान की शक्ति को कम करने का, यह सोच कर निजाम भी अपनी सेना लेकर मैसूर के ऊपर चढ़ आया। अंग्रेजों की बातों में आकर निजाम टीपू सुलतान को अपना बैरी मानने लगा था।

इस तरह मैसूर के दो मोर्चों पर टीपू सुलतान को युद्ध करना पड़ा। एक तरफ उसके सैनिक मराठा वीरों से टक्कर ले रहे थे, दूसरी ओर मैसूर सैनिक निजाम की सेना को परास्त करने में लगे हुए थे। मराठा सेना और निजाम की सेना को टीपू और उनके बहादुर सैनिकों ने मैसूर की सीमा से बहुत दूर खदेड़ दिया और मैसूर से

लगे हुए मराठा राज्यों तथा निजाम के राज्यों की काफी भूमि पर कब्जा कर लिया।

अब मराठा लोग टीपू की सेना से बुरी तरह हारने लगे तो उन्हें अपनी गलती का अहसास हुआ। उन्होंने टीपू से क्षमा माँगते हुए अपना संधि प्रस्ताव उनके पास भेजा।

मराठों के संधिपत्र को पढ़ कर टीपू सुलतान ने बड़ी गहराई से सोचते हुए मराठों को इस प्रकार उत्तर भिजवाया—'मुझे इस बात का अफसोस है कि हम लोग जान-बूझकर एक-दूसरे से टकराते हैं तथा एक-दूसरे को नुकसान पहुँचाते हैं। हम लोग यह क्यों नहीं समझते कि हम आपस में एक-दूसरे के दुश्मन नहीं हैं। हम तो इसी देश की माटी से जन्मे आपस में भाई-भाई हैं। एक-दूसरे के राज्य की सीमाएँ भी आपस में मिली हुई हैं। फिर भी हमारा दिल एक नहीं होता। अरे, हमारे असली दुश्मन तो ये अंग्रेज लोग हैं। ये कूटनीतिज्ञ, चालाक अंग्रेज मैसूर राज्य को, मराठा प्रदेश को हैदरबाद की निजामशाही को...यहाँ तक कि पूरे भारतवर्ष को अपने अधिकार में कर लेना चाहते हैं। अंग्रेज चाहते हैं कि हम भारतीय आपस में लड़ें, एक-दूसरे का खून बहाएँ तथा वे दूर खड़े हमारी बर्बादी का तमाशा देखते रहें।...अंग्रेज हमारी बर्बादी पर हँस रहे हैं लेकिन हम भारतीय लोगों के अन्दर अब भी चेतना नहीं है। हम जागते हुए भी नहीं जाग पा रहे हैं।...मेरे पिता हैदरअली मैसूर के सम्राट थे। वे एक बहादुर इंसान थे। उनका संकल्प था कि भारत की पावन धरती से अंग्रेजों का नामोनिशान हमेशा-हमेशा के लिए मिट जाए। ये लोग जहाँ से आए हैं, उसी देश की ओर वापिस लौट जाएँ। मैं एक दिन अपने अब्बाजान के संकल्प को पूरा करके रहूँगा। अपने पिता की अन्तिम इच्छा पूरी करने के लिए अगर मुझे अपनी जान भी गँवानी पड़े, तो मैं इस कार्य से पीछे नहीं रहूँगा।...आप लोग मेरे दिल की इच्छा को जान लीजिए। मेरे दिल में मराठा वीरों के लिए सदैव प्यार रहा है और रहेगा। मराठा एक वीर जाति है। मराठों को भारत की रक्षा के लिए आगे आना चाहिए। आप लोग मैसूर नरेश टीपू सुलतान से टकराने का हठ छोड़ दें। इससे हम और आप अंग्रेजों को आसानी से सबक सिखा सकेंगे।'

जब मैसूर राज्य से लगी मराठा राज्य की सीमाओं के राजाओं ने टीपू सुलतान का यह संदेश पढ़ा तो टीपू सुलतान की बात का उनके मन पर गहरा असर पड़ा। सन् 1787 ई. के अप्रैल माह में टीपू सुलतान ने अंग्रेजों से एक संधि कर ली। फलस्वरूप टीपू सुलतान ने भी मराठा प्रदेशों की विजित भूमि मराठा राजाओं को लौटा दी।

टीपू सुलतान ने इस तरह का एक संधिपत्र निजाम के पास भी भेजा लेकिन निजाम उनसे संधि या मित्रता करने को राजी न हुआ। इतना होने पर भी टीपू सुलतान

ने निजाम के प्रति कठोरता का व्यवहार नहीं किया। उन्हें विश्वास था कि उनका अच्छा व्यवहार देख कर निजाम का हृदय बदल जाएगा तथा वह अपने निर्णय पर पुनर्विचार करने के लिए राजी हो जाएगा।

टीपू सुलतान की कोशिश थी कि मराठा राजाओं तथा निजाम के साथ उनकी पूर्ण सुलह हो जाए। इधर अंग्रेज जनरल मैसूर राज्य में टीपू सुलतान के विरुद्ध बगावत पैदा करने की कोशिशों में लगे हुए थे।

चूँकि भारत के गवर्नर जनरल वारेन हेस्टिंग्स ने टीपू सुलतान से संधि कर ली थी, इसलिए उससे नाराज होकर ब्रिटेन के बड़े अधिकारियों ने उसे इंग्लैण्ड वापिस बुला लिया। उसे ढेर सारी दौलत इकट्ठा करने के जुर्म में बड़ी भारी सजा हुई।

वारेन हेस्टिंग्स के स्थान पर इंग्लैण्ड से नया गवर्नर जनरल जॉन मेकफर्सन भारत में आया। वह मक्कारी, धूर्तता, धोखेबाजी, बेईमानी और क्रूरता में वारेन हेस्टिंग्स का भी बाप निकला।

नया गवर्नर जनरल बड़ा ही षड्यंत्रकारी था। वह दुश्मन के आदमियों को खरीद कर अपने पक्ष में कर लेने में बड़ा ही तेज था।

कासिम अली और मोहम्मद अली को टीपू सुलतान का विश्वासपात्र कमाण्डर माना जाता था। गवर्नर जनरल जॉन मेकफर्सन ने इन दोनों कमाण्डरों को बहुत सारा धन देकर खरीद लिया। चूँकि मोहम्मद अली कमाण्डर टीपू सुलतान के पिता के समय का था तथा हैदरअली का दाहिना हाथ रह चुका था, इस कारण टीपू सुलतान उसकी बहुत इज्जत करते थे। उन्हें भला क्या पता था कि कमाण्डर मोहम्मद अली इतना धोखेबाज निकल जाएगा।

मोहम्मद अली ने और कासिम अली ने अंग्रेजों को बहकावे में आकर मैसूर के अन्दर विद्रोह फैलाया और टीपू सुलतान ने अपनी समझदारी और सूझ-बूझ से उस विद्रोह को नियंत्रण में कर लिया। मोहम्मद अली को तुरन्त बन्दी बना लिया गया। उसके माफी माँगे जाने पर टीपू सुलतान ने उसे क्षमा कर दिया। अपने दुष्कृत्य पर मोहम्मद अली इतना शर्मिन्दा था कि दूसरे ही दिन उसने आत्महत्या कर ली।

मराठा राजाओं ने अंग्रेजों की बात नहीं मानी और वे अंग्रेजों के बहकावे में नहीं आए। तब अंग्रेजों ने बालम प्रदेश के राजा को टीपू सुलतान के खिलाफ भड़काना शुरू किया। उन्होंने बालम नरेश को भारी रकम देकर कहा कि वह मैसूर नरेश टीपू सुलतान के खिलाफ अपने राज्य में विद्रोह फैलाए। ताकि बालम की जनता टीपू के खिलाफ खड़ी होकर उसे नष्ट करने के लिए तैयार हो जाए।

बालम के राजा ने यही कोशिश की। उसने बालम राज्य के लोगों को टीपू

सुलतान के खिलाफ भड़काना शुरू किया। जब टीपू सुलतान को यह बात पता चली तो उन्होंने सेना लेकर बालम प्रदेश पर आक्रमण कर दिया। इस आक्रमण के कारण बालम घबरा गया। टीपू सुलतान ने बालम की सेना को कुछ समय में ही हरा दिया। अपनी सेना को हारते देख कर बालम का राजा युद्ध का मैदान छोड़कर भाग गया।

बालम नरेश की पत्नी को यह बात याद थी कि आज से बीस वर्ष पूर्व टीपू सुलतान जब केवल पन्द्रह वर्ष की आयु के थे तब उन्होंने हमारे राज परिवार की रक्षा की थी। चूँकि बालम का राजा अर्थात् उसका पति बालम प्रदेश छोड़कर भाग चुका था और उसे डर था कि टीपू सुलतान के सैनिक कहीं उसके परिवार के साथ कोई बुरा सलूक न कर बैठें इसलिए अवसर देख कर बालम नरेश की पत्नी उदार दिल टीपू सुलतान के पास गई। उसने टीपू के हाथ जोड़कर प्रार्थना की—"हे सुलतान! मुझे और मेरे पति को माफ कर दीजिए। आपने बीस वर्ष पहले हमारे परिवार की दुश्मनों से रक्षा की थी। आज मैं फिर आपसे रक्षा की भीख माँगती हूँ। मुझे आपकी दया और सहायता की आवश्यकता है। मैं प्रतिज्ञा करती हूँ कि मैं कभी अपने पति को आपके खिलाफ कोई काम नहीं करने दूँगी।"

टीपू सुलतान ऊपर से सख्त, लेकिन अन्दर से बिल्कुल नर्म थे। बच्चों और महिलाओं के प्रति वे विशेष रूप से दयावान थे। बालम नरेश की पत्नी के आँसू देख कर उसके ऊपर दया आ गई। बालम नरेश को टीपू सुलतान ने क्षमा कर दिया। इसके बाद बालम का राजा हृदय से टीपू सुलतान का दास बन गया।

अंग्रेजों ने टीपू सुलतान की ताकत को कम करने के लिए कई प्रकार के तरीकों का इस्तेमाल किया। हैदराबाद के निजाम के साथ मिलकर अंग्रेजों ने टीपू सुलतान को धोखे से मरवाना चाहा लेकिन अपनी इस कुटिल चाल में भी उन्हें कामयाबी प्राप्त नहीं हुई। जिन लोगों को रुपये देकर टीपू सुलतान को मारने के लिए भेजा था, वे टीपू सुलतान के पास पहुँचने से पहले ही उनके सेवकों द्वारा पकड़ लिए गए। जब इन लोगों ने टीपू के सामने रोते-गिड़गिड़ाते हुए माफी माँगी तो टीपू सुलतान ने इनको क्षमा कर दिया।

कई साल तक अंग्रेज लोग टीपू और उनकी सत्ता को धूल में मिलाने के लिए षड्यंत्र करते रहे। लेकिन उनके षड्यंत्र अक्सर विफल ही होते रहे। इसका कारण यह था कि टीपू सुलतान के सेवक, सैनिक तथा राज कर्मचारी टीपू के प्रति विश्वसनीय और ईमानदार लोग थे। वे किसी के प्रलोभन या बहकावे में न आकर अपना कर्तव्य भली प्रकार से निभाना जरूरी समझते थे। टीपू सुलतान के वफादार साथी, सेवक और सैनिकों ने अंग्रेजों की कोई गलत चाल सफल नहीं होने दी। टीपू की रक्षा और सेवा

में ये लोग दिन-रात जी-जान से लगे रहते थे।

टीपू सुलतान को मैसूर राज्य का हरेक व्यक्ति प्यारा था। वे अपने प्रत्येक सैनिक से स्नेह किया करते थे। सदैव भलाई के कार्यों में लगे रहना टीपू की आदत बन चुकी थी। यही कारण था कि मैसूर की जनता के बीच वे इतने लोकप्रिय हो चुके थे जितना लोकप्रिय मैसूर में आज तक कोई राजा नहीं हुआ था। भलाई और नेक-नामी में टीपू सुलतान ने अपने पिता को भी पीछे छोड़ दिया था। मैसूर का बच्चा-बच्चा अपने राजा टीपू सुलतान को चाहने लगा था।

टीपू सुलतान शत्रुओं के साथ युद्ध में व्यस्त रहते हुए और मुसीबतें झेलते हुए भी लोगों का कल्याण करते रहते थे। परोपकार और उदारता की भावना कभी उनके दिल से नहीं निकलती थी। अगर उनका कोई दुश्मन सच्चे दिल से उनसे माफी माँग लेता था तो वे उसे माफ कर दिया करते थे। लोगों के प्रति स्नेह भाव होने के कारण वे हमेशा मुस्कराते रहते थे।

अंग्रेजों के नापाक इरादे बढ़ते ही जा रहे थे। टीपू सुलतान को लगने लगा था कि अब उन्हें अंग्रेजों के खिलाफ निर्णायक युद्ध लड़ना ही पड़ेगा। एक दिन उन्होंने अपने मंत्रियों, सेना के सलाहकारों और फौजी जनरलों की एक बैठक बुलाई। उस बैठक में पंडित पूर्णिया के साथ मीर सादिक और ग़ाज़ीख़ान आदि सभी उपस्थित थे। टीपू सुलतान ने बैठक में भाग लेने वाले इन सभी विशिष्ट एवं महत्त्वपूर्ण व्यक्तियों को सम्बोधित करते हुए कहा—हे वीरो! परीक्षा की घड़ी आ चुकी है। आप सभी की हिम्मत और दूरदर्शिता, विवेक और समझदारी के फलस्वरूप मैसूर राज्य ने आज तक काफी प्रगति की है। लेकिन अंग्रेज लोग अब मैसूर की बढ़ती हुई ताकत को देख कर अब जलने लगे हैं। वे कई सालों से हमें कमजोर करने के लिए तरह-तरह के षड्यंत्र कर रहे हैं। आज तक अंग्रेज अपने षड्यंत्रों में सफल नहीं हो पाए हैं। उसकी वजह आप सभी वफादार साथी हैं।"

कुछ क्षण ठहरने के बाद टीपू सुलतान ने फिर कहना शुरू किया—"अंग्रेज लोग चाहे कितने ही चालाक और कमीने क्यों न हों लेकिन वे हमारा कुछ नहीं बिगाड़ सकते। उनका इरादा सारे भारत देश पर अपना एकछत्र साम्राज्य स्थापित करना है। मेरे अब्बाजान जिन्दगी भर अंग्रेजों को चुनौती देते रहे और उन्होंने अंग्रेजों को हद से आगे न बढ़ने दिया। अब्बा हुजूर को पता था कि अंग्रेजों की नीयत ठीक नहीं है। वे पूरे हिन्दुस्तान को हड़प लेना चाहते हैं।...मेरा भी यही मानना है कि अंग्रेज लोग हम सभी भारतवासियों के दुश्मन हैं। हमें मिल कर उन्हें रोकना होगा।"

टीपू सुलतान को पता था कि हैदराबाद के निजाम तथा मराठों को बहला-फुसला

कर और प्रलोभन देकर अंग्रेजों ने फिर से उन्हें अपने पक्ष में कर लिया है। उन्होंने बैठक में भाग लेने वाले लोगों से पूछा—"आप ही बताइए, क्या हमें अंग्रेजों से डर कर उनसे संधि या मित्रता कर लेनी चाहिए?"

"नहीं, सुलतान! आप यह कैसी बातें कर रहे हैं? अंग्रेज सिर्फ हम मैसूरवासियों के ही नहीं बल्कि पूरे भारत देश के दुश्मन हैं। ऐसे चालाक और कुटिल लोगों से हम कैसे संधि कर सकते हैं?"—पूर्णिया ने साहसपूर्वक कहा।

टीपू सुलतान कहने लगे—"सोच लीजिएगा। अंग्रेजों ने हैदराबाद के निज़ाम और मराठों को भी फिर से अपने पक्ष में कर लिया है।"

ग़ाज़ीख़ान—"तो क्या हुआ, सुलतान! मैसूर की रक्षा के लिए हमें किसी के सहारे या मदद की जरूरत नहीं है। हमारे जीते जी अंग्रेज कभी मैसूर पर कब्जा नहीं कर पाएँगे। मैसूर की रक्षा के लिए हम अपनी जान लड़ा देंगे। आप कभी अंग्रेजों से संधि या दोस्ती मत कीजिएगा। हम लोग अंग्रेजों की फौजों से घबराते नहीं हैं। हम उनसे युद्ध करेंगे। चाहे वे कितनी ही बड़ी फौज क्यों न लेकर आएँ, हम उनका डट कर मुकाबला करेंगे।"

ग़ाज़ीख़ान की बात सुन कर टीपू सुलतान बड़े खुश हुए। उन्होंने सभा के सदस्यों को सम्बन्धित करते हुए कहा—"तो फिर मेरा भी यही निर्णय है कि हम अंग्रेज फौजों का मुकाबला करेंगे और युद्ध जीतेंगे। अल्लाह हमारे साथ है। हमने कई बार अंग्रेजों से जंग जीती है। इस बार अंग्रेजों से हमारी आखिरी लड़ाई होगी। अगर हम युद्ध जीत गए तो भारत की धरती से अंग्रेजों का नामोनिशान हमेशा-हमेशा के लिए मिटा देंगे और यदि युद्ध नहीं जीत पाए तो वीरों के इतिहास में अपना नाम अमर कर जाएँगे।"

इस प्रकार टीपू सुलतान ने अंग्रेजों से निर्णायक युद्ध करना निश्चित कर लिया। बैठक में आए सभी लोग टीपू सुलतान का जयघोष करने लगे। इस बैठक के समाप्त होने के बाद मैसूर में अंग्रेजों के खिलाफ युद्ध की तैयारियाँ होने लगीं।

सन् 1790 ई. के मई माह की बात है। भीषण गर्मी का समय था। मेजर जनरल विलियम मिडो अपनी फौज को लेकर मैसूर पर आक्रमण करने के लिए आया। चूँकि मराठा और निजाम अंग्रेजों से पुनः मिल चुके थे। इसलिए मराठा राजाओं ने और हैदराबाद के निजाम ने भी अपनी-अपनी सेनाएँ मेजर जनरल मिडो की सहायता के लिए भेज दीं।

इस तरह ये तीनों सेनाएँ मैसूर को परास्त करने तथा टीपू सुलतान को बन्दी बनाने के लिए चल दीं। जनरल मिडो ने लार्ड कार्नवालिस से वायदा किया था कि वह शीघ्र ही मैसूर की सेना को हरा कर मैसूर पर ब्रिटिश राज्य का झंडा लहरा देगा तथा

टीपू सुलतान को बन्दी बना कर उनके सामने पेश करेगा। लार्ड कार्नवालिस, जनरल मिडो की यह बात सुन कर बड़ा खुश और उत्साहित था।

इधर टीपू सुलतान की सैनिक तैयारी भी खूब जोरों पर थी। अंग्रेजों ने धन-दौलत के बलबूते पर टीपू सुलतान के कई महत्त्वपूर्ण लोगों को खरीद लिया था। ये खरीदे गए गद्दार लोग मैसूर के अन्दर अपनी-अपनी जगह नियुक्त थे। अंग्रेज जनरल ने इन्हें बताया था कि इनको अंग्रेज फौज की कहाँ और किस प्रकार मदद करनी है।

इससे पहले अंग्रेजी फौजें मैसूर पर दो बार बड़े हमले कर चुकी थीं और दोनों ही बार अंग्रेज जनरलों को अपनी पराजय का मुँह देखना पड़ा था। इस बार मेजर जनरल विलियम मिडो बड़ा इरादा लेकर मैसूर आया था। उसने तय कर लिया था कि वह किसी भी कीमत पर टीपू सुलतान को बन्दी बना कर ही रहेगा।

अंग्रेज सेना, मराठा सेना और निजाम की सेना ने मिलकर मैसूर को चारों तरफ से घेर लिया था। तभी टीपू सुलतान ने बुलन्द आवाज में अपने सैनिकों को शत्रु के ऊपर आक्रमण करने का हुक्म दे दिया।

टीपू सुलतान का हुक्म मिलते ही मैसूर के बहादुर सैनिक अंग्रेज, मराठा और निजाम के सैनिकों से जम कर युद्ध करने लगे।

यह युद्ध केवल एक, दो, पाँच, दस या बीस दिन तक नहीं बल्कि छह महीने तक लगातार चलता रहा। मैसूर के इतिहास में शायद यह युद्ध सबसे लम्बा था।

टीपू सुलतान की सेना से छह महीने तक युद्ध करते रहने पर भी अंग्रेज फौज, मराठा फौज और निजाम की फौज मैसूर का कुछ नहीं बिगाड़ पाई। टीपू सुलतान तक किसी शत्रु का पहुँचना तो दूर, किसी को उनके आसपास तक भी फटकने न दिया।

यह खबर सुन कर लार्ड कार्नवालिस बड़ा क्रोधित हुआ। उसने अपनी सेना के जनरलों को हुक्म दिया कि मैसूर में घुस कर मैसूर के लोगों पर कहर ढहाओ। जो भी पकड़ में आ जाए या जो भी सामने आ जाए, उसको पकड़ कर मार डालो। मैसूर के लोगों के प्रति इतनी क्रूरता और निर्दयता दिखाओ की उनकी रूहें काँप जाएँ। टीपू सुलतान के लोगों को बड़े से बड़ा लालच दो, जिससे कि वे टीपू सुलतान का साथ छोड़ कर हमसे आ मिलें या टीपू सुलतान के खिलाफ गद्दारी और बगावत करने पर उतर आएँ। जो लोग हमारा साथ दें, उन्हें धन से मालामाल कर दो। उनकी रक्षा और सुरक्षा की गारण्टी लो।"

लार्ड कार्नवालिस की इस घोषणा को सुन कर अंग्रेज सेना का उत्साह फिर से जाग गया। मैसूर के अन्दर कुछ विश्वासघाती लोग अंग्रेजों के प्रभोलनों में आ गए। उन्होंने टीपू सुलतान के साथ गद्दारी करने का मन बना लिया। यद्यपि ये लोग टीपू

सुलतान की सेना में थे लेकिन अंग्रेजों के बहकावे में आकर ये ऊपर-ऊपर से अपने सुलतान टीपू के प्रति वफादारी दिखाने का अभिनय कर रहे थे और अन्दर-ही-अन्दर अंग्रेजों की मदद करने के लिए तैयार थे। इन लोगों की गद्दारी की वजह से अंग्रेजों को मैसूर क्षेत्र में आगे बढ़ने का अवसर मिला। मैसूर के गद्दारों की शय पर अंग्रेज ज़नरलों ने बंगलौर पर अधिकार कर लिया। बंगलौर को मैसूर का विकसित क्षेत्र माना जाता था। बंगलौर पर कब्जा करने के बाद अंग्रेजों ने टीपू सुलतान पर दवाब डाला कि वे अपना आत्मसमर्पण कर दें। लेकिन टीपू सुलतान अंग्रेजों के सामने झुकने के लिए तैयार नहीं थे। इस कारण उन्होंने समर्पण नहीं किया।

चूँकि अंग्रेज लोग मैसूर राज्य के अन्दर घुस चुके थे अतः अंग्रेज सैनिकों ने लार्ड कार्नवालिस के हुक्म पालन करते हुए मैसूर के लोगों पर अत्याचार करने शुरू कर दिए। इधर मैसूर के कई सैनिक, जनरल तथा युद्ध अधिकारी लोग अंग्रेजों से लड़ते हुए शहीद हो गए। अंग्रेज अब मैसूर के नागरिकों की हत्याएँ करने लगे, मासूम औरतों के साथ बलात्कार और लूटपाट करने लगे। उन्होंने मैसूर के लोगों के घरों को लूटना और घरों को आग लगाना शुरू कर दिया। मैसूर के धार्मिक स्थल, मन्दिर और मस्जिद नष्ट किए जाने लगे। किसानों की फसलों को रौंदा जाने लगा। कई गाँवों को आग लगा कर उन्हें बर्बाद किया जाने लगा।

जब टीपू सुलतान के पास मैसूर की बर्बादी की ये सब खबरें पहुँचीं तो उनको बड़ा दुःख हुआ। उन्होंने कभी सोचा भी नहीं था कि मैसूर में इतने गद्दार पैदा हो जाएँगे और उनकी गद्दारी की कीमत अनेक मासूम लोगों को अपनी जान देकर चुकानी पड़ेगी।

25

टीपू सुलतान के होते हुए क्रूर और निर्दयी अंग्रेज लोग उनके मैसूर राज्य के लोगों के ऊपर कहर बरसा रहे थे। यह देख कर टीपू को अफसोस भी होता था और अंग्रेजों के ऊपर गुस्सा भी आता था। उन्हें लगता था कि धीरे-धीरे मैसूर का सब कुछ नष्ट होता जा रहा है। जोर-जुल्म और अन्याय की जितनी मर्यादाएँ थीं, अंग्रेजों ने उन सभी मर्यादाओं को तोड़ दिया था। कुछ वर्ष पूर्व जनरल मैथ्यु ने बेदनूर की जनता के ऊपर इसी तरह का कहर ढहाया था। अब तो अत्याचार की हद हो चुकी थी। कार्नवालिस के आदेश पर कई गुना कहर अंग्रेज फौज के सिपाही मैसूर के लोगों

पर बरसा रहे थे।

अंग्रेजों की करतूतों को देख कर टीपू सुलतान को भारी गुस्सा आया। उन्होंने दुष्ट अंग्रेजों का सिर कुचलने और उन्हें भारत से भगाने की कसम खाई थी। लेकिन आज तो पासा ही उलट गया था। अंग्रेज लोग मैसूर का नामोनिशान मिटाने पर आमादा थे।

टीपू सुलतान ने युद्ध करते हुए अंग्रेजों को ललकारा—"अरे दुष्टो, कुछ तो शर्म करो! मासूम बच्चों, औरतों और बुजुर्गों पर अत्याचार करते हुए तुम्हें जरा भी लाज नहीं आती? तुम सचमुच बड़े कमीने और कायर लोग हो। अगर तुम्हें मुकाबला ही करना है तो हमसे मुकाबला करो। भारत की पावन धरती पर टिकने का तुमको कोई अधिकार नहीं है।"

इसके बाद टीपू सुलतान ने अपने बहादुर सैनिकों को आदेश देते हुए कहा—"मेरे वीर योद्धाओ! दुश्मनों के ऊपर टूट पड़ो। अंग्रेजों के गलत इरादों को कामयाब न होने दो। अपनी जान पर खेल कर अपने राज्य की रक्षा करो।"

जब मैसूर के सैनिकों ने टीपू सुलतान का ऐसा उत्साह भरा स्वर सुना तो अपने-अपने हथियार लेकर वे अंग्रेज सैनिकों के ऊपर टूट पड़े। काफी समय तक वे शत्रु की सेना से युद्ध करते हुए जूझते रहे। टीपू सुलतान भी तलवार चलाते हुए शत्रु सेना में घुस पड़े।

उस समय लार्ड कार्नवालिस भी अपनी सेना लेकर टीपू की सेना के साथ युद्ध करने लगा था। टीपू सुलतान का घोड़ा निडरता से दुश्मनों को कुचलता हुआ आगे बढ़ रहा था। इतने में शत्रु सैनिकों ने तोप कर एक गोला टीपू सुलतान की ओर छोड़ा। यदि टीपू सुलतान का समझदार, वफादार और बहादुर घोड़ा अपनी जान पर खेल कर अपने मालिक की रक्षा न करता, तो आज टीपू का बचना मुश्किल था। ऐन मौके पर दिलखुश नामक इस घोड़े ने अपनी दोनों टाँगें ऊपर उठा लीं। इसके कारण तोप का गोला टीपू सुलतान की छाती में लगने के बजाय घोड़े की छाती में लगा। गोला लगते ही टीपू सुलतान का प्यारा घोड़ा जमीन पर गिर पड़ा। घोड़े के गिरने से टीपू सुलतान भी दूसरी तरफ जा गिरे।

लेकिन शीघ्र ही टीपू सुलतान फुर्ती से उठ खड़े हुए। वे दौड़ कर अपने घोड़े के पास आए। उस समय दिलखुश घोड़ा छाती में लगे गोले के दर्द के मारे तड़प रहा था। उसकी आँखों में आँसू थे। आसपास मैसूर के सैनिक दुश्मनों को पीछे धकेलने में लगे हुए थे।

अपने प्राणों से प्यारे घोड़े की यह हालत देख कर टीपू सुलतान भावुक हो उठे।

उन्होंने घोड़े से कहा—"मेरी रक्षा के लिए तुम अपनी जान पर खेल गए दोस्त! मेरा सलाम स्वीकार करना। मैं जीते जी तुम्हारी रक्षा न कर सका।" यह कहते-कहते टीपू सुलतान की आँखों में आँसू आ गए। उन्होंने बड़े प्यार से घोड़े के मस्तक पर अपना हाथ फेरा। घोड़े ने सन्तोष के साथ अपने जीवन की आखिरी साँस ली और अपनी आँखें हमेशा-हमेशा के लिए मूँद लीं।

सन् 1792 ई. के फरवरी माह में अंग्रेज सेना ने श्रीरंगपट्टन के किले को चारों तरफ से घेर लिया। अंग्रेज फौज तोप के गोले दाग कर इस किले की दीवार को तोड़ने की कोशिश कर रही थी। दुश्मन की तोपों के गोले किले के अन्दर आ जाकर गिर रहे थे। किले की दीवार पर खड़े होकर टीपू सुलतान के सैनिक अपनी-अपनी बन्दूकों से शत्रु सैनिकों को निशाना बना रहे थे।

उस समय टीपू सुलतान अपने किले के अन्दर थे। किले के बाहर भीषण युद्ध हो रहा था। इस युद्ध में मैसूर के हजारों योद्धा मारे जा चुके थे। सैकड़ों घायल हो गए थे।

टीपू सुलतान की धर्मपत्नी रुकैया के दिल में दीन-दुःखी, घायल एवं बीमार लोगों के प्रति रहम भाव था। वह प्रतिदिन मैसूर के सैनिकों की विधवा स्त्रियों को सांत्वना देने जाया करती थीं। बेगम रुकैया की सहानुभूति से विधवाओं के दिलों को कुछ शान्ति मिलती थी। एक दिन इसी प्रकार बेगम रुकैया मैसूर की विधवा स्त्रियों को दिलासा दिलाने के लिए अपने कमरे से बाहर आईं। उस समय उनका सबसे छोटा पुत्र मुईउद्दीन और बड़ा पुत्र अब्दुल खलीक घर के अन्दर था। ये बच्चे 5-8 वर्ष की आयु के थे।

रुकैया बेगम अपनी नौकरानियों के साथ चल रही थीं। वे सोचती जा रही थीं कि इस लड़ाई में हजारों औरतें विधवा हो गईं, सैकड़ों औरतों की इज्जत लूटी गई, सैकड़ों औरतों की जानें चली गईं। पता नहीं यह खौफनाक लड़ाई और कितने दिन चलेगी? दुश्मन मैसूर के बच्चों को तलवारों की नोकों पर उछाल रहे हैं, बूढ़े इंसानों की गर्दनों को काट रहे हैं। ये अंग्रेज लोग कितने कठोर, निर्दयी और जालिम हैं। अल्लाह इन नापाक लोगों को खत्म क्यों नहीं कर देता?

रुकैया बेगम अभी ऐसा सोच ही रही थीं कि तोप का एक गोला आकर उनकी छाती में लगा। बेगम रुकैया चीखकर पृथ्वी पर गिर पड़ीं। यह देख कर उनकी नौकरानियाँ जोर-जोर से रोने और चिल्लाने लगीं। नौकरानियों की चिल्लाहट सुन कर मैसूर के सैनिक भागे-भागे वहाँ आए। रुकैया बेगम को शीघ्र उनके कमरे में पहुँचाया गया। उनके पाँच तथा आठ वर्षीय बेटे अपनी माँ की यह हालत देख कर

फूट-फूट कर रोने लगे।

शीघ्र ही वैद्य-हकीमों को और टीपू सुलतान को रुकैया बेगम के पास बुलाया गया। वैद्य लोग इलाज करने को हुए तो रुकैया बेगम ने इशारे से उन्हें मना करते हुए कहा—"रहने दीजिए हकीम साहब! अब मैं जिन्दा नहीं बचूँगी।"

"ऐसा मत कहिए बेगम! अगर आपको कुछ हो गया तो हमारा क्या होगा?" टीपू सुलतान ने अपनी आँखों में आँसू लाते हुए कहा।

रुकैया ने अपने पति का हाथ पकड़ कर उनसे विनती की—"इस युद्ध के कारण मैं अकेली थोड़े ही मर रही हूँ सुलतान? इस लड़ाई के कारण हजारों स्त्रियाँ विधवा हुई हैं। सैकड़ों स्त्रियों ने अपनी इज्जत और प्राण गँवाए हैं। हजारों बच्चे अनाथ हो गए हैं। मैं आपसे प्रार्थना करती हूँ कि इस युद्ध को बन्द करवा दीजिए। इतना भीषण जनसंहार मुझसे देखा नहीं जाता।...आप मेरी यह अन्तिम प्रार्थना स्वीकार कर लीजिए...तभी...मैं...चैन...से मर...सकूँगी।"

टीपू सुलतान ने रोते हुए कहा—"ऐसा मत कहो बेगम। आप जैसा कहेंगी, वैसा ही होगा। अगर आप लड़ाई बन्द करने के लिए कहेंगी तो यह कल ही बन्द हो जाएगी। आप मरने की बात मत कहो।"

टीपू सुलतान अपनी बेगम रुकैया को बेहद प्यार किया करते थे। वे कभी नहीं जानते थे कि रुकैया एक दिन इस प्रकार उनको छोड़ कर जाएगी। यह बात उन्होंने सपने में भी नहीं सोची थी। लेकिन इंसान के भाग्य में लिखे हुए को भला कौन टाल सकता है?

कुछ ही क्षणों ने बेगम रुकैया ने अपनी जलती हुई देह त्याग दी। रुकैया के गुजर जाने पर टीपू सुलतान सहित सभी लोग उस कक्ष में फूट-फूट कर रोने लगे।

रुकैया की मृत्यु का टीपू सुलतान के हृदय पर गहरा सदमा पहुँचा। वे अन्दर-ही-अन्दर टूट गए। अंग्रेजों ने इस स्थिति का लाभ उठा कर उनके कई फौजी कमाण्डरों और जनरलों को खरीद लिया। इससे मैसूर की जनता की उम्मीदों पर पानी फिर गया। अंग्रेजों ने श्रीरंगपट्टन किले की दीवार को तोप के गोले दाग-दागकर गिरा डाला और शत्रुसेना किले के अन्दर घुस आई। टीपू सुलतान ने समझ लिया कि अब उनकी हार अवश्य हो जाएगी। जिस किले की दीवार अब तक हजारों शत्रु सैनिकों से मैसूर की प्रजा की रक्षा करती आई थी, अब इस के टूट जाने से और दुश्मनों के किले में घुस आने से मैसूर के लोगों पर बुरी तरह कहर ढहाया जाएगा।

हार कर टीपू सुलतान ने अंग्रेज जनरलों के पास संधि का प्रस्ताव भेजा। अंग्रेजों

ने टीपू सुलतान के संधि प्रस्ताव को स्वीकार कर लिया। 26 फरवरी, सन् 1792 ई. को टीपू सुलतान और अंग्रेजों के बीच संधि हो गई। लेकिन टीपू सुलतान संधि की कुछ शर्तों को पूरा नहीं कर पाए। इस कारण उन्हें अपने दोनों बेटे अंग्रेजों को सौंपने पड़े।

टीपू सुलतान से संधि करने के बदले अंग्रेजों ने उनसे इतनी अधिक धनराशि माँगी थी कि टीपू सुलतान के लिए उसे देना असम्भव था। इसी कारण उन्हें अपने दोनों बालक अंग्रेजों के पास बंधक रखने पड़े।

यह सब देख कर मैसूर की जनता को बड़ा दुःख हुआ। टीपू सुलतान की प्रजा उन्हें बेहद प्यार किया करती थी। अपने सम्राट टीपू सुलतान के बेटों को छुड़ाने के लिए मैसूर के लोगों ने दृढ़ प्रतिज्ञा कर ली। सम्राट के पुत्रों को अंग्रेजों की कैद से तभी छुड़ाया जा सकता था जब संधि की शर्त के मुताबिक रुपये अंग्रेजों को दे दिए जाते। अंग्रेजों को रुपये देने के लिए मैसूर के हजारों लोग रात-दिन मेहनत के काम करके धन कमाने लगे।

इन दिनों रिचर्ड वेलेजली भारत का नया गवर्नर जनरल बन कर आया। इंग्लैण्ड से उसे भारत इसलिए भेजा गया था ताकि वह भारत के अन्दर ब्रितानिया साम्राज्य की स्थापना करे।

इधर मैसूर की स्त्रियों ने अपने प्रिय सम्राट टीपू सुलतान के बच्चों को छुड़ाने के लिए अपने गहने उतार-उतार कर सम्राट के पास भिजवा दिए, लोगों ने अपने कार्य व्यवसाय के साधन बेच दिए, वे कम खाकर गुजारा करने लगे और बचत के पैसे टीपू सुलतान के पास भेजने लगे।

मैसूर की प्रजा का अपने लिए इतना प्यार और त्याग देख कर टीपू सुलतान ने कसम खाई कि मैसूर की जनता की रक्षा, उसके स्वाभिमान की रक्षा के लिए मैं अपने प्राण त्याग दूँगा लेकिन प्रजा का अधिकार छिनने नहीं दूँगा।

टीपू सुलतान ने अंग्रेजों की गुलामी मानने से इंकार कर दिया।

26

भारत के गवर्नर जनरल रिचर्ड वेलेजली ने मैसूर के सम्राट टीपू सुलतान को झुकाने के अनेक प्रयास किए, लेकिन उसे अपने प्रयासों में सफलता प्राप्त नहीं हुई। उसने अपने पत्रों में प्यार भरी भाषा का इस्तेमाल करते हुए टीपू सुलतान को समझाया

कि वे जिद को छोड़ कर भारत के बाकी राजाओं की तरह अंग्रेजों की प्रभुता स्वीकार कर लें लेकिन टीपू सुलतान ने ऐसा करने से स्पष्ट मना कर दिया। वे मैसूर की प्रजा की खुशहाली और राज्य के विकास कार्यों में व्यस्त हो गए। मैसूर के नौजवान मैसूर की रक्षा के लिए मैसूर की सेना में भर्ती होने लगे। मैसूर को आर्थिक, प्रशासनिक और सुरक्षा की दृष्टि से मजबूत किया जाने लगा।

जब वेलेजली को मालूम हुआ कि टीपू सुलतान अंग्रेजों के आगे झुकने के लिए तैयार नहीं है तो उसे बड़ा गुस्सा आया। उसने अपने मन में ठान लिया कि वह किसी भी कीमत पर टीपू सुलतान को खत्म करके ही रहेगा। टीपू सुलतान को खत्म करके ही हम सारे हिन्दुस्तान पर राज्य कर सकते हैं।

फलस्वरूप जनरल वेलेजली ने टीपू सुलतान के साथ भीषण युद्ध करने का निश्चय करके अपने सैनिकों को आदेश दिया कि वे मैसूर को चारों ओर से घेर लें।

गवर्नर जनरल रिचर्ड वेलेजली के निर्देश पर जनरल हैरिस इक्कीस हजार सैनिक लेकर पूर्व दिशा से मैसूर की ओर बढ़ा, हैदराबाद के निजाम ने अपने सोलह हजार सैनिक उत्तर दिशा से एक अंग्रेज जनरल के नेतृत्व में भेज दिए। पश्चिम दिशा से बम्बई की मराठा सेना मैसूर की ओर बढ़ी। इस सेना में छह हजार सैनिक थे। इसी तरह दक्षिण दिशा से पाँच हजार सैनिकों वाली अंग्रेज सेना नए और आधुनिक हथियार लेकर मैसूर पर आक्रमण करने चल दी। जनरल हैरिस की सेना के पास इतना सामान था कि उसे ढोने के लिए साठ हजार बैल, हजारों खच्चर और हाथी उसकी सेना के साथ चल रहे थे। इस कारण यह सेना दिन में केवल सात या आठ मील ही आगे बढ़ पाती थी। इस सेना में हथियार और रसद इतना था कि उससे दो साल तक पूरी सेना का काम चलाया जा सकता था। अंग्रेजों का उद्देश्य हर कीमत पर टीपू सुलतान को खत्म करना था।

मैसूर पर दक्षिण दिशा से जो सेना हमला करने आई थी, टीपू सुलतान ने पहले उसी सेना के साथ युद्ध किया। उन्होंने तथा उनके बहादुर सैनिकों ने मिल कर दुश्मन की लाशें बिछा दीं।

जनरल वेलेजली टीपू सुलतान के इस पराक्रम से निराश नहीं हुआ। उसने टीपू के जनरलों के भारी धन तथा पद का प्रलोभन देकर उन्हें अपने पक्ष में कर लिया। इस प्रकार टीपू सुलतान के जनरल उनको धोखा देने लगे। अंग्रेजों की फौज मैसूर राज्य में घुस कर मैसूर के इलाकों पर कब्जा करने लगी। फिर अंग्रेज जनरलों ने मिल कर टीपू सुलतान को चारों ओर से घेर लिया। मजबूर होकर टीपू सुलतान युद्ध का

मैदान छोड़ कर किले के अन्दर चले गए। जनरल हैरिस ने तोप के गोले दाग कर किले की दीवार तोड़ दी।

अब टीपू सुलतान चारों तरफ से घिर चुके थे। किले के अन्दर टीपू सुलतान अपने सलाहकार पूर्णिया पंडित के साथ थे। तभी अंग्रेजों की तोप का एक गोला टीपू सुलतान के पास आकर गिरा। इस जलते हुए गोले का एक टुकड़ा टीपू सुलतान के बाएँ कंधे में घुस गया। पूर्णिया पंडित ने आगे आकर टीपू सुलतान के कंधे से गोले का वह टुकड़ा खींच लिया। इसके बाद टीपू सुलतान के जख्मी कंधे से खून की धारा बहने लगी। पूर्णिया ने अपने शरीर का कपड़ा फाड़ कर टीपू सुलतान के घाव पर कस कर बाँध दिया। इसके बाद टीपू सुलतान को उपचार के लिए उनके कक्ष में ले जाया था।

टीपू सुलतान ने जान लिया था कि अब उनकी हार हो चुकी है इसलिए अंग्रेजों के साथ संधि करने के अलावा और कोई चारा नहीं है। वे मैसूर की प्रजा को युद्ध की आग में इस प्रकार जलता हुआ नहीं देख सकते थे। टीपू सुलतान को अपनी जान की परवाह नहीं थी, लेकिन वे सोचते थे कि अगर उन्होंने अंग्रेजों की बात नहीं मानी तो अंग्रेज सारे मैसूर को तबाह करके रख देंगे।

टीपू सुलतान ने अपनी प्रजा की रक्षा के लिए अंग्रेजों के साथ संधि करने का मन बना लिया। उन्होंने जनरल हैरिस को पत्र लिख कर संधि की पूर्ति जाननी चाही। जनरल हैरिस ने बता दिया था कि संधि की शर्तों के अनुसार टीपू सुलतान मैसूर का आधा राज्य अंग्रेजों को दे दे। मैसूर में जो अंग्रेज सैनिक बन्दी बनाए गए हैं, उनको छोड़ दिया गए। मैसूर राज्य फ्रांसीसियों के साथ किसी प्रकार का सम्बन्ध न रखे। अंग्रेजों के दूतों को टीपू सुलतान अपने दरबार में उचित स्थान दे। वह अपने चारों बेटों और जनरलों को अंग्रेजों को सौंप दे।

स्वाभिमानी टीपू सुलतान ने संधि की इतनी कड़ी शर्तों को मानने से मना कर दिया। इन शर्तों को मानने का मतलब अपने आपको और मैसूर राज्य को अपनी इच्छा से अंग्रेजों के चरणों में रख देना था।

टीपू सुलतान के विद्रोही तेवर देख कर अंग्रेजों ने अपनी ओर से युद्ध रोक दिया। टीपू सुलतान ने सोचा कि अंग्रेज अपनी संधि शर्तों पर पुनर्विचार कर रहे थे लेकिन ऐसी बात नहीं थी। अंग्रेज लोग टीपू सुलतान की सेना को चकमा देना चाहते थे।

4 मई, सन् 1799 ई. का दिन था। टीपू सुलतान के सैनिक जानते थे कि अंग्रेज लोग अभी तक रात्रि में ही हमारे ऊपर आक्रमण करते आए हैं, इसलिए अगर

वे हमला करेंगे तो रात में ही करेंगे। यह सोच कर दोपहरी के समय प्रायः सभी सैनिक भोजन करने के लिए चले गए। टीपू सुलतान का विश्वासपात्र मंत्री मीर कासिद अंग्रेजों से मिला हुआ था। उसने अंग्रेज जनरल हैरिस को संदेश भेजा कि इस समय मैसूर के सभी सैनिक खाना खाने चले गए हैं। आप मैसूर की छावनी पर हमला कर दो। बस, फिर क्या था? अंग्रेजों की सेना टीपू के सैन्य शिविरों में घुस आई। मैसूर के सैनिकों को सँभलने का मौका की नहीं मिला। उनको अंग्रेज सेना के द्वारा मारा-काटा जाने लगा। टीपू की सेना में हाहाकार मच गया। जब टीपू सुलतान को यह बात पता चली तो वे अपने सैनिकों की रक्षा के लिए तलवार लेकर आए। अपने घोड़े पर चढ़ कर उन्होंने शत्रु सैनिकों को गाजर-मूली की तरह काटना शुरू किया। इससे टीपू के सैनिकों का उत्साह लौट आया। वे भी अपने-अपने हथियार लेकर अपने सम्राट की तरह शत्रु सेना से वीरतापूर्वक युद्ध करने लगे। देखते-ही-देखते मैसूर के वीर योद्धाओं ने दुश्मनों की लाशें बिछा दीं।

तभी जनरल हैरिस के कुछ सैनिक अपनी-अपनी बन्दूकें लेकर आगे बढ़े। टीपू सुलतान का ध्यान दूसरी ओर था। वे दूसरी तरफ के सैनिकों को धराशायी कर रहे थे। तभी हैरिस के इन सैनिकों ने लगातार कई बन्दूकें टीपू सुलतान की ओर दाग दीं। टीपू सुलतान के शरीर में कई गोलियाँ लगीं। वे अपने घोड़े से गिर कर मैसूर और भारत देश की रक्षा के लिए हमेशा-हमेशा के लिए शहीद हो गए।

□□